SOLO UN BACIO

(Serie Pine Grove, Libro 5)

Jean C. Joachim

Moonlight Books

Dedica

Ai miei lettori. Grazie per il vostro amore e sostegno.

Ringraziamenti

Grazie alla mia redattrice, Sherri Good, e alla mia revisora, Renee Waring. Un ringraziamento speciale a Vicki Locey e Roz Lee, il cui incoraggiamento mi aiuta a restare concentrata. Grazie agli uomini di casa Joachim, Larry, David e Steve, e al più recente membro della nostra famiglia, Pam, che credono in me e mi fanno restare con i piedi per terra.

NOTIZIE SULL'E-BOOK ACQUISTATO: L'acquisto non rimborsabile di questo e-book consente di possedere solo UNA copia LEGALE per la lettura personale sul proprio computer o dispositivo. **Non è consentita la rivendita o la distribuzione senza previa autorizzazione scritta dell'editore e del proprietario del copyright di questo libro.** Questo libro non può essere copiato in alcun formato, venduto o trasferito da un computer all'altro attraverso il caricamento su un programma di condivisione di file peer to peer, gratuitamente o a pagamento, o come premio in qualsiasi concorso. Tale azione è illegale e viola le leggi sul Copyright degli Stati Uniti. È vietata la distribuzione di questo e-book, in tutto o in parte, online, offline, in stampa o con qualsiasi altro mezzo attualmente conosciuto o ancora da inventare. Se non si desidera più questo libro, è necessario eliminarlo dal computer.

ATTENZIONE: la riproduzione e la distribuzione non autorizzate di quest'opera protetta da copyright sono illegali. La violazione legale del copyright, compresa la violazione senza guadagno monetario, è soggetta a indagini dell'FBI ed è punibile con una pena fino a 5 anni in prigione federale e una multa di $250.000.

EDITORE
Moonlight Books

Solo un bacio

(Serie Pine Grove, Libro 5)

Jean C. Joachim
Capitolo Uno

RUSTY SI SPOSTÒ SULLA sedia, davanti alla scrivania dell'assistente sociale della scuola.

"Sig. Reisse, suo figlio ha bisogno di lei," disse Sylvia Kaplan.

"E io sono qui."

Lei scosse la testa. "Si comporta male in classe e durante la ricreazione. Se non prende dei provvedimenti, sarò costretta a consigliarle un'assistenza per lui."

"Assistenza? Nel senso di darlo in affidamento?" Rusty si sedette sulla punta della sedia.

"Nel senso di fargli trascorrere del tempo con me e la psichiatra del distretto. Sono sicura che preferirebbe un'assistenza privata."

"Non ha bisogno di uno strizzacervelli. È un bambino normale."

Ancora una volta, lei scosse la testa.

"Non esattamente. Tommy ha un buon cuore, ma ha bisogno di attenzione. Ora che sua moglie è andata a fare film in Europa..."

"Ex moglie."

"...e lei lavora tutta la settimana, il bambino è solo. Gli racconta una storia ogni sera prima di dormire, signor Reisse?"

"Dopo la partita, è troppo tardi. Lui già dorme."

"Chi si prende cura di lui mentre lei non c'è?"

"Sua zia. Qualche volta una babysitter."

"Ha bisogno di lei, signor Reisse. Di suo padre."

"Io devo lavorare."

"Le suggerisco di prendersi del tempo libero."

"Quanto tempo?"

"Il più possibile. Lei non è povero. Potrebbe farcela in estate?"
Lui aggrottò la fronte.

"Tutta l'estate senza lavorare?"

"Proprio così. Prenda un cottage nel bosco. Lontano dalla tv e dai videogiochi. Solo voi due. Gli legga delle storie. Andate a pescare. Magari anche a caccia. Gli insegni a giocare a baseball. Qualunque cosa. Trascorra del tempo con lui."

"E il mio lavoro?"

La signora Kaplan gli sorrise. "Andiamo. Vorrebbe dirmi che il famoso Rusty Reisse, due volte miglior atleta alle World Series, non può prendersi un paio di mesi di pausa dal lavoro?"

Rusty deglutì. Quella donna era una generalessa. Avrebbe potuto affrontare qualsiasi lanciatore e batterlo clamorosamente. Che possibilità aveva?

"Lei vuole bene a suo figlio, signor Reisse?" Il suo tono di voce gentile si inasprì.

"Certo, amo mio figlio."

"Allora provi a metterlo davanti a tutto il resto." Lei si alzò in piedi.

"Ma io—"

"Suo figlio non è un caso perso. Ma adesso ha bisogno del suo aiuto. Se si occuperà di lui in estate, io prenderò provvedimenti in autunno."

Rusty si alzò in piedi. "E dove mi consiglia di trovare un posto simile?"

"Sono certa che lei ha molte risorse. Lei è benestante e sicuramente conosce migliaia di persone. Trovi un posto. Lo faccia per Tommy."

"E poi? Se dovessi trovarlo?"

"Me lo faccia sapere. Mi mandi un'e-mail ogni settimana per aggiornarmi sui vostri progressi. I suoi progressi, per meglio dire."

"Ogni settimana?"

Lei si sporse sulla scrivania e lo guardò direttamente negli occhi. "Non capisce, signor Reisse? Suo figlio sta peggiorando e potrebbe prendere una brutta strada. Io sto cercando di salvarlo."

"Ok, ok. Ammetto che ultimamente è stato un po' difficile."

Lei aggrottò la fronte. "Un po' difficile?" Lei prese un mucchio di fogli. "Sa esattamente quante volte è stato mandato nell'ufficio del preside?"

Rusty fece una smorfia imbarazzata.

"Certo, non vuole saperlo. Ha solo otto anni, signor Reisse. Se non presta attenzione a lui adesso, quando avrà tredici anni si potrebbe cominciare a parlare di carcere minorile."

Rusty fu sopraffatto dalla paura. "Ok. Ho capito. Un cottage nel bosco. Un' e-mail ogni settimana."

La signora Kaplan gli sorrise. "Bene. So che può fare tutto ciò che le viene in mente."

"Grazie per la fiducia." Lui tentò inutilmente di sorridere e uscì dall'ufficio.

Rusty si diresse verso il suo ufficio, vicino alla scuola privata di Tommy, nell'Upper East Side di Manhattan. Si lasciò cadere sulla sedia davanti alla scrivania. Voltandosi verso le enormi finestre alle sue spalle, rimase a fissarle, cercando di elaborare ciò che gli aveva detto la signora Kaplan.

La sua segretaria, Bernadette, gli comunicò gli impegni della settimana. "Ecco i suoi messaggi. E il programma della prossima settimana. Cinque interviste. E il programma per il campo di addestramento. Harry vuole vederla."

"Grazie." Paralizzato, Rusty si diresse verso il suo ufficio.

"Rusty. Finalmente. Dove sei stato?"

"A scuola."

"Come?"

Come se qualcuno gli avesse acceso un fiammifero sotto i piedi, Rusty sbottò. "Harry! Mio figlio è nei guai. Non ce la fa. Sta peggiorando. Ho bisogno di prendermi i mesi di luglio e agosto."

"Luglio e agosto? E il campo di addestramento? E la nuova stagione?"

"Chiedi a qualcun altro di occuparsene."

"Ma tu sei Rusty Reisse."

Rusty batté il pugno sull'enorme scrivania di Harry. "Non mi hai sentito, Harry? Ho detto che Tommy è nei guai. Ho bisogno di prendermi una pausa dal lavoro. "Lui ha bisogno di me. Licenziami, se vuoi. Ma adesso devo andarmene. Tornerò a settembre."

Harry balzò in piedi.

"Non puoi farlo! Hai un contratto con noi."

"Allora fammi causa. È mio figlio, Harry. Niente è più importante di Tommy."

"Sei un figlio di puttana."

"Mi stai prendendo in giro? Mio figlio. Il mio bambino. Pensavo che avresti capito."

Harry sprofondò sulla sedia. "Davvero? Non mi stai prendendo in giro? Tommy?"

"Sì. Non l'avevo capito. Ma l'assistente sociale mi ha fatto una bella ramanzina. Quindi devo prendermi del tempo per lui. Tutto qui. Niente compromessi. Niente discussioni. Sei un padre anche tu. Non lo capisci?"

Il tono di voce di Harry si addolcì. "Lo capisco. Lo capisco bene. Mi dispiace per questo."

"Andremo via per un po'. Solo noi due."

"Ok. Teniamoci in contatto. Cercheremo un sostituto. Troveremo una soluzione."

"Parla con Bernadette. Lei conosce tutto e tutti. "Grazie, Harry. Lo apprezzo molto."

"Tornerai a settembre?" Harry si alzò in piedi.

"Lo farò."

"Buona fortuna." I due uomini si strinsero la mano.

Rusty tornò nel suo ufficio, prese le sue cose e si fermò alla scrivania della sua segretaria.

"Può contattarmi tramite cellulare o e-mail. Ma solo se si tratta di una vera emergenza. Tornerò a settembre."

"A settembre?" Lei spalancò gli occhi.

"Sì. Non mi faccia domande. Tenga tutto sotto controllo al mio posto," le disse, accarezzandole la guancia.

"Ci proverò."

Rusty si diresse verso il suo ristorante preferito, il "Goal Line." Si sedette al bar e ordinò un Chivas Regal on the rocks e un hamburger. Dopo aver bevuto il suo drink, ne ordinò un altro, mentre aspettava il suo cibo. Una pacca sulla schiena attirò la sua attenzione. Era Fred Carter, il suo vecchio compagno di college. I due uomini avevano divorziato nello stesso periodo.

"Ehi, Rusty. Sei arrivato presto."

"Brutte notizie."

"Che cosa è successo?"

Rusty gli spiegò la sua situazione. "È il 15 giugno. Dove cazzo posso trovare un cottage in campagna adesso?" Lui bevve un sorso del suo drink.

"Io potrei aiutarti."

"Tu?"

"Roberta e io abbiamo comprato un piccolo cottage a Pine Grove, qualche anno fa. Dovevamo passarci i nostri weekend. Già, quando ancora ci parlavamo. Comunque. Stiamo ancora cercando un accordo e lei se ne è dimenticata. Appartiene a entrambi. Ho il diritto di darlo in affitto, se voglio. E ti farò un buon prezzo."

"Quanto è grande?"

"Ci sono due camere da letto ed è completamente arredato. Duemila dollari per tutta l'estate."

"Davvero?"

"Sì. Per un vecchio amico."

"Stupendo. Lo prendo. Vuoi un assegno adesso?"

"Perché no?"

Rusty tirò fuori il libretto degli assegni e scrisse la cifra dell'affitto. Lo porse a Fred.

"Roberta non può buttarci fuori, vero?"

Fred scosse la testa. "No. Ora sei a posto. Spero che tu e Tommy vi divertiate."

"Anch'io." Rusty si accarezzò la nuca.

DALL'ALTRA PARTE DELLA città, Meg Gunderson, insegnante di seconda elementare, mandò i suoi alunni a fare la ricreazione. Nel frattempo, sistemò le attrezzature, appese i camici e riordinò la classe. La sua era la classe più pulita del suo anno. Mentre metteva in ordine, sorridendo con orgoglio, qualcuno bussò alla porta e lei andò ad aprire.

"Roberta, entra pure."

"Ho i progetti per la festa di fine anno. Volevo solo farteli vedere," disse Roberta Carter, entrando nella stanza.

Le due donne si avvicinarono alla cattedra per esaminarli. Quando finirono, Meg sospirò. "Magnifico."

Roberta ripose i progetti nella sua borsa a tracolla. "Come stai?"

"Sto bene. Ma l'estate è un grande punto interrogativo."

"Pensavo che avresti portato un gruppo di bambini sui monti Adirondack."

"È saltato."

"Non volevi partire con il tuo ragazzo?"

"Ho cambiato idea. Lui non piace a Charlie. Non funzionerebbe."

"Mmm. Che ne dici di passare l'estate nel mio cottage a Pine Grove?"

"Hai un cottage?"

"Fred non lo sa, ma con il divorzio è a me che spetta. È un posto incantevole. Due ampie camere da letto. Completamente arredato. Conosci i miei gusti. Posso dartelo a un prezzo speciale. Duemila dollari per tutta l'estate."

"Duemila? Non è molto."

"Ti meriti una pausa. Sei la miglior insegnante che i gemelli abbiano mai avuto."

"Grazie."

"È il minimo che io possa fare."

"Molto gentile da parte tua. Lo prendo. Charlie adorerà stare in campagna."

"E anche tu."

"Dov'è Pine Grove?"

"Circa due ore a nord-ovest di New York. In mezzo alla campagna e alla tranquillità."

"Perfetto. Dopo questo anno folle, ho bisogno di riposo."

"Te lo mostro su una mappa."

Roberta tirò fuori il telefono e cercò su Google una mappa dello stato occidentale di New York. Le due donne osservarono la mappa, mentre Roberta spiegava a Meg tutte le cose da fare a Pine Grove.

"Sembra perfetto. Charlie e io abbiamo bisogno di un po' di tempo libero."

Roberta diede a Meg una pacca sul braccio. "È stato difficile per te perdere John. Crescere Charlie da sola."

Meg sospirò. Gli occhi le si riempirono di lacrime. "Mi manca così tanto. Anche a Charlie."

I bambini tornarono in classe, interrompendo la conversazione tra le due donne. Meg non vedeva l'ora di parlare a suo figlio della loro avventura estiva.

Andò a prenderlo nella sua classe e si diressero verso casa. Lungo il tragitto, la sua mente pensò ai progetti e agli esperimenti che avrebbero potuto fare durante l'estate.

"E ti piacerà stare in campagna. Potremo esaminare l'acqua per vedere se ci sono batteri. Possiamo andare a caccia di rane. Magari troveremo anche un serpente."

"Un serpente? Come mai sei l'unica mamma a non avere paura dei serpenti?"

Lei scoppiò a ridere. "Forse perché sono cresciuta studiandoli. Sono davvero fantastici. Vedrai."

Charlie le fece un milione di domande mentre tornavano a casa. Il suo interesse per la loro nuova casa estiva rincuorò Meg. Fare a suo figlio da madre e da padre a volte era pesante. Quella vacanza sarebbe stata un sollievo.

Meg, un ex insegnante di scienze alle superiori, ora insegnava alle elementari. Dopo che suo marito era morto in un incidente d'auto, aveva preso un periodo di ferie per seguire dei corsi sull'istruzione della prima infanzia. Poi era andata a lavorare nella scuola pubblica dove aveva iscritto Charlie.

Mentre lei preparava la cena, Charlie si mise a guardare il programma scientifico di Bill Nye. Mescolando la salsa per gli spaghetti, fece mentalmente un elenco di libri e attrezzature da portarsi.

"Mamma, possiamo prenderci un cane?"

"Un cane? Charlie, ho già abbastanza cose da gestire così."

Il bambino aggrottò la fronte.

"Forse un giorno. Ma non adesso. Inoltre, ci saranno un sacco di animali quando arriveremo in campagna."

"Quando ci andiamo?" Lui arrotolò un po' di spaghetti intorno alla forchetta.

"Alla fine della scuola."

"Quanto tempo manca?"

"Due settimane."

Lui abbassò la testa. Meg si sporse per abbracciarlo. "Lo so. Ma passeranno velocemente."

Lui la guardò negli occhi e lei sorrise. Per la prima volta dalla morte di John, aveva qualcosa da pregustare.

"Ci divertiremo moltissimo."

"Me lo prometti?"

"Te lo prometto."

MEG DIEDE UN'OCCHIATA al GPS, poi iniziò a guidare attraverso le buie strade di campagna verso la loro destinazione, mentre Charlie dormiva profondamente sul sedile posteriore. Lei sorrise. Alle undici non c'era traffico. Sollevò le spalle, poi le abbassò e fece un respiro profondo. Meg amava guidare su quelle stradine vuote e adorava la campagna.

Era cresciuta in una piccola città dell'Ohio e aveva conosciuto John al college. Dopo averlo sposato, si erano trasferiti a New York. Lui aveva avuto un'ottima carriera a Wall Street.

Lui aveva comprato un grande appartamento nell'Upper West Side, al secondo e al terzo piano di una casa a schiera. Meg aveva tutto, tranne l'erba e gli alberi. Quando era nato Charlie, lei era rimasta a casa e trascorreva le giornate a Central Park con il loro bambino.

Dopo la morte di John, era rimasta pietrificata.

La sorella di Meg l'aveva sollecitata a cambiare, ma non c'era riuscita. Forse quella vacanza estiva l'avrebbe fatta rinascere emotivamente.

Il GPS indicava che mancavano meno di due miglia per arrivare a destinazione. Improvvisamente, il cuore iniziò a batterle all'impazzata. Per l'impazienza, spinse un po' di più sull'acceleratore. Sollevando lo sguardo dalla strada, frenò leggermente, mentre una casetta assonnata emergeva dall'oscurità.

Che pensiero gentile aveva avuto Roberta a lasciare accesa la luce sulla porta d'ingresso! Mentre metteva la freccia per svoltare, aggrottò la fronte vedendo un'altra auto nel vialetto. Forse Roberta aveva un'altra auto? Forse si era dimenticata del suo arrivo?

Si fermò accanto a un SUV BMW color argento. Mmm, forse Roberta aveva già ottenuto la casa?

Meg aprì il bagagliaio e prese due borse. Le altre cose avrebbero potuto aspettare fino al mattino seguente.

Poi svegliò Charlie. "Tesoro. Charlie. Piccolo mio. Siamo arrivati. Riesci ad alzarti per arrivare a letto?"

Meg pregò che i letti fossero già fatti. Charlie borbottò qualcosa, si strofinò gli occhi e scese dall'auto. Si incamminò assonnato sul sentiero di cemento, mentre sua madre lo seguiva con le borse in mano. Meg prese la chiave dalla borsa. La inserì nella serratura e spalancò la porta.

Mentre Charlie saliva i gradini per entrare in casa, sentirono abbaiare sempre più forte. All'improvviso, un cane si precipitò nella stanza, ringhiando e digrignando i denti. Charlie e sua madre si misero a urlare.

Cercando di fuggire, Meg corse verso la sala da pranzo, trascinando Charlie dietro di sé. Il cane diede un morso al bambino. Usando tutte le sue forze, Meg lo afferrò dalla vita e lo mise sul tavolo. Poi, salì su una sedia e sul tavolo, inseguita dal cane nero.

Lei e Charlie si abbracciarono urlando. Il cane saltò, ma Meg sollevò il piede e gli diede un calcio sul muso. Il cane guaì.

"Ehi! Non dia calci al mio cane!" urlò una voce maschile.

Meg alzò lo sguardo. "Richiami il suo cane!"

"Vieni qui, Coco. Quella signora cattiva ti ha fatto male?" Un uomo, che indossava solo un paio di boxer, e un bambino in pigiama si misero a coccolare il cane. L'animale si calmò per un attimo, prima di rimettersi a ringhiare a Meg e Charlie.

"Va tutto bene, Coco. Non penso che sia armata."

"Richiami il suo cane!" ripeté lei più forte.

"Lo farò, se mi dice perché siete entrati in casa mia." Nonostante le sue parole, l'uomo afferrò il collare del cane per tenerlo a bada.

Lentamente, Meg lasciò andare suo figlio. "Tutto bene? Il cane ti ha morso?"

Charlie scosse la testa. "Credo di no. Mi ha strappato i pantaloni."

Meg esaminò la gamba del bambino. "Accidenti. Hai ragione. Lei dovrà pagarmi un nuovo paio di pantaloni, signore. E comunque, che cosa ci fa lei in casa mia?"

"In casa sua?" Lui aggrottò la fronte.

"Ha sentito bene. Tenga quella bestia lontana da me," gli disse, scendendo dal tavolo.

"Ho pagato per affittare questa casa per tutta l'estate! Quindi esca prima che io chiami la polizia." Rusty aggrottò la fronte.

"La polizia? La prego, lo faccia! Io ho pagato per affittare questa casa per tutta l'estate. È il numero trentacinque di Pond Road, giusto?"

L'uomo uscì rapidamente e controllò il numero sulla porta d'ingresso. "Proprio così. Ho i documenti."

"Lei? Anch'io ho i documenti!"

"Vado a chiamare la polizia," disse lui, uscendo dalla stanza.

"Sono d'accordo." Meg incrociò le braccia sul petto. "E porti con sé quella bestiaccia."

"Andiamo, Coco. Non devi restare qui a farti insultare."

"Che cane è?" le chiese Charlie.

"Un rottweiler," gli rispose l'altro bambino.

"Io sono Charlie."

"Tommy. Vuoi vedere la mia stanza?"

"Non allontanarti. Quel cane è pericoloso!"

"Oh, Coco non ti farà del male. Sei con me."

Nonostante le parole di sua madre, Charlie seguì Tommy.

L'uomo tornò con il cellulare in mano.

"Andiamo, Coco," disse il bambino, e lei gli obbedì, seguendo i ragazzi sul retro della casa.

"Vorrei denunciare un'intrusione," disse Rusty al cellulare.

Meg si strinse le braccia intorno alla vita e fece un respiro profondo. Aveva smesso di tremare e aveva rivolto la sua attenzione all'uomo che aveva davanti. Era alto e i capelli arruffati e la barba incolta lo rendevano molto attraente. Lei abbassò lo sguardo sul suo petto. Notevole! Era evidente che si allenasse. Nella penombra, vide i suoi pettorali, leggermente ricoperti di peli castani. Aveva anche un po' di addominali.

Ricordandosi che lui si trovava in casa sua, la rabbia e l'ostilità di Meg ripresero il sopravvento.

"Stanno arrivando."

"Dice di avere i documenti? Bene. Li prepari. Li mostri ai poliziotti."

Il suono di una sirena in lontananza calmò Meg. Presto avrebbe riavuto la sua casa e avrebbe mandato via quell'intruso a calci sul suo sedere sexy e irresistibile.

Capitolo Due

Rusty rimase con il telefono in mano e abbassò lo sguardo. Era praticamente nudo. *Di certo non farà una bella impressione quando arriveranno i poliziotti.* Lui si affrettò a tornare nella sua stanza per indossare i jeans. Afferrò una canottiera e se la infilò rapidamente. Dopo aver tirato su la zip, tornò all'ingresso della casa.

La ladruncola cambiò piede d'appoggio. Lui la esaminò. Come mai una ragazza bella come lei fa irruzione nelle case altrui? E con suo figlio poi? Alcune persone non hanno proprio principi! Nessuna etica. Tuttavia, notò che i suoi corti capelli biondi riflettevano la luce fioca della stanza. E il suo corpo? Niente male. Le fissò il petto, immaginando di appoggiare le mani sul suo seno. Cazzo, proprio la misura perfetta! Anche se non riusciva a vederlo, immaginava che le sue gambe snelle portassero a un sedere molto ben modellato.

Intrusione, furto e bugie: non dimenticarti con chi hai a che fare! Disse a sé stesso che anche le donne cattive possono essere sexy.

La sirena smise di suonare e due poliziotti in uniforme, con le pistole nella fondina, si avviarono lungo il sentiero. I bambini corsero all'ingresso, seguiti dagli abbai di Coco. Tommy aprì la porta.

"È il suo cane? Lo tenga fermo." Il poliziotto rimase in attesa.

Rusty afferrò Coco dal collare. "Certo, signore." Rusty lesse il nome sul suo cartellino.

"Allora, qual è il problema?" domandò l'ufficiale.

Rusty e la donna iniziarono a parlare contemporaneamente. Alzarono la voce e Coco iniziò ad abbaiare. Il poliziotto alzò le mani.

"Aspettate un attimo! Basta! Calmatevi. Lei metta il guinzaglio al cane o lo porti in un'altra stanza. Poi, parlate uno alla volta." disse l'agente Bolton. "Prima le signore."

"Grazie," rispose la donna.

"Sono davvero fortunato. Una ladruncola impenitente," borbottò Rusty.

"Non sono una ladruncola!"

"Il suo nome, signorina?" le chiese il poliziotto.

"Meg Gunderson. E lui è mio figlio Charlie."

Mentre Meg tirava fuori i documenti, Rusty cambiò piede d'appoggio. Sicuramente i suoi erano falsi.

Il poliziotto li osservò.

"E lei è il signor...? Reisse, vero? Rusty Reisse? Giocava nei New York Nighthawks, vero?"

"Interbase. Per diciassette anni." Rusty cercò invano di sembrare modesto.

"Lei è un giocatore di baseball? Questo spiega la mancanza di cervello," disse Meg, fissandolo.

"Invece, lei, signora, ha proprio la faccia da culo."

"Per favore! Non davanti ai bambini." Meg incrociò le braccia sul petto.

"Sì. E sanno entrambi cos'è un culo." Rusty sorrise.

"Sig. Reisse, potrebbe farmi un autografo?" Il poliziotto tirò fuori un pezzo di carta e una penna. "Per Roger, mio figlio."

"Certo, agente Bolton. Sono felice di farlo." Rusty sorrise mentre scarabocchiava una frase e la sua firma.

Mentre firmava, il poliziotto esaminò i suoi documenti. Li ripiegò e glieli restituì. Lui scosse la testa.

"Mi dispiace dirvelo, ma sembra che entrambi abbiate affittato questo posto."

"Come?" dissero Rusty e Meg all'unisono.

"Proprio così. Confrontate i vostri contratti d'affitto e gli assegni. O qualcuno vi ha truffato o vi hanno fatto un brutto scherzo. Ma entrambi avete un contratto per questa casa. Entrambi avete lo stesso diritto di stare qui."

"Ma non può essere. Voglio dire, è nostra. Non voglio che lui stia qui."

"Non posso fare nulla, signora. Vi suggerisco di confrontare i vostri documenti per capire cosa intendo. Lanciate una moneta o qualcosa del genere. Dovrete trovare una soluzione da soli." L'agente T. Bolton ripiegò l'autografo e se lo mise in tasca. "Buonanotte."

"Questa è casa mia."

"No, non lo è," disse Rusty, aprendo i suoi documenti. Entrambi esaminarono il contratto di locazione dell'altro e scossero la testa. Meg scoppiò a piangere.

"Tipico di una donna. Piangere per ottenere ciò che vuole," pensò lui tra sé e sé. "Può frignare quanto vuole; Tommy e io resteremo qui. Ma la aiuterò a portare i bagagli in macchina."

"Non abbiamo nessun posto dove andare," disse lei.

"Perché non tornate in città?"

Lei scosse la testa. Frugando nella borsa, tirò fuori un fazzolettino. "Ho promesso a Charlie che avremmo trascorso l'estate in campagna."

"Davvero? Bene, l'assistente sociale della scuola mi ha detto che se non avessi portato Tommy in vacanza per un po', le cose si sarebbero messe male." Rusty non avrebbe mai rivelato quanto fosse disperata la sua situazione a una completa estranea.

Meg si sedette su una sedia della sala da pranzo. "È tutta colpa di Roberta."

"Roberta? Già. E anche di Fred. Bastardi."

"Per favore, non parli così davanti a mio figlio."

"Mi scusi." Rusty si accarezzò il viso, poi la nuca. "Ascolti, perché lei e suo figlio non restate qui stanotte? È tardi. Possiamo riparlarne domani."

"Dove possiamo dormire?"

Va bene la galanteria, ma Rusty non aveva alcuna intenzione di cederle il suo letto. "Penso che ci sia un divano letto. Vediamo."

"Charlie, c'è un letto in più nella mia stanza. Andiamo."

Charlie prese la sua borsa e seguì Tommy. Coco li seguì trotterellando. Come previsto, Rusty aveva ragione. Lui tolse i cuscini e aprì il letto.

"Siamo stati fortunati. Il letto è già fatto."

"Grazie."

Il suo apprezzamento, tuttavia, era evidentemente forzato e riluttante. Avendo capito che non era una ladra, non poteva mandarla via così. Inoltre, suo figlio aveva più o meno l'età di Tommy.

"Dov'è il bagno?"

"Prima porta a sinistra. La stanza dei ragazzi è a destra. La mia è a sinistra."

"D'accordo. Con permesso." Lei aprì la borsa e vi frugò dentro. Rusty si allontanò. Almeno sapeva quando era il momento di andarsene. Passando davanti alla stanza dei bambini, li vide nei loro letti.

"Grazie, signor Reisse," disse Charlie, guardandolo con un'espressione angelica.

"Prego. Domani risolveremo tutto. Buonanotte."

I bambini ricambiarono la buonanotte. Lui spense la luce e tornò a letto. Era davvero stanco. Tuttavia, non sapeva proprio come risolvere la situazione. Infastidito, chiuse gli occhi e pregò che fosse solo un incubo. E che, al suo risveglio, la signorina Meg Gunderson e il suo adorabile figlio dai capelli biondi se ne sarebbero andati, non essendo stato altro che un frutto della sua immaginazione.

IN BAGNO, BORBOTTANDO tra sé e sé, Meg indossò la camicia da notte.

"La polizia sa che sono qui. E se è un assassino o una stupratore, sapranno che è stato lui." Si chiese se l'avrebbe mandata via solo per tenersi la casa. E che cosa avrebbe fatto a Charlie? Impossibile. Un ex giocatore di baseball non lo farebbe mai. Se dimostrassero la sua colpevolezza, non entrerebbe mai nella Hall of Fame. Non era il desiderio di ogni giocatore?

Si rimproverò per la sua paranoia e iniziò a lavarsi i denti. Quando ebbe finito, entrò nella stanza dei bambini e diede a Charlie un bacio di buonanotte.

"Buonanotte, Tommy. Grazie per aver permesso a Charlie di dormire nella tua stanza."

"È come avere un fratello senza la parte fastidiosa delle liti," rispose il bambino.

Meg aveva avuto un aborto un mese prima dell'incidente di John. Vedendo suo figlio felice con Tommy, si chiese se sarebbe stato felice con un fratello. Forse un giorno.

Tornando in soggiorno, tirò giù le coperte del divano letto e si coricò. La stanza si era raffreddata con l'aria di campagna di quella notte di metà giugno, così alzò il culo dal letto per infilarsi i leggings e una felpa. Non è una buona idea andare a cercare un'altra coperta a quest'ora. Quel cane feroce avrebbe potuto intrappolarla nell'armadio della biancheria. Sempre che ci fosse un armadio della biancheria. Tornò a letto.

Dopo essersi riscaldata, il sonno arrivò rapidamente. Dalla morte di John, aveva imparato ad allontanare dalla mente i pensieri spiacevoli e inquietanti. Ora aveva bisogno di dormire per essere lucida e affrontare quella spiacevole situazione il mattino dopo. Doveva avere la meglio, convincere quel coglione arrogante che era stato lui a sbagliare e mandarlo a fare i bagagli. Ma come? Fece un altro sbadiglio e si risvegliò quando i raggi del sole attraversarono le tende del soggiorno, colpendola negli occhi.

Aprì una palpebra. Il suo telefono segnava le cinque e mezzo. Oh Signore! Non aveva intenzione di alzarsi a quell'ora. Sorpresa da un suono sbuffante, si voltò di scatto, ritrovandosi faccia a faccia con il colosso che quella specie di giocatore di baseball chiamava cane.

"Buona, Coco. Bella cagnolina. Va' a giocare, mangia un orso o qualcosa del genere." Lei tentò di mandarla via, ma quel mostro non si mosse.

Coco fissò Meg, poi iniziò a leccarle il viso.

"Oooh. Bleah. Che schifo, che schifo, che schifo!" Si asciugò il viso con le mani mentre si alzava dal letto per andare in bagno. Dopo essersi lavata la faccia, ritornò a letto. Coco era ancora lì.

"Non puoi fare colazione a quest'ora." Meg scosse la testa. "Vuoi andare a passeggio? Così presto?"

L'enorme bestia emise un latrato sommesso.

Meg cercò in tutto il soggiorno, sollevando i giornali sul tavolino e le giacche appese sulle sedie. "Dov'è il tuo guinzaglio?"

Coco si allontanò lentamente, tornando due minuti dopo con il guinzaglio in bocca.

"Oh. Capisco. Un vero cane da riporto. Ok." Con cautela, si avvicinò al grosso cane. "Come cazzo si mette?" Meg provò a metterle la pettorina in un modo, poi in un altro, ma senza successo. "Perché non hanno un collare e un guinzaglio normali? Che cos'e' questa? Una pettorina o uno strumento di tortura? Ah, già. Una pettorina. Come se un collare potesse farle male! È grande come un cucciolo di elefante!"

Dopo cinque minuti, riuscì a chiudere le due estremità. Infilò le infradito e si diresse verso la cucina.

"Sacchetti. Sacchetti. Non posso uscire senza un sacchetto," borbottò, frugando nei cassetti. Dopo aver aperto un grande armadio, vide una busta di sacchetti appesa alla porta. Meg se ne infilò due nella tasca della felpa e aprì la porta sul retro.

Coco uscì di corsa, scendendo lentamente le scale fino al prato, strappando il guinzaglio dalla mano di Meg. "Ferma! Coco! Torna qui!" Lei cominciò a correre dietro al cane, che si fermò ad annusare un albero. Meg prese il guinzaglio.

"Regole. Abbiamo bisogno di un po' di regole. Non lo farò ogni mattina. Giusto perché tu lo sappia. E, quando uscirai con me, dovrai camminare come una vera signora. Niente corse. Ok?"

Il cane si accucciò.

"Bene. Brava. Ora possiamo tornare in casa?"

Evidentemente, Coco era più brava a tirare che ad ascoltare, mentre continuava per la sua strada, trotterellando a velocità sostenuta e trascinando Meg dietro di sé.

Un quarto d'ora dopo, Meg aprì la porta sul retro. Il cane entrò per primo e si diresse verso la sua ciotola, spingendola verso Meg.

"Adesso vuoi fare colazione, eh?" Il cane digrignò i denti in una specie di sorriso. "Non so cosa ti diano da mangiare. Vediamo..." Aprì la dispensa e trovò un grosso sacco di cibo secco per cani, le riempì la ciotola e le diede dell'acqua.

Meg rifece il letto, poi tornò in cucina. Dopo aver dato una sbirciatina in frigo, esaminò la dispensa. Non era esattamente ben fornito, ma c'erano tutte le cose essenziali. Prese una ciotola da uno scaffale e si mise al lavoro. L'aroma familiare del burro fuso le stuzzicò piacevolmente il naso. Con la camicia da notte, la felpa e i leggings ancora indosso, Meg si mise a canticchiare una delle sue canzoni preferite e a ballare un po' mentre versava l'impasto dei pancake nella padella.

"Bene, bene, bene, canta, balla e cucina anche."

Una profonda voce maschile fece sussultare Meg. Lei si voltò di scatto e si trovò davanti Rusty seminudo, appoggiato alla porta. Osservò il suo corpo sexy, coperto solo dai boxer. Cazzo, era proprio in forma. Guardargli il petto le suscitava delle strane sensazioni tra le gambe. Lei deglutì. Gradualmente, sollevò gli occhi per guardarlo in viso.

Lui le sorrise con gli occhi. La rabbia si fece strada dentro di lei. "Lei fa sempre colazione nudo?"

"E lei indossa sempre una camicia da notte, una felpa e un paio di leggings a letto? Non è eccessivo? Certo, probabilmente è abituata a dormire da sola."

Lei mise i pancake sul piatto e contrasse le labbra. "Almeno sono dignitosa." Lei abbassò lo sguardo sulla patta dei suoi boxer. "Spero che l'inquilino del piano di sotto non si faccia vivo."

Rusty spalancò gli occhi, poi abbassò lo sguardo e si coprì con le mani. "Oh, cazzo. Mi dispiace." Lui scappò di corsa dalla stanza.

La rabbia di Meg lasciò il posto a una risata. Aprì lo sciroppo d'acero, ne mise un po' sui suoi pancake e si sedette a mangiare.

Prima che finisse metà dei suoi pancake, Rusty tornò in cucina, allacciandosi l'accappatoio.

"L'inquilino del piano di sotto?" Lui aggrottò la fronte. "Spero che non abbia insegnato a suo figlio a chiamarlo così."

Meg lo guardò negli occhi. Con voce ferma, gli rispose. "In realtà, gli ho insegnato a chiamarlo pene. Perché è quello che è. Non cazzo, né proboscide, né pisellino, né biscia, né pesce, né il suo arnese, né la terza gamba e nemmeno l'inquilino del piano di sotto. E lei cosa ha insegnato a suo figlio?"

"Tutto quello che ha detto. E anche qualche altro nome che non ha menzionato. Ce ne sono ancora?"

Lei fece una smorfia. "Intende dire che vorrebbe che le preparassi dei pancake?"

"Sì. Cucinare non è il compito di una donna?"

Lei si sentì ribollire dalla rabbia. Non riuscendo a nasconderlo, gli rispose con un tono di voce più gelido del ghiaccio. "Dopo questo commento, può anche farseli da solo. Però, siccome sono gentile, le permetterò di usare un po' dell'impasto che ho preparato. Ho detto un *po'*. Dovrà lasciarne una buona parte per i bambini."

Lui sorrise e scosse la testa. "Almeno non me l'ha lanciato addosso. Lei si infastidisce molto facilmente. Sarà molto divertente avere a che fare con lei."

"Oh, no. Perché lei se ne andrà. La aiuterò a fare le valigie."

"Ah, davvero? Non se ne parla. Noi siamo arrivati prima. E resteremo." Rusty si avvicinò ai fornelli. Afferrò il manico della padella e gemette per il dolore, gettando la padella sul fuoco.

"Oops. Immagino di aver dimenticato di dirle che la padella era calda. Mi dispiace molto." Lei gli sorrise dolcemente.

Stringendosi la mano, lui si diresse verso il congelatore e prese un paio di cubetti di ghiaccio.

"Non sono abituato a cucinare."

"E come fa con suo figlio?"

"Ho una governante. Ed è anche una magnifica cuoca."

La rabbia la fece arrossire sulle orecchie, ma non capiva perché quella notizia la infastidisse così tanto. "Ha bisogno di una governante?"

"Quando sei un grande giocatore di baseball, non devi più fare questi lavori di merda."

"Lavori di merda? Per me cucinare per mio figlio è una parte fondamentale dell'essere madre."

"Davvero? Beh, io non sono d'accordo. Per me giocare a baseball con mio figlio è una parte fondamentale dell'essere padre. Lei gioca a baseball con Charlie?"

Lei scosse la testa. La rabbia aumentò dentro di lei. "Il baseball è una perdita di tempo. Io insegno la scienza a mio figlio. La natura. Riesce già a distinguere venti specie diverse di uccelli, serpenti e lucertole. E riconosce i versi di molti uccelli."

"Serpenti? Gli unici serpenti che mio figlio imparerà a distinguere sono quelli che indossano gonne attillate e tacchi a spillo."

"Lei è un vero maschilista." Lei finì di mangiare e mise il piatto nel lavandino.

"Non vuole aiutarmi?" Lui si voltò verso di lei.

"Impasto, burro e una padella calda. Può farcela anche da solo. E chi non prepara l'impasto lava i piatti," disse lei, sollevando il mento e dirigendosi verso la porta.

"E la smetta di provare a sedurmi con la sua felpa e i suoi leggings, d'accordo? Ci sono dei bambini in questa casa." Lui scoppiò a ridere.

Lei emise un grugnito di frustrazione e si diresse verso il soggiorno.

MENTRE SI VERSAVA UNA tazza di caffè, Rusty la guardò allontanarsi. I suoi vestiti larghi non coprivano del tutto il suo bel corpo. Gambe snelle, seno piccolo — forse una coppa B? E il culo più dannatamente bello che avesse visto da secoli. I suoi corti capelli biondi erano particolari. Era stanco di vedere capelli lunghi ovunque. Nei locali, non riusciva a distinguere una pollastrella da un'altra. Potevano diventare fastidiosi in camera da letto.

I suoi enormi occhi blu, il suo taglio chic, il suo naso piccolo e le sue labbra perfette attiravano la sua attenzione. Cazzo, se si fossero conosciuti in un bar, adesso avrebbero già potuto condividere il tubetto di dentifricio. Però, le parole che le uscivano dalla bocca ferivano il suo orgoglio maschile. E il suo atteggiamento? Poteva andarsene al diavolo se pensava di riuscire a mandare lui e Tommy via da quella casa. Lui l'aveva trovata per primo, l'aveva pagata per primo e lui e suo figlio sarebbero rimasti.

Inoltre, aveva bisogno di sistemare le cose con suo figlio. Angela, la sua ex, gli aveva detto chiaramente che preferiva recitare e ballare, o qualunque cazzo di cosa stesse facendo in Europa, invece di prendersi cura di loro figlio. Ma che ne sapeva lui di cosa volesse dire essere un padre? Niente. Tuttavia, l'assistente scolastica l'aveva convinto che passare più tempo con Tommy l'avrebbe aiutato a scuola.

A Rusty non cambiava nulla. Amava New York, ma anche la vita di campagna aveva i suoi lati positivi. E la bella pollastrella con cui condivideva la sua casa forse avrebbe finito per condividere con lui anche il letto. Niente gli piaceva più delle sfide.

Concentrandosi sul cibo, guardò con sospetto la padella, il burro e la ciotola dell'impasto. Sentì una voce alle sue spalle.

"Prima metti la padella sul fornello. Accendi il fuoco e aggiungi un po' di burro. Giusto un pezzetto. Quando si scioglie, versa un po' di impasto." Tommy sorrise a suo padre.

"E tu come fai a saperlo?

"Me l'ha insegnato la signora MacDougal."

"Quando? Quando ti insegna a cucinare?"

"Dopo la scuola."

"Fa i pancake?"

"A volte li prepara per cena."

"Le crêpes?"

"Sì, sì. È così che li chiama. Io li chiamo pancake." Tommy aprì il frigorifero e prese un cartone di latte. Rusty seguì il consiglio di suo figlio.

Charlie e Meg li raggiunsero. Lei indossava una tunica, gli stessi leggings di prima e un po' di trucco.

"Capito come fare?" Lei aggrottò la fronte.

"Gliel'ho spiegato io," intervenne Tommy.

"Si fa insegnare a cucinare da suo figlio di otto anni?" Lei aggrottò di nuovo la fronte. Rusty si sentì arrossire in viso.

"Mi ha solo dato un consiglio."

"Oh, capisco. Ma lui è un bambino. E sa cucinare? Pfff, sta fallendo nel suo compito, Rusty."

"La signora MacDougal e io cuciniamo molto. Lei mi prepara il pranzo e la cena. A volte mi permette di aiutarla in cucina." Tommy sorrise con orgoglio.

"Penso che sia meraviglioso, Tommy. Anche Charlie mi aiuta a cucinare."

"Hot dog, hamburger e insalata sono le mie specialità," disse Charlie, farfugliando l'ultima parola.

Meg osservò i pancake, dando istruzioni a Rusty. Il suo atteggiamento condiscendente lo irritava, ma fece ciò che lei gli diceva. I pancake erano perfetti.

Dopo la colazione, Rusty mise la pettorina a Coco.

"L'ho già portata fuori. E le ho anche dato da mangiare."

"Lei è davvero la persona più utile da avere intorno!" Rusty le lanciò un'occhiataccia. Tommy tirò la vestaglia di suo padre. A bassa voce, gli sussurrò: "Papà, sii gentile."

Meg sorrise, coprendosi la bocca con la mano. "Vestiti, Charlie. Pantaloni lunghi. Andiamo a cercare gli uccelli."

"Mamma, può venire anche Tommy?"

"Sì, se suo padre è d'accordo."

"Posso, papà?"

"A cercare gli uccelli?" Rusty fece un'altra smorfia.

"Un piccolo stimolo intellettivo non gli farà male."

"Può venire anche papà?" chiese Tommy.

Meg spalancò gli occhi. "Dubito che voglia farlo."

"Devo lavorare, Tommy. Vacci tu. Non faccia nulla di pericoloso, signora Gunderson."

I bambini andarono di corsa nella loro stanza.

"E non lo faccia diventare una specie di mostro secchione, d'accordo?"

"Oh, vuol dire come me?" disse lei, con le mani sui fianchi.

Lui le lanciò una lunga occhiata. "Sì. Come lei."

"Non si preoccupi. Sono certa che lei possa comprare una guida per capire di cosa parla quando tornerà a casa. Chi pensava che un bambino così piccolo potesse far mangiare la polvere a suo padre a livello intellettuale?" Lei finse di sbadigliare.

Rusty si sentì ribollire dalla rabbia. Lei aveva toccato un nervo scoperto. Non era orgoglioso della sua mancanza di cultura. Se è un'insegnante, pensò lui, deve avere almeno due lauree. E Rusty non ne aveva nemmeno una.

"Ok, ok. Vengo con voi." Lui la guardò aggrottando la fronte.

"Non ricordo di averla invitata."

"Se Tommy partecipa, vengo anch'io."

"Bene, allora. Sembra che lei si sia autoinvitato."

"Può dirlo forte. Non si senta così fottutamente superiore, signora maestrina."

"E lei moderi i termini."

"Perché? Suo figlio sentirà comunque queste parole alle scuole medie."

"Almeno aspetterà fino ad allora."

"Non ha mai sentito la parola con la effe?"

Lei scosse la testa. "Non da me."

"Oh, mio Dio. Lei è una piccola bacchettona, vero?"

"Non mi insulti. Parlo solo in modo appropriato."

"Beh, fanculo." Lui scappò nella sua stanza, lasciandola a bocca aperta. Ridacchiando tra sé, si vestì rapidamente. Indossò una polo, lasciando aperti i primi due bottoni. *Darò i brividi a quella donna.* Rusty scosse la testa. Le cose non stavano andando affatto come aveva previsto. Lei avrebbe dovuto cucinare, andare a letto con lui e tenere per sé le sue idee snob. Ahah! Non sarebbe mai successo. Lui scosse la testa. Che cazzo aveva accettato di fare la sera prima? Bird-watching? La cosa migliore era fingere di essere morto.

Capitolo Tre

Meg trascinò la valigia nella sala da pranzo, prese un paio di jeans e una camicia a maniche lunghe e poi andò in bagno a vestirsi. Se avesse dovuto usare il bagno ogni volta che si cambiava i vestiti, sarebbe stata una lunga estate. Aveva bisogno che quel coglione di Rusty le cedesse la camera da letto principale. Cazzo. Che fine ha fatto la galanteria?

Quando i bambini si fermarono davanti alla porta principale, Meg si schiarì la gola.

"Ho un annuncio da farvi. Finché non troveremo una soluzione, occuperò la sala da pranzo. Appenderò una tenda da doccia sulla porta e nessuno potrà entrare senza bussare. Capito?"

Charlie e Tommy annuirono. Rusty scosse la testa. "Davvero?"

"Sì, davvero."

"Ok, ok," disse lui alzando le mani. "Posso cederla la camera da letto. Ma solo finché non troveremo una soluzione."

"Ho chiamato Roberta."

"Ho lasciato un messaggio a Fred. Pare che si siano riconciliati e siano partiti per una seconda luna di miele."

"Prima o poi dovranno tornare."

"Dice?"

Meg fece un respiro profondo. Le parole irriverenti di Rusty l'avevano infastidita, ma si era trattenuta. Aveva deciso di mantenere la calma, dato che erano presenti i bambini. Era inutile far scoppiare la terza guerra mondiale davanti ai loro figli. Ma cazzo, quando avrebbe beccato Rusty da solo, gliene avrebbe detto quattro.

"Forza. Andiamo. C'è una riserva naturale a Oak Bend."

"Guido io."

"Perché?"

"Perché la mia macchina è più grande. Più spaziosa. Inserisca l'indirizzo nel GPS."

Lei sollevò le spalle. "Ok."

Si sedettero in macchina e Meg attivò il GPS sul suo telefono.

"Può usare il mio. È più grande," disse Rusty.

"Non metto in dubbio che tutto ciò che le appartiene sia più grande," sibilò lei. "Ma preferisco usare il mio."

Lui le sorrise in modo sfrontato. "Certo. Purché sappia come usarlo."

"Le dispiace stare zitto?" Lei armeggiò con il suo cellulare, poi cominciò a dargli indicazioni. Abbassò il finestrino. "Che bella giornata!"

"Perfetta per il golf. Il tennis. Il baseball. Ehi! Forse riusciamo a trovare una partita? Penso che ci sia una squadra qui. Le dispiace cercare?" Rusty teneva gli occhi fissi sulla strada.

"Una partita di baseball? In campagna?"

"Il baseball è lo sport nazionale. Si gioca ovunque."

"Possiamo?" domandò Charlie.

"Che cosa? Andare a una partita di baseball?" chiese Meg.

"Sì."

"Adesso cerco." Diede a Rusty le altre indicazioni e tornò a concentrarsi sul suo telefono. "Trovato. Mmm. Pine Grove, nella contea di Jefferson. Vediamo. Ecco! Ecco qui. C'è una squadra. I Jefferson Jaguars."

"Mi mandi il loro programma per e-mail. Prenderò i biglietti." Rusty mise la freccia.

"Bambini, siamo arrivati!" Mentre Rusty parcheggiava, Meg sorrise. I suoi nervi si calmarono. Presto sarebbe stata nei boschi e nei campi, nel suo territorio, e avrebbe avuto il controllo. Quel giocatore di baseball da strapazzo avrebbe smesso di fare il gradasso. Forse sarebbe anche stato felice di rimanere indietro a giocare con il suo telefono mentre lei accompagnava i bambini in quell'avventura. Il suo sorriso si illuminò.

I bambini scesero dalla macchina.

"Ho sete," disse Tommy.

"Tieni." Charlie porse la sua borraccia al suo nuovo amico.

"Che cos'è?"

"Una borraccia."

"Che cos'è una borraccia?"

"È una specie di bottiglia d'acqua che puoi riempire tutte le volte che vuoi."

"Per escursionisti e campeggiatori," intervenne Meg, lanciando un'occhiata interrogativa a Rusty.

"Beh, mi scusi se non vado in campeggio. Mi piace avere un letto comodo e un bagno."

"Non avevo dubbi," borbottò lei. "Andiamo, bambini."

Lì c'era una persona che raccoglieva le donazioni e distribuiva le mappe dei sentieri e dei punti di interesse della riserva. Meg si sedette su una panchina, con i bambini da entrambi i lati.

"Che cosa volete vedere prima?" chiese loro, sfogliando il libretto. "Tartarughe, uccelli o serpenti?"

"Facciamo i serpenti per ultimi. Tipo in un'altra vita, d'accordo?" ribatté Rusty.

"Paura?" Meg aggrottò la fronte.

"Sto solo pensando ai bambini."

"Cominciamo con gli uccelli, mamma."

"Ok." Meg prese due binocoli dal suo zaino. Se ne mise uno intorno al collo e porse l'altro a suo figlio.

"Puoi condividerlo con Tommy?"

Charlie annuì.

"Bene. Vediamo. Mmm. Ci sono degli uccelli acquatici vicino al grande stagno. Probabilmente, ci saranno anche le tartarughe. Prendiamo questo sentiero." disse lei, indicando a destra. Charlie iniziò a correre, seguito da Tommy.

"Quanto tempo ci vorrà per visitare questa stronzata naturale?" Rusty seguì Meg.

"Il tempo necessario. Si rassegni." Lei sollevò il mento e si mise a camminare più velocemente, lasciandolo indietro.

Mentre si avvicinavano allo stagno, Meg tirò i bambini da parte, per nascondersi dietro un piccolo cespuglio.

"Guardate! Lo vedete?" disse lei, indicando col dito. "È un merlo dalle ali rosse. Vedete le macchie rosse sulle sue ali?"

Charlie annuì.

"No. Dove?" chiese Tommy.

Charlie gli porse il binocolo. "Guarda quell'albero con questo."

Come previsto, un altro uccello raggiunse il primo.

"L'ho visto! L'ho visto! Guarda, papà!" esclamò Tommy, indicando.

Rusty afferrò il binocolo di Meg, strattonandola verso di sé. "Dove? Dove?"

"Aspetti un attimo. Accidenti. Non poteva chiedermelo prima?" Lei si tolse il binocolo dalla testa e lo porse a Rusty.

"L'ho perso." Lui le rimise in mano il binocolo. "Mi faccia indovinare. Un merlo con una macchia rossa sulle ali. Giusto?"

"Brillante deduzione," borbottò Meg sottovoce.

"Mamma! Guarda! Un airone!" esclamò Charlie indicando.

Meg sollevò il binocolo. "Penso che sia un'egretta, Charlie."

"Egretta, airone. Che differenza c'è?" domandò Rusty.

"Uno è marrone chiaro e l'altro è bianco."

"Oh. Non ho bisogno di quel coso per vederlo. Dov'è?"

"Forse, se fosse stato attento..." Meg riusciva a malapena a mantenere la calma.

"Sì, papà. Andiamo. Non fare il coglione."

Meg spalancò gli occhi. Si voltò a fissare Rusty.

"Ok, ok. A volte parlo in modo un po'... beh, lo sa."

"Non lo so."

"Mamma, che cosa vuol dire coglione?" Charlie guardò Meg in modo innocente.

Lei guardò Rusty. "Niente di buono, Charlie."

"Te lo dico dopo," disse Tommy.

"Grazie, Rusty Reisse, per aver dato a mio figlio la sua prima lezione di parolacce."

Meg si alzò in piedi e si diresse verso lo stagno. Rusty rimase indietro. Charlie raggiunse sua madre. Meg gli mise un braccio intorno alle spalle mentre gli parlava delle tartarughe dalle orecchie rosse. Lei si guardò intorno e vide Rusty che stava digitando furiosamente al cellulare.

Bene. Che si fotta con il suo stupido telefono.

C'era un piccolo molo che sporgeva sull'acqua. Meg e i bambini arrivarono alla punta del molo. Le tartarughe prendevano il sole sulle rocce e su alcune zone erbose della spiaggia.

"Le tartarughe sono rettili. Sono animali a sangue freddo. Vuol dire che il loro corpo non produce calore. Devono assorbire calore dal sole."

Mentre parlava, entrambi i bambini le facevano domande. Poi fecero una gara: chi riusciva a trovare la tartaruga più grande e poi la più piccola. Quando Tommy vinse per aver trovato la tartaruga più piccola, Charlie lo abbracciò.

"Nel baseball, quando un giocatore segna un fuoricampo, gli altri gli danno il cinque. O una pacca sul sedere. Nel calcio, saltano petto contro petto."

"Così?" domandò Charlie.

"No. Così." disse Tommy, mostrandoglielo.

Lei osservò suo figlio mentre imparava l'arte maschile delle congratulazioni sportive, Meg nascose un sorriso. Forse avere Tommy accanto faceva bene a Charlie?

Rusty, correndo per raggiungerli, attirò la sua attenzione.

"Trovati! Ho preso i biglietti per la partita dei Jefferson Jaguar di sabato pomeriggio. Abbiamo i posti in quinta fila dietro la prima base!"

"Davvero?" disse Tommy.

"Sì. Solo il meglio per te, campione."

"Bene, bene. Noi andremo al cinema." Meg aggrottò la fronte.

Rusty le afferrò il braccio. "Nossignore. Voi verrete con noi. Ho preso quattro biglietti."

Charlie e Tommy si misero a urlare e saltare, spaventando le tartarughe. Circa una mezza dozzina tornarono nel lago.

"Evviva! Una partita di baseball!" Meg si lasciò cadere su una panchina.

"Ti piacerà moltissimo." Rusty fece un sorriso largo fino alle orecchie.

"Davvero?"

"Ho sempre voluto andare a una partita di baseball," disse Charlie.

"Non me l'hai mai detto."

"Oh. Sapevo che non volevi."

"Ok. Quindi immagino che ci andremo. Quanto costano i biglietti?"

"Offro io. Dato che lei ci sta guidando in questa riserva naturale. È il minimo che io possa fare."

"Non voglio regali da lei. Possiamo pagare i nostri biglietti."

"Che ne dice di cucinare tre cene e due colazioni per metterci a posto?"

"Va bene." Lei si alzò e si allontanò. "Da questa parte, alle mangiatoie degli uccelli."

Rusty la seguì, scuotendo la testa. "La gratitudine, questa sconosciuta!"

"Avrebbe dovuto chiedermelo prima."

"Oh? Davvero? E suo marito glielo chiedeva ogni volta che voleva comprarle qualcosa? Forse non è mai stata grata con lui. Forse è per questo che l'ha lasciata?"

"Che cosa?" Lei rimase pietrificata.

"Siete divorziati, no?" Rusty e i bambini si fermarono.

Meg si prese un minuto per controllare la voce. "Lui non mi ha lasciata."

Charlie abbracciò sua madre.

"Mio marito è morto in un incidente d'auto. Due anni fa." Lei sbatté le palpebre velocemente, nel tentativo di trattenere le lacrime. Due lacrime le scivolarono lungo la guancia. Se le asciugò rapidamente. "Andiamo."

Rusty le prese il braccio. Guardò Charlie, poi Meg. "Mi dispiace. Non lo sapevo."

Allontanandosi da lui, lei fece bruscamente un cenno con la testa. "Da questa parte ci sono le mangiatoie."

A MEZZOGIORNO, CHARLIE tirò la manica di sua madre.

"Ho fame."

"Anch'io," aggiunse Tommy.

"Va bene, salite in macchina e cercheremo un posto dove mangiare. Ho visto un ristorante al centro di Pine Grove," disse Rusty.

"Al centro di Pine Grove?" Meg scoppiò a ridere. "Non credo che si possa definire un centro."

"Comunque. Mi pare che si chiami Homer's. Andiamo lì."

"Conosce la strada?"

"In questa cittadina minuscola? Può dirlo forte."

"Hamburger e patatine fritte!" urlò Tommy dal sedile posteriore.

I bambini scherzarono e urlarono per tutto il tragitto, facendo sorridere Meg. Era passato molto tempo da quando aveva visto Charlie così allegro. Per quanto disprezzasse Rusty, la presenza di Tommy faceva bene a suo figlio. Forse avrebbero trovato il modo di andare d'accordo.

Poteva quasi sentire nella sua testa le parole della sua terapista. *Deve lasciarsi un po' andare, Meg. Non esistono solo i problemi. Certo, perdere John lo è stato. Ma sia meno severa con sé stessa. Impari a lasciarsi andare.*

Lasciarsi andare? Davvero? La sua terapista non sapeva cosa volesse dire sentirsi crollare tutto il mondo addosso in pochi istanti. Lei non aveva perso tutto. Non aveva dovuto assistere alla distruzione di tutti i suoi sogni. No, alla dottoressa Middleton non era successo niente del genere. Era successo proprio a lei, Meg Gunderson, e a nessun altro. Lasciarsi andare? Avrebbe anche potuto provare a toccare la luna.

Rusty chiese un tavolo all'aperto.

"Per la nostra Miss Natura."

"Ho il tavolo perfetto. Proprio vicino all'acqua."

"Perfetto. Dopo di lei," disse Rusty, spostandosi per farla passare per prima. Sospettosa, Meg gli lanciò un'occhiataccia prima di seguire il cameriere fino al tavolo. Un ombrello colorato faceva ombra. Il ristorante aveva un lungo molo che si affacciava sul lago Cedar. Il cuore di Meg si strinse. Quello era proprio il tipo di posto che John avrebbe amato. Cazzo, le mancava moltissimo.

Il cameriere la aiutò a sedersi.

"È stupendo! Guardate, una barca!" Charlie indicò un motoscafo seguito da uno sciatore.

Meg cercava di tenere suo figlio lontano dalla roba fritta, ma quel giorno decise di lasciarlo tranquillo. Lui ordinò lo stesso piatto del suo nuovo amico: un cheeseburger con patatine fritte. Lei e i bambini ordinarono una limonata. Rusty prese una birra.

Appoggiando la schiena alla sedia, lei osservò lo splendido lago, luccicante al sole, e le sue rive, ordinatamente costeggiate da piccole case. Ognuna aveva il suo molo. Molte avevano anche una barca. Nonostante il lago non fosse molto grande, era un posto tranquillo dove lanciare una lenza e sbocconcellare un panino nell'attesa che un pesce abboccasse.

Lei e John avevano affittato un tranquillo cottage nel bosco a nord dello stato per la loro luna di miele. La sua mente tornò alle due settimane più meravigliose che avesse mai trascorso con qualcuno. John era stato protettivo, premuroso e dolce, oltre a essere l'amante perfetto. Lei sospirò.

"Qualcosa non va?" Rusty irruppe nei suoi pensieri come Godzilla in un villaggio.

"Solo ricordi."

"Bei ricordi?"

"I migliori."

"Vorrei averne pure io." Lui sollevò le spalle e distolse lo sguardo. Meg spalancò gli occhi.

"Anatre! Mamma, le anatre. Possiamo dare da mangiare alle anatre?" le chiese Charlie, prendendo un panino dal cestino sul tavolo.

"Certo."

"Andiamo, Tommy."

"Fate attenzione! Non cadete!" urlò Meg. "Non ha bei ricordi della madre di Tommy?"

"Non esattamente. era rimasta incinta, così ci siamo sposati. Siamo stati insieme solo tre mesi, più o meno. Il matrimonio? Un disastro. L'unica cosa positiva è stata Tommy."

"Che peccato."

"Che cosa?"

"Non mi riferisco a Tommy. Ma al suo matrimonio. Alla sua ex. Nessun bel ricordo? È triste."

"Non sono mai stato più di sei mesi con nessuna donna. È allora che cominciano a venire fuori i problemi. E così mi allontano."

"Quali problemi? I suoi o quelli di lei?"

"Touché. Suoi, in realtà."

"John e io siamo stati sposati per dodici anni. Dodici degli anni più felici della mia vita."

"Forse succederà anche a me. Un giorno."

"Non se non frequenta mai nessuno per più di sei mesi."

"Immagino di no. Sono impegnato. La trasmissione. Gli eventi. Mio figlio. Ho una vita piena."

"Spero che funzioni per lei."

"Davvero?" Lui la guardò aggrottando la fronte.

"Forse. Forse sì."

Lui scoppiò a ridere. "Sembra che io stia cominciando a piacerle."

"Ehm, no. Ma Tommy fa bene a Charlie."

"E Charlie fa bene a Tommy."

"Potrebbe andare meglio se lei trovasse un'altra casa e facesse venire Tommy a giocare con Charlie."

"Divertente. Ma stavo pensando la stessa cosa per lei. Compriamo un giornale prima di tornare a casa. Diamo un'occhiata agli affitti."

"Io non me ne vado," disse Meg.

"Neanch'io."

Meg aggrottò la fronte. Socchiuse gli occhi e fissò Rusty. Aveva un'espressione impenetrabile, che le impediva di capire cosa stesse pensando. Di certo, prima o poi lui avrebbe ceduto, no? Tutto ciò che doveva fare era non cedergli. Del resto, suo padre non diceva sempre che era cocciuta? Beh, forse ora non era un difetto.

Quando arrivò il cameriere con il cibo, Rusty richiamò i ragazzi al tavolo.

"Papà, le anatre hanno mangiato tutto il pane. L'abbiamo lanciato e sono arrivate. Alcune si sono messe a litigare tra di loro. Le anatre sono bellissime. Possiamo prendere un'anatra?"

Rusty indicò il piatto di suo figlio. "Mangia No, non possiamo prendere un'anatra. Non c'è posto per un'anatra. Inoltre, abbiamo Coco. Dobbiamo già prenderci cura di lei. Mangia."

Tommy rimase in silenzio e aprì il suo hamburger. Fece cadere il ketchup sul suo piatto, ma riuscì a metterne un po' sull'hamburger.

"Possiamo tornare a dare di nuovo da mangiare alle anatre, Tommy."

"Davvero?" Il suo viso si illuminò. Alzò gli occhi e guardò Meg.

"Certamente. Non è lontano da casa."

Il bambino sorrise e diede un morso al suo hamburger. Meg lanciò un'occhiata di traverso a Rusty. Accigliato, lui la fissò. Lei non riuscì a fare a meno di sorridere.

DOPO UNA GIORNATA FATICOSA, i bambini si addormentarono sul divano. Rusty li portò a letto.

"Due in meno," disse Rusty, aprendo il frigorifero. Prese una birra. "Ne vuole una?"

Lei scosse la testa.

"C'è la partita." Prima che potesse rispondergli, si era seduto davanti alla tv. Coco raggiunse Meg in cucina. Si accucciò accanto alla porta sul retro.

"Coco ha bisogno di uscire," gridò lei verso il salotto.

"Può aspettare. I giocatori sono già sulle basi. Jake Lawrence sta per giocare. Un giocatore eliminato."

Meg non aveva idea di cosa stesse parlando. Si mise a cercare, finché non trovò il guinzaglio.

"Andiamo, bella." Meg mise il guinzaglio al cane e aprì la porta. Alle otto di fine giugno, c'era ancora il sole. Il grosso cane spinse Meg sul retro dell'ampio giardino, dove crescevano la sanguinella sottile e altre erbe infestanti di una varietà sconosciuta. Si estendeva fino al limite del bosco.

Meg allungò il guinzaglio, per dare a Coco più spazio per passeggiare. Seguì il cane, che tenne il naso per terra, annusando ogni odore per diversi chilometri. I grilli frinivano. Una vecchia mangiatoia per uccelli vuota pendeva da un ramo basso.

"La riempiremo domani," disse Meg al cane. Ma, dopo averla esaminata, si rese conto che avrebbe dovuto sostituirla. "Un piccolo investimento per avere un'estate piena di uccellini, non sei d'accordo?"

Il cane la guardò e abbaiò in segno di accordo. Si fermarono ai margini del bosco. Coco fece i suoi bisogni, poi si diresse verso una roccia sporgente. Meg si sedette con il cane ai suoi piedi. Distrattamente, le appoggiò una mano sul dorso e iniziò ad accarezzarla.

La notte limpida mostrava un magnifico cielo stellato. Meg cercò nel cielo le sue costellazioni preferite. Le nominò, una dopo l'altra.

"Il Grande Carro. Il Piccolo Carro. Cassiopea." Un altro vantaggio di stare in campagna: ammirare le costellazioni con suo figlio. Charlie non le aveva mai viste prima, perché non erano visibili a New York. L'aveva portato al Planetario e avevano visto lo spettacolo, ma non era come vederle dal vivo.

Meg si strinse alle ginocchia. Coco si avvicinò, appoggiando la sua enorme testa sul braccio di Meg.

"Oh, Coco. Vorrei che John fosse qui. Ti adorerebbe. Ha sempre amato i cani." Lei sospirò.

Il suo dolore era leggermente diminuito negli ultimi due anni. Non passava un giorno in cui non pensasse a lui e non si chiedesse quale sarebbe stata la sua opinione su questo o quel problema. Sebbene avesse smesso di piangere ogni notte, Meg sentiva ancora molto intensamente la sua assenza.

Nonostante John l'avesse lasciata in una situazione economica stabile, Meg aveva continuato a insegnare. Aveva bisogno di un motivo per alzarsi dal letto ogni mattina. Talvolta lunatico e silenzioso, Charlie non esprimeva molto i suoi sentimenti. Lei credeva che quelle fossero le volte in cui sentiva maggiormente la mancanza di suo padre.

Fece un respiro profondo. Senza alcun dubbio, l'aria di campagna superava di gran lunga l'aria di New York.

Coco si mise a pancia in su. Meg colse il suggerimento e iniziò ad accarezzarle la pancia. Dopo una giornata trascorsa con il cane bavoso e affettuoso, Meg mise da parte la paura dei cani di grossa taglia e diventò la migliore amica di Coco.

Quando il freddo della notte penetrò nella sua camicia, Meg tornò a casa.

"Dov'era andata?" Rusty era in piedi sotto l'arco che separava la cucina dalla sala da pranzo.

"Come?"

"L'ho chiamata. Sì è persa una partita fenomenale. Lawrence è saltato sul primo lancio e—"

Meg sollevò la mano. "Non mi importa. Non mi piace il baseball. Non lo capisco. È un gioco stupido. Uomini adulti che colpiscono una pallina con un pezzo di legno e poi si mettono a correre. Inutile."

Se avesse colpito Rusty con una mazza da due tonnellate, non sarebbe riuscito ad abbatterlo come aveva fatto pronunciando quelle parole.

"Come? Che cosa ha detto? Il baseball è *inutile*? Il passatempo nazionale? Lo sport che ho giocato per diciassette anni della mia vita? Lo sport a cui sono totalmente devoto? Inutile? Che problemi ha?"

"Nessuno. Comunque, ho portato a spasso il cane. Me ne vado a letto."

"Alle nove e mezza?"

"Preferisco leggere piuttosto che guardare sport stupidi."

"Mi ha ferito. E dimostra la sua ignoranza."

"Ignorante io? È lei quello ignorante. Non riesce a distinguere un merlo da un pettirosso o una tartaruga da una testuggine. Non conosce nulla del mondo che la circonda. Scommetto che non legge un libro da almeno vent'anni." Lei lo guardò di traverso.

"La smetta di insultarmi. So molte cose. Non sono affatto ignorante. È lei quella ignorante", le disse, dandole un colpetto con l'indice sulla spalla. "Sa anche chi è Babe Ruth?"

"Un bambino? Perché dovrei conoscere un bambino?"

Si strinse il petto e finse di avere un infarto. "Oh, mio Dio. Davvero non sa chi sia?"

"Dovrei saperlo?"

"Solo il più grande giocatore di baseball di tutti i tempi."

Lei lo guardò.

"Certo, alcuni potrebbero obiettare che Willie Mays fosse migliore."

Lei aggrottò la fronte. "Stupido sport."

"Io almeno ho partecipato alla sua piccola gita nella natura."

"Davvero? Odiando ogni minuto."

"Ho imparato un po' di cose. Ora so distinguere un'egretta da un... come si chiama quell'uccello marrone?" Lui inarcò le sopracciglia.

"Airone. Non riesce nemmeno a ricordare le informazioni per dodici ore. Troglodita." Lei gli passò accanto spingendolo, dirigendosi verso la camera da letto.

"Troglodita? Mi sta dicendo che sono un uomo delle caverne?", le chiese con tono arrabbiato.

"Se le sta bene, può sempre indossare il perizoma." Lei entrò nella camera da letto. La porta si chiuse rumorosamente.

Meg si spogliò e si infilò sotto le coperte. Le lacrime le facevano bruciare gli occhi. Perché doveva sopportare quell'uomo così arrogante? Almeno poteva parlare con Charlie. Non aveva alcuna intenzione di riflettere sulle questioni dell'universo con Mister PazzoPerLoSport.

Mentre posava la testa sul cuscino, si ricordò. Cazzo! Quel sabato, avrebbe dovuto sopportare un'intera partita di baseball con quel decerebrato. Che perdita di tempo! Aggrottando la fronte, appoggiò il viso sul cuscino e si costrinse ad allontanare dalla mente quel pensiero sgradevole. Concentrandosi sui dolci profumi della fresca brezza estiva e sulla compagnia di quella bestia gigante che lui chiamava cane, Meg chiuse gli occhi e si abbandonò rapidamente al sonno.

Capitolo Quattro

La rabbia di Rusty ribolliva sotto la superficie, trattenendosi a malapena. Ai suoi tempi era stato chiamato in molti modi, spesso da altri giocatori di baseball o da qualche donna. Ma stupido e uomo di Neanderthal non erano tra questi. La *Signorina Rompina Principessina so-tutto-io! Pensa di essere migliore di me. Stronzate. Sarebbe fortunata a leccarmi il... beh, lo sarebbe. Sarebbe fortunata. Può baciarmi il culo.*

Dopo una notte insonne sul divano letto, si pentì di aver ceduto così in fretta e di averle dato la camera da letto. Almeno aveva la partita di baseball a cui pensare. Oh, e i pasti che lei gli aveva promesso di preparare. Avrebbe tentato di avvelenarlo? Forse Coco avrebbe potuto fargli da assaggiatrice. Quella stronza avrebbe detto o fatto qualunque cosa per ottenere il controllo della casa.

Si svegliò di malumore e questo non era mai un buon segno. L'aroma del caffè gli calmò i nervi. Certo, con la sua caffettiera automatica a casa e la signora MacDougal che la preparava ogni pomeriggio, si svegliava ogni mattina con lo stesso delizioso aroma, senza le parole di quella stronza. Abbassò le coperte e afferrò la vestaglia. Sì, dormiva nudo. E lei avrebbe dovuto farsene una ragione. Si diresse in cucina.

"Come lo prende?" gli chiese.

"Ci penso io. Grazie." le rispose, con un tono di voce altrettanto infastidito.

"Oh, quindi è così, vero?" Lei si mise una mano sul fianco.

"Così come? Non so di cosa parla."

"Non faccia questo giochetto con me. Ho conosciuto più donne stronze di lei e riesco a individuarle già a un miglio di distanza. La smetta di ritenersi migliore degli altri, Rusty. E glielo dico con gentilezza."

"Gentilezza? Lo cerco nel dizionario. Evidentemente, lei non sa cosa voglia dire."

Prima che lei gli rispondesse, lui notò due visetti che li osservavano da sotto l'arco. Cazzo, i bambini! Non poteva risponderle come meritava, non davanti a loro. Non avrebbero capito. Avrebbero pensato che stesse facendo il prepotente. E, di certo, l'avrebbe fatto. Ma Meg Gunderson era una donna capace di ribattere come un uomo.

"Ciao ragazzi."

"Ciao, papà," disse Tommy, sedendosi al tavolo. Charlie lo seguì.

Meg diede a suo figlio un bacio sulla testa. "Buongiorno ragazzi. Uova strapazzate per colazione."

Rusty aggiunse latte e zucchero al suo caffè e si sedette. Bevve mezza tazza prima di iniziare a parlare.

"Allora, cosa c'è in programma per oggi, Miss Guida Turistica?"

"Papà." Tommy diede un calcio a suo padre sotto il tavolo.

Meg lanciò a Rusty un'occhiata ostile. "Dovrebbe far caldo oggi. Pensavo che potremmo andare a nuotare nel lago e poi a fare un picnic nei pressi del municipio. Lì ci sono un parco giochi e alcuni tavoli da picnic."

"Ha fatto i compiti, vero? Conosce ogni angolo di questa città."

Lei lo ignorò e continuò. "Dato che non preparerò il pranzo, ho pensato che potremmo fermarci al Cozy Café a prendere qualcosa. La loro pubblicità sul giornale dice che fanno i sandwich e sono famosi per i loro scone." Lei guardò Rusty. "Sa cos'è uno scone?"

Lui fu sopraffatto dalla rabbia. Se fosse stata un uomo, l'avrebbe mandata al tappeto. Contò fino a dieci, si alzò in piedi e uscì dalla stanza. L'ultima cosa che sentì fu la voce di Charlie.

"Mamma!"

Rusty si diresse verso la doccia. Lì dentro, poté imprecare finché non fu soddisfatto. Aprì l'acqua, entrò nella doccia e pronunciò ogni parolaccia che conosceva. Prendendo il sapone, si lavò il corpo e i capelli. Quando ebbe finito, si era calmato. Gli venne in mente un piano. Si vestì, si pettinò e raggiunse gli altri.

I bambini avevano indossato il costume da bagno e stavano aspettando davanti alla porta.

"Possiamo portare Coco?" chiese Tommy.

"Certo." Rusty prese il guinzaglio. Coco abbaiò una volta, poi attese che glielo mettesse.

"Prego". Meg lo guardò.

"Eh?" Rusty sollevò le sopracciglia.

"Per aver portato a spasso il cane e aver preparato la colazione."

"Oh, sì. Grazie. Andiamo, bambini."

"Charlie, sai nuotare?"

Il bambino annuì.

"Conosce i quattro stili principali," intervenne Meg.

"Bene. Quindi nessuno ha bisogno di un giubbotto di salvataggio, giusto? Oh, lei sa nuotare?"

"Ero nella squadra di nuoto al college." rispose Meg, sollevando il mento.

"Bene, buon per te. Quindi le piace qualche sport?"

"Quelli che richiedono abilità e non solo forza bruta."

Ancora una volta, la rabbia gli ribollì nelle vene. Ma Rusty si controllò. Coco uscì per prima dalla porta. Dietro di lei, uscirono i bambini, poi Meg e Rusty. I bambini si misero a correre. Meg mise gli asciugamani in una borsa di tela. Rusty le prese il braccio.

"Perché non mi concede una tregua?"

"Che cosa?"

"Mi ha messo davvero a dura prova. Che cosa le ho fatto? Niente."

"Lei è arrogante. Si sente superiore, anche se non ne ha motivo."

"Lo dice lei. Lei non sa chi sono io, vero?"

"Lei è qualcuno?"

"Ero famoso perché giocavo a baseball nei Nighthawks."

"Oh, davvero? Bene, urrà, urrà e buon per lei."

"Ecco. La solita boccaccia."

"Almeno non sono volgare."

"Ci sono molti modi di essere volgari. Non può nemmeno cercare di essere piacevole? Per il bene di Charlie?"

Lei abbassò lo sguardo. "Immagino di sì. È adorabile."

"Oh, davvero? Quel bambino ha classe. Deve aver preso da suo padre."

"Ecco! Come si aspetta che io la smetta se lei non lo fa?"

"Ok, ha ragione."

Un'espressione trionfante le illuminò il viso.

"Tregua? Solo per oggi?" le chiese.

"Tregua. Sì. Per oggi."

Lui le porse la mano e lei gliela strinse. Raggiunsero i bambini nel SUV di Rusty. Lui mise in moto e si diresse verso il lago.

Meg lo indirizzò verso un piccolo parcheggio vicino al molo pubblico. Charlie e Tommy corsero verso il lago, mentre Rusty e Meg prendevano il cibo e gli asciugamani.

Raggiunsero i bambini e Rusty si calmò. Almeno per il momento, lei aveva smesso. Ma per due mesi? Impossibile. Quella stronza non riusciva a essere gentile con lui nemmeno per cinque minuti, figuriamoci per due mesi.

Quando si avvicinarono al lago, accadde qualcosa di inaspettato. Mentre lei si toglieva i pantaloncini, il suo sguardo fu attratto dal suo adorabile culetto, che si muoveva proprio davanti a lui. Boom! Il sangue iniziò a pompargli fino al cazzo. Oh no, no, no. Non poteva succedere. Non con lei. Non con la stronza. Si voltò, sperando che il suo cazzo dimenticasse ciò che aveva visto.

Si tolse la camicia e corse verso il molo. "L'ultimo che arriva è uno scemo," disse lui, tuffandosi in acqua. L'acqua fredda del lago risolse il suo problema. Riemerse e guardò il molo. Cazzo. Eccola lì, con indosso un costume intero. Li facevano ancora? Nemmeno il costume intero riusciva a nascondere le sue curve sensuali. Fissandole il seno, non riusciva a decidere se fosse una coppa "B" o "C". Era importante? Qualunque fosse la misura, lo attirava.

Con le mani sui fianchi, i piedi divaricati e il vento che le spostava i capelli sulla fronte, era la donna più carina e più sexy che avesse mai visto.

Lei fece un tuffo perfetto, senza fare praticamente nessuno spruzzo. Cazzo. Quella donna ci sapeva fare.

L'ACQUA FRESCA PORTÒ la temperatura corporea di Meg alla normalità. Non intendeva fissare Rusty. Non è che non l'avesse mai visto mezzo nudo prima. Ma cazzo, quell'uomo aveva un corpo magnifico. Wow. Snello e con gli addominali definiti. Non male per un uomo di quasi quarant'anni.

Aveva proporzioni perfette e gli piaceva tutto di lui: i capelli, la pelle, i muscoli. Era la personificazione del sesso. Almeno così avrebbe detto la sua compagna di stanza al college. E avrebbe avuto ragione. Certo, era odioso, pieno di sé, si sentiva superiore ed era arrogante, ma aveva qualcos'altro, una spiccata sensualità — nel modo in cui si muoveva, o stava in piedi, o qualsiasi altra cosa. Il suo sguardo su di sé mandò al suo corpo un segnale d'allarme.

Questo proprio non ci voleva. Si tuffò in acqua per ridurre il suo livello di tensione davanti a un Rusty Reisse quasi nudo. *Ok, forse gli atleti hanno corpi stupendi, ma la mente?*

Doveva frenare la lingua e smettere di insultarlo. Soprattutto davanti ai bambini. Aveva già messo in imbarazzo Charlie e Tommy era sembrato ferito.

Era ora di comportarsi in modo maturo e farsi coraggio. Lasciare Rusty in pace. E se la fantasia di andare a letto con lui le fosse passata per la mente? Una donna poteva fare sesso con un uomo senza parlarci, vero?

Quando lei risalì la scaletta, Rusty era già sul molo. Le porse un asciugamano. Sentì il suo sguardo su di lei come una mano calda. Era la sua immaginazione? Del resto, lui la odiava e dubitava che l'avrebbe desiderata.

"Bel tuffo." Lui distolse lo sguardo.

"Grazie."

"Puoi insegnarmi?" le chiese Tommy.

"Certo."

"Anche a me, mamma?"

"Ok, ragazzi, mettetevi in fila."

Grata di rivolgere la sua attenzione ai bambini, Meg si rilassò. Insegnare ai bambini era la sua passione. Paziente e incoraggiante, insegnò ai bambini a tuffarsi per mezz'ora. Entusiasti della loro nuova esperienza, continuarono a tuffarsi e ad arrampicarsi ancora, ancora e ancora.

"Nuotiamo fino alla boa." Meg si guardò intorno. Dov'era Rusty? Cazzo, era al telefono. "Anche tu, Batman." Lei sorrise per il nuovo soprannome che aveva dato a quel coglione che si dava delle arie.

Lui annuì, ovviamente senza ascoltare. Meg si tuffò e arrivò alla boa in un batter d'occhio. Guardò i due bambini, assicurandosi che fossero al sicuro.

Meg si sedette a guardare i bambini che si tuffavano. Di tanto in tanto, il suo sguardo si spostava su Rusty. Passeggiando e gesticolando con le mani, sembrava che avesse una conversazione animata, e non in senso positivo. Forse era la sua ex moglie? Forse una ragazza? Wow, sì. Non aveva considerato la possibilità che Rusty potesse essere un playboy e avesse diverse ragazze allo stesso tempo. La sua reazione immediata? Non era invidia, vero? Pietà, piuttosto.

Meg non era sola: aveva Harold, no? Sì, il noioso Harold. Lei sospirò. Harold era meglio di nessuno. Lei lo amava? Assolutamente no! Teneva a lui, in un certo senso. Era il vicepreside della sua scuola. Le aveva spianato la strada in diverse occasioni. Ma a letto? Harold era eccitante come una lumaca.

Non aveva comunque molte occasioni di andare a letto con lui. Lui viveva con sua madre anziana e con Charlie in casa di sicuro non passava tutta la notte nel suo letto. Almeno non era esigente. Bastava una sveltina dopo che Charlie si addormentava. Ad Harold piaceva che le cose funzionassero così, tranne per quell'estate. Si ricordò la loro conversazione.

"Per quale motivo devi partire?"

"Aria aperta. Charlie e io abbiamo bisogno di un cambiamento."

"Per tutta l'estate?"

"Sì."

"Perché non per una settimana? Come la maggior parte delle persone?"

"Noi non siamo come la maggior parte delle persone."

"È proprio tipico di te allontanarti per tanti mesi, lasciandomi qui da solo."

"Non sei da solo. Hai tua madre." Meg aveva tentato di nascondere un sorriso.

"Sai cosa intendo."

"Non preoccuparti. Ci vediamo quando torni. Charlie e io abbiamo bisogno di passare un po' di tempo insieme, noi due da soli."

Ad Harold non aveva fatto piacere e si era persino rifiutato di venire a salutarla la sera prima della partenza. Nessun problema, tanto aveva molte cose a cui pensare e altrettante da cancellare dalla sua lista. L'ultima cosa di cui aveva bisogno erano le lamentele di Harold riguardo alla sua partenza. Che cosa ci vedeva in lui, in ogni caso? Era qualcuno con cui andare a cena o guardare un film e che comprendeva le sue sfide come insegnante. Lei sospirò. Ma niente di più. A letto, il punteggio di Harold era zero.

Mentre lei lo guardava, Rusty rimise il cellulare nei pantaloni sul molo e si tuffò. Coco fece lo stesso, nuotando più lentamente, mentre lo seguiva. Meg lo guardava mentre nuotava, con i muscoli delle spalle e della schiena in movimento e la loro energia che gli attraversava le braccia. Un brivido le attraversò tutto il corpo. Quelle braccia non potevano tenere stretta una donna e proteggerla dalle ferite della vita? Le sue bracciate forti gli fecero salire la scaletta della boa in pochi minuti. Coco cercò di seguirlo, ma non ci riuscì. Rusty la aiutò a salire.

Il dolore di stare da sola le attraversò il corpo. Magari. Quando John la stringeva, il suo mondo si illuminava, i colori si intensificavano e l'amore scorreva dappertutto. Senza di lui, la paura e il freddo della solitudine le penetravano nelle ossa. Circa sei mesi prima, aveva smesso di sperare che avrebbe trovato un altro uomo come John. Aveva rivolto tutta la sua attenzione a suo figlio. La vita di Charlie era stata profondamente sconvolta. Aveva bisogno di lei. Ogni volta che lei usciva, se tornava più tardi del previsto, Charlie si lasciava prendere dall'isterismo.

La paura che lei potesse morire lo sconvolgeva. Sebbene lei lo rassicurasse che non sarebbe successo, la vita non dava garanzie. Aveva creduto che lei e John sarebbero invecchiati insieme, ma il destino aveva progetti diversi. Lei e Charlie avevano un terapista che li aiutava ad affrontare tutto questo e a trovare un modo per continuare a vivere. Questo lo aiutava, ma solo il tempo avrebbe cancellato la spaventosa paura di perdere anche sua madre.

Rusty e Coco si scrollarono l'acqua di dosso, colpendo Meg con delle goccioline di acqua fredda, allontanandola dalle sue fantasticherie.

"Qualcuno la aspetta a casa?" Lei cercò di evitare di fissare l'acqua che sgocciolava sul suo magnifico petto, ma non ci riuscì.

Lui strinse gli occhi. "Mi stava ascoltando?"

"Da qui? Vuole scherzare?"

"Sì. In un certo senso. Un'ex ragazza. Lei?"

La sua espressione le fece capire che lui credeva di no.

"Un ragazzo." Non avrebbe mai lasciato trapelare che Harold fosse un perdente.

"Lei? Un ragazzo? Davvero? Sarà un professore, senza dubbio."

"Vicepreside."

"Ovviamente."

I bambini si tuffarono in acqua, inzuppando Meg e Rusty e interrompendo la loro conversazione. Coco abbaiò. Grazie a Dio. Harold era l'ultimo argomento di cui voleva discutere.

MEG PREPARÒ UNA SEMPLICE cena a base di pollo alla griglia, patate al forno e insalata. Alle sei, Rusty si precipitò in cucina. Prendendo il piatto, si diresse verso il soggiorno.

"Mi dispiace, ma c'è una partita."

"Una che?"

"Una partita. Sto ancora lavorando. Ho promesso di fare il commentatore sportivo alla radio. Ci collegheremo tramite telefono."

"Che vuol dire commentatore sportivo?"

Lui fece un'espressione imbronciata. "Vuol dire... vuol dire che... dovrò parlare della partita. Invece di farlo in televisione, mi hanno permesso di farlo da remoto. Non posso smettere di lavorare. Ho un contratto. Ma, per stare con Tommy, devo farlo. Spero che lei capisca. Può mettere Tommy a letto al mio posto?"

"Certo."

Lei si sedette a tavola con i bambini. Il nuoto aveva stimolato il loro appetito. Mangiarono di gusto, poi andarono nella loro stanza a giocare mentre Meg ripuliva.

Lei si fermò nella sua stanza e frugò tra i libri che si era portata, scegliendo proprio quello che voleva prima di dirigersi nella stanza dei bambini.

I rumori della partita di baseball risuonavano in sottofondo. Sentì Rusty parlare, come se ci fosse qualcun altro nella stanza. Riconosceva a malapena la sua voce animata e professionale. Doveva fermarsi a vedere di cosa si trattava.

Bussò alla porta dei bambini.

"Avanti", rispose Charlie.

"Pronti, bambini? Avete messo il pigiama. È giunta l'ora di raccontarvi una storia."

Tommy alzò gli occhi dai Lego con cui stava giocando. "Raccontarci una storia?"

Il cuore di Meg ebbe un sussulto.

"La mia mamma mi legge una storia ogni sera. La tua non lo fa?"

"Io non ho una mamma. Voglio dire, ce l'ho. Ma lei non vive con noi. Non sai leggere?" Tommy si rivolse a Charlie.

"Certo che so farlo. Ma così è più divertente."

"Oh. Ok." Tommy arrossì in viso.

"Vieni, Tommy. Questa storia è anche per te."

Meg si tolse i sandali e salì sul letto. Nel letto non c'era molto spazio anche per lei, ma riuscirono a starci. Charlie e Tommy salirono sul letto, da un lato e dall'altro di Meg. Mise loro le braccia intorno alle spalle e aprì il libro.

"Stiamo leggendo gli Hardy Boys. Charlie e io abbiamo appena iniziato questo. Siamo al capitolo tre. Charlie, ti va di raccontare a Tommy quello che è successo finora?"

Mentre suo figlio raccontava la storia fino a quel momento, Meg ascoltò, sorridendo per il suo atteggiamento animato.

"Capito?", gli chiese Charlie.

Tommy annuì.

"Dato che sei seduto alla mia destra, Tommy, sarai tu a girare le pagine. Quando te lo dico, per favore, gira la pagina."

Mentre leggeva, i bambini si addormentarono. Si accoccolarono tra le sue spalle. Charlie fu il primo ad addormentarsi, seguito da Tommy. Lei mise giù Charlie, chiuse il libro, poi si chiese cosa fare con Tommy, profondamente addormentato su di lei.

"Lo prendo io," disse una voce maschile dalla porta. Lei alzò gli occhi e vide Rusty appoggiato alla porta. "Pubblicità," disse lui sussurrando, mentre si avvicinava al letto. Senza sforzo, prese suo figlio e lo depositò delicatamente sul suo letto. Tirò su le coperte e gli diede un bacio sulla fronte.

Meg si alzò in piedi, diede un bacio a Charlie e andò in punta di piedi verso la porta.

"Da quanto tempo stava lì?" gli chiese.

"Da un po'. Hardy Boys, eh? Erano i miei preferiti da bambino."

Meg spense la luce e chiuse la porta. Rusty tornò in soggiorno, parlando al telefono. Lei lo seguì. Appoggiandosi al muro, aspettò un'altra pausa pubblicitaria per parlare.

"Lei non legge le storie a Tommy?"

"Spesso non sono a casa quando lui va a letto."

"E sua madre non lo faceva?"

"Lei è un'attrice. Raramente stava a casa di sera."

"Che peccato. Le dispiace se lo coinvolgo con Charlie?"

"Niente affatto. Oops. Devo andare adesso. Ehi, Joe. Skip Quincy è in casa base. Sì. Dopo il suo gioco smidollato dell'ultimo inning, ha molto da recuperare..."

Meg andò in cucina. La serata era limpida e la temperatura perfetta. Troppo irrequieta per leggere, indossò una felpa, si versò un bicchiere di vino, mise il guinzaglio a Coco e uscì.

Le piaceva passeggiare con quel Rottweiler. Rusty sembrava sollevato di essersi liberato di quella responsabilità. Coco si era affezionata a Meg e la seguiva da una stanza all'altra. Quel grosso cane, la sua nuova migliore amica, le dava una sensazione di sicurezza. Il cane abbaiò e iniziò a tirare il guinzaglio.

"Va bene, ragazza. Ti lascio andare." Un po' agitata, Meg staccò il guinzaglio e lasciò correre Coco. Dopotutto, non era il suo cane. Ma credeva che non sarebbe scappata. Sarebbe rimasta vicino a lei, per proteggerla. Coco corse fino ai margini del bosco. Meg la seguì.

Un ululato infranse il silenzio della notte. Meg si bloccò all'improvviso. Quel rumore agghiacciante era forte, quindi voleva dire che era vicino. La luce della luna fece brillare due occhi bramosi nell'oscurità. Era un coyote, a non più di tre metri da Meg.

Coco fece un passo avanti. Emise un profondo ringhio dal petto. L'animale selvatico si bloccò, fissandola. Il forte e feroce abbaio di Coco echeggiò nell'oscurità. Il sudore sgocciolava tra i seni di Meg e sulle sue mani. I muscoli delle sue spalle si irrigidirono mentre l'adrenalina le scorreva nelle vene. Il pelo sulla parte posteriore del collo del coyote si raddrizzò. L'animale guardò il cane negli occhi. La tensione appesantiva l'aria. Il respiro di Meg si affievolì. Mentre la paura le attraversava tutto il corpo, lei cominciò a camminare all'indietro verso la casa. Coco uscì dall'oscurità della notte. Meg vide i suoi peli del collo sollevarsi mentre un altro ringhio di avvertimento sfuggiva dalla gola di Coco.

Il cane si preparò a saltare.

"No, Coco!"

Velocemente come era comparso, il coyote scomparve. In un lampo, si voltò e corse di nuovo nel bosco. Passata la tensione, le gambe di Meg si rimisero in moto. Lei tornò di corsa verso casa, seguita da Coco. Non aveva intenzione di restare in giro, aspettando che quella creatura tornasse, magari con i suoi amici. Entrò rapidamente in casa, cercando di riprendere fiato. Coco si fermò proprio dietro di lei. Meg chiuse la zanzariera e la porta di legno, poi girò la chiave.

Crollando sul pavimento della cucina, allungò la mano verso Coco. Il cane le leccò il viso e si alzò mentre Meg la abbracciava, piangendo. Rusty entrò, continuando a parlare al telefono. Lui gesticolava, scrollando le spalle e alzando le sopracciglia.

Inspirando, Meg riusciva a malapena a parlare. Le mani le tremavano.

"Grazie, Joe. Un'altra grande partita per i New York Nighthawks, che vincono cinque a tre contro i Boston Bluejays. Buonanotte." Lui mise giù il telefono e si abbassò sulle ginocchia.

"Che cazzo è successo?"

Meg si asciugò le lacrime con le dita. Rusty allungò una mano sul tavolo per prendere un tovagliolo di carta e glielo porse.

"Un coyote." disse Meg.

"Oh, mio Dio! Davvero?"

Meg annuì. Lei fece un respiro profondo e poi espirò.

"Sta bene?"

Lei annuì. "Coco mi ha salvata."

"Davvero?" Lui spalancò gli occhi.

"Ha affrontato quell'animale."

"Coco?"

"Sì. Lei era più grande di lui. E ha ringhiato e abbaiato. L'ha spaventato. Poi siamo tornate. Velocemente."

"E lei sta bene?"

"Grazie a Coco." Meg abbracciò il cane. La paura si allontanò dal suo corpo, lasciandola inerte.

Rusty le prese il braccio e la aiutò ad alzarsi. Lei vacillò per un momento. Le mise un braccio intorno alla vita, aiutandola a stare in equilibrio. Meg perse il controllo. Lei si appoggiò al suo petto, singhiozzando. Lui la strinse a sé.

"Va tutto bene. Adesso è al sicuro," le disse, con voce profonda e rassicurante.

Coco abbaiò una volta.

"Shh. Lei sta bene." Rusty allungò una mano e accarezzò il suo cane. Poi accarezzò la testa di Meg. "Vuole qualcosa da bere?"

Lei rifiutò. "Mi dispiace. Di solito non perdo il controllo." Lei prese qualche altro tovagliolo.

"Ehi, ho capito. Anch'io me la sarei fatta addosso."

Lei lo guardò.

"Ok. Mi scusi. Forza. Un bicchierino. Si sentirà meglio."

"Game over?" Lei si sedette, guardandolo mentre prendeva la bottiglia di whiskey dallo stipetto.

"Sì. Grazie per essersi presa cura di Tommy."

"È un bambino eccezionale."

"Davvero? Grazie. Vorrei che a scuola fossero d'accordo con lei."

"Oh?"

"Ecco, beva questo." Le mise davanti un bicchierino. Meg esaminò il suo viso, ma la sua espressione non rivelò il motivo per cui aveva cambiato argomento. Mmm, quindi Tommy aveva qualche problema a scuola? Rusty si era chiuso a riccio. Non essendo un tipo insistente, Meg resistette alla tentazione di porgli domande.

"Grazie." Lei bevve il bicchierino in un solo sorso. Il calore creato dall'alcool la calmò. L'avrebbe aiutata a dormire.

"Le va di parlarne?"

"Non ho nient'altro da dire." Lei controllò l'orologio. "Meglio che vada a letto."

"Sì. Grazie ancora per Tommy."

"Leggerò una storia ai bambini ogni sera. Per lei va bene?"

"Sarebbe magnifico."

"Perfetto." Cominciando a sentire gli effetti del suo drink, si alzò dal tavolo. "Buonanotte." Non completamente in equilibrio, riuscì a raggiungere il corridoio.

"Buonanotte," rispose Rusty.

Un po' stordita, Meg si spogliò. Dopo essersi rannicchiata sotto le coperte e aver spento la luce, si ricordò del bagliore negli occhi del coyote. La paura le attraversò di nuovo il corpo. All'improvviso, il letto si abbassò e un grosso corpo si distese accanto a lei. Era Coco. Meg si voltò su un fianco e abbracciò il cane.

Un momento prima di addormentarsi, sentì il letto affondare mentre l'animale se ne andava.

COCO ENTRÒ IN CUCINA. Rusty finì di bere il suo bicchierino. Aprì lo stipetto e tirò fuori una mezza dozzina di snack per cani.

"Sei stata coraggiosa, Coco. Hai protetto Meg. Ecco qua." le disse, offrendole del pollo liofilizzato. Lei lo divorò in un lampo. "Brava ragazza."

Lui lavò il bicchiere e lo mise sullo sgocciolatoio, poi si fermò vicino alla porta sul retro, fissando il prato, debolmente illuminato da una luna piena e luminosa. Un brivido gli attraversò il corpo. Animali selvatici proprio dietro la porta di casa. Chi avrebbe mai pensato che il pericolo potesse essere così vicino? E se il coyote avesse attaccato Meg? Lui iniziò a sudare sulla fronte. E se l'avesse uccisa? Cosa sarebbe successo a Charlie?

Un brivido lo fece tremare. Sarebbe stato un orribile disastro. Per fortuna c'era il cane con lei. Certo, i coyote sono piccoli, ma sono comunque pericolosi. Se fosse stato rabbioso, affamato o qualcosa del genere, Meg sarebbe stata spacciata.

Spense la luce e si diresse verso il soggiorno. Coco lo seguì. Mentre estraeva il divano letto, pensò alla scena nella stanza dei bambini Sentì un groppo in gola. Sua madre gli leggeva una storia ogni notte. Sì, anche gli Hardy Boys. Come poteva averlo dimenticato?

Aveva sentito Tommy dire che non aveva una madre. Quelle parole avevano ferito il cuore di Rusty. Sua madre era stata davvero meravigliosa e amorevole, dedicandogli tutto il suo tempo e la sua attenzione. Ora suo figlio doveva crescere senza madre — un vuoto enorme — e un padre che viaggiava e lavorava troppo, soprattutto di sera. Cazzo, quel bambino era praticamente un orfano.

I suoi occhi si inumidirono di lacrime. Come aveva potuto permettere che accadesse? Troppo impegnato e troppo preso dal tentativo di guadagnare un sacco di soldi per pagare il college di Tommy e lasciargli un'eredità. Ma che razza di eredità è lasciare solo del denaro? La madre e il patrigno di Rusty non avevano molto. Non gli avevano lasciato nemmeno un centesimo quando erano morti. Ma gli avevano lasciato un'eredità d'amore.

I suoi ricordi d'infanzia di suo padre e sua madre, che aveva avuto tre aborti spontanei prima della sua nascita. Quanto l'avevano amato! Ricordava le mattine di Natale, piene di regali meravigliosi. Niente di costoso, ma tanti regali.

Rusty si spogliò, rimanendo con i boxer, e si infilò nel letto. Incrociando le dita dietro la testa, fissò il soffitto. Come poteva risolvere tutto questo? Forse quell'estate avrebbe potuto approfondire il legame con Tommy. Avrebbero potuto fare qualcosa insieme, anche se lui doveva lavorare per le partite serali.

L'invidia gli invase il petto. Meg aveva un rapporto così sereno con Charlie. Aveva notato come quel bambino si stringeva a sua madre mentre lei gli leggeva una storia. Quanto erano a loro agio l'uno con l'altra. Non Rusty. Non era mai stato a suo agio con i bambini. Tommy era un bambino eccezionale, lo diceva anche Meg. Avrebbe dovuto prestare maggiore attenzione a quel bambino. Ascoltarlo di più. Magari anche coccolarlo. L'emozione gli fece venire un groppo in gola. Amava intensamente suo figlio dal momento in cui era nato. Forse adesso avrebbe dovuto trovare un modo diverso di dimostrarlo.

Coco balzò in piedi sul letto, leccò la faccia di Rusty, poi se ne andò trotterellando verso la stanza del bambino. Almeno c'era una cosa che aveva fatto per suo figlio. Gli aveva preso un cane. Un grosso cane protettivo. Coco dormiva ogni sera sul letto di Tommy. Il bambino la adorava e lei gli lasciava fare tutto ciò che voleva.

Rusty sorrise. Almeno aveva preso una buona decisione riguardo a suo figlio. Si voltò dall'altra parte. Aveva bisogno di dormire e di organizzarsi con suo figlio. Forse avrebbe potuto chiedere alcuni consigli su come fare il padre a quella stronza patentata? Se solo lei avesse smesso di insultarlo. Sospirò e si addormentò.

Al mattino, qualcosa atterrò su di lui, svegliandolo. Era Tommy. Rusty lottò con il bambino, intrappolandolo tra le sue gambe e mettendosi a rotolare da una parte e poi dall'altra. Tommy si mise a ridere finché non riuscì a respirare. Rusty lo abbracciò e gli diede un bacio sulla testa.

L'odore di bacon e caffè attirò le papille gustative di Rusty.

"Bacon!" esclamò Tommy, prendendo fiato.

"E caffè." Rusty tirò giù le coperte e si alzò in piedi. Lui stiracchiò le braccia più in alto possibile mentre si allontanavano sbadigliando.

"Grandioso!", disse lei, scuotendo la testa.

Meg si diresse verso il bagno. Rusty afferrò il copriletto e se lo avvolse intorno alla vita.

"È così che dormo. È stata lei a voler cambiare stanza," le urlò.

"Andiamo, papà. Sii gentile. Sta cucinando."

"Ok, ok." Rusty portò i suoi vestiti nella sala da pranzo. Una volta vestito, raggiunse gli altri in cucina. I bambini stavano mangiando bacon, uova e toast. Meg era in piedi davanti ai fornelli.

"Pronto?" gli chiese.

"Sì. Grazie. "Ha un aspetto magnifico."

Lei mise delle uova su ciascuno dei due piatti e gliene porse uno. Poi si sedette insieme agli altri. Rusty prese del bacon e del pane tostato. Quella piccola scena familiare gli toccò il cuore. *Non adagiarti troppo sugli allori. Lei ti odia. Pensa che tu sia stupido. È una cosa temporanea.*

"Ha programmi per oggi?"

"No."

"Pensavo di portare Tommy a guardare gli allenamenti di base-ball allo stadio Jefferson Jaguar. Charlie, ti va di venire?"

"Certo. Sì. Grazie. Posso, mamma?"

"Io non sono invitata?"

"Lei odia il baseball. L'ha detto lei. Diverse volte. Ho pensato che le sarebbe piaciuto avere un po' di tempo per sé."

"Nessun problema. Se non vuole invitarmi."

"Non ho detto questo." Rusty si mise in bocca una forchettata di uova.

"Può venire anche la mamma?" gli chiese Charlie.

"Certo che può. Tutto quello che doveva fare era chiederlo gen-tilmente." Rusty fissò Meg.

"Grazie. Certo che verrò. Potrei anche provare a imparare qual-cosa, visto che sabato andremo a una partita."

Rusty non sapeva come sarebbe andata con lei presente, ma non aveva scelta. Credeva che la sua piacevole giornata con i bambini avrebbe finito per rovinarsi se Miss Guastafeste si fosse unita a loro. Mmm. Lui tentò invano di fare un sorriso.

Capitolo Cinque

Allenamenti di baseball? Che mi è saltato in mente? Meg entrò nella doccia. *Nessuno porta mio figlio da nessuna parte senza di me.* Si insaponò e si lavò i capelli. Dopo essersi risciacquata, chiuse l'acqua e uscì dalla doccia. Meg si asciugava sempre prima i capelli, poi il corpo. Avvolgendosi l'asciugamano intorno, lo fissò sul seno e si passò le dita tra i capelli.

"Tommy, solo un secondo..." disse una voce maschile e blam! Rusty la urtò, facendola cadere contro il lavandino. Lei afferrò l'asciugamano, fissandolo. Lui la fissò dalla testa ai piedi, in un attimo che sembrò eterno.

"Mi dispiace. Scusi tanto. Non sapevo che fosse qui." Lui indietreggiò, con le mani alzate.

"Ci metto solo un minuto." Meg raccolse i suoi vestiti e, stringendo l'asciugamano, si precipitò in camera da letto. Lei chiuse la porta e vi si appoggiò, aspettando di riprendere fiato. Era rimasta quasi nuda in bagno con Rusty. Cazzo! Il cuore iniziò a batterle all'impazzata. Se fosse successo un minuto prima, sarebbe rimasta in tutta la sua gloriosa nudità davanti ai suoi occhi.

Lei rabbrividì. Perché doveva importarle? E se fosse stato Harold a entrare in bagno all'improvviso? Lei ridacchiò. L'avrebbe ignorato e si sarebbe infastidita di averlo tra i piedi. Lei deglutì. Il calore dello sguardo di Rusty quasi le bruciò l'asciugamano intorno al corpo.

Si vestì rapidamente e si spazzolò i capelli. Dopo aver controllato la borsetta, si diresse verso la porta d'ingresso. Rusty e i bambini la stavano aspettando. Tommy portava un enorme guanto da baseball sulla mano sinistra. Rusty controllò l'orologio.

"Pronta?"

"Sì."

"Andiamo."

Lei gli toccò il braccio. "Una cosa. Nuova regola. Non si entra in bagno senza bussare. Ok?"

Rusty diventò rosso in volto. "Ok. Sì. Ottima idea."

I bambini annuirono.

"Perché porti quel coso?" chiese lei, indicando il guanto.

"Nel caso in cui mi arrivi una palla." Tommy sorrise e diede un pugno nella tasca del guanto.

"Oh, capisco." Lei annuì. No, non aveva idea di che cosa stesse parlando.

Salirono sulla macchina di Rusty. Lui impostò il GPS e mise in moto il veicolo.

Quando arrivarono allo stadio, Meg fu sorpresa da quanto fosse piccolo.

"Gli stadi della major league sono molto più grandi," disse Rusty, anticipando la sua domanda.

Lei annuì. Francamente, questo era molto meno intimidatorio. Alcuni giocatori in divisa punteggiavano il campo. Sembrava che stessero giocando a palla. Un ragazzo impugnò la mazza, colpì la palla e la lanciò a un altro giocatore.

"Ho fame," disse Tommy.

"Anch'io." Charlie guardò sua madre.

"Che ne dite di un hot dog?" Rusty prese il portafoglio.

Mmm. Cibo spazzatura. Ma è uno stadio di baseball. Immagino che sia obbligatorio. Meg prese Charlie per mano, ma lui si allontanò.

"Sono troppo grande, mamma."

Lei sospirò e annuì. "Ok." La sua infanzia stava passando troppo rapidamente.

Armati di hot dog, bibite e patatine fritte, si sedettero in prima fila. Gli spalti erano per lo più vuoti. Meg indossava una canotta turchese piuttosto scollata e un paio di pantaloncini bianchi. Rusty continuava a parlare della partita, degli allenamenti e di ciò che stavano facendo i giocatori in campo.

Lei cercava di concentrarsi sulle sue parole, ma uno dopo l'altro i giocatori si avvicinarono agli spalti.

"Salve, signorina. È qui per assistere agli allenamenti?" le chiese un bel ragazzo alto.

"Meg Gunderson. Questo è mio figlio Charlie e lui è il suo amico Tommy."

"Piacere di conoscervi, ragazzi. Sono Frank Todd. Gioco in seconda base." Lui sollevò il berretto.

"Sabato verremo alla partita," aggiunse Tommy.

"Fantastico." Frank Todd autografò una palla e la porse a Meg. Non riusciva a distogliere lo sguardo da lei. "Signorina o signora Gunderson?"

"Signora."

"Questo è suo marito?"

"Lui?" disse lei, scoppiando a ridere. "No, no. Sono vedova."

"Oh. Mi dispiace per la sua perdita." Ma il sorriso di Frank sembrava tutt'altro che dispiaciuto. "Posso invitarla a cena qualche volta?"

Frank prese il telefono dalla tasca posteriore. Meg gli dettò il suo numero. Guardò Rusty e sollevò le spalle. Il suo sguardo furioso le fece piacere. Probabilmente, lui pensava che un giocatore di baseball non potesse interessarsi a lei. Forse era geloso? Davvero? Era impossibile, dato che la odiava.

Rex Charlton, esterno centro, spinse Frank fuori dai piedi.

"Il coach ti sta cercando," gli disse. Poi si avvicinò agli spalti e fece a Meg un sorriso smagliante.

"Come si chiama, signorina, e dov'è stata finora?"

Uno dopo l'altro, i giocatori presero posto di fronte a Meg, dandole una palla firmata e chiedendole il numero di telefono.

Rusty ignorò la parata di uomini arrapati e iniziò a spiegare il gioco a Tommy e Charlie. Ogni volta che lei li guardava, soffocava una risata. Rusty era geloso delle attenzioni rivolte a Meg. Sembrava che nessuno dei Jaguars l'avesse riconosciuto, ma tutti volevano parlare con Meg.

Si udì un fischio e i giocatori si misero in fila. Il coach mormorò qualcosa che lei non riuscì a sentire. Si divisero in due squadre. Una scese in campo e l'altra si sedette sulla panchina, mentre i giocatori si susseguivano sul piatto alla battuta.

Meg si concentrò sul commento di Rusty, che spiegava le regole del gioco. Il sole di mezzogiorno riscaldava le gradinate.

"Vi è piaciuto, ragazzi? In ogni caso, torneremo sabato. Qualcuno vuole fare una nuotata nel lago?"

I bambini annuirono. Raccolsero i loro rifiuti. Quando i bambini iniziarono a correre, Rusty si avvicinò a lei.

"Sono solo un branco di cani in calore. Cercavano di farle togliere le mutandine."

Spalancando gli occhi, lei lo fissò. "Oh? Anche lei era così?"

Lui arrossì sul viso e sul collo. Iniziò a balbettare qualcosa. Lei scoppiò a ridere.

"Come immaginavo. Tra simili ci si riconosce, no?"

"Spero che non voglia uscire con nessuno di loro."

"Che cosa le importa?"

"Odierei se le spezzassero il cuore."

"Davvero? La sua preoccupazione per il mio cuore è toccante. O lo sarebbe. Se ci credessi. È un altro giochetto per farmi tornare a casa?"

Lui scosse la testa. "Solo la verità."

"Certo. Come se io le credessi." Lei si allontanò. Lui aveva una bella faccia tosta.

Non aveva ricevuto molte attenzioni dagli uomini da quando John era morto. Non avrebbe mai permesso che Rusty rovinasse il modo in cui tutto questo la faceva sentire. Sarebbe uscita con qualcuno di loro? Chi poteva dirlo? Probabilmente no. Charlie odiava quando lei usciva. Restava in ansia fino al suo ritorno. Tuttavia, la lusingava che qualcuno la invitasse a uscire.

Aspettò che Rusty la raggiungesse. "Potrei uscire con tutti loro. Scoprire chi è il più a bravo a letto."

Rusty si strozzò e iniziò a tossire. Meg rise fino a quando non arrivarono alla macchina.

ANCORA STUPITO PER aver trovato Meg in bagno, Rusty cercò di concentrarsi sull'insegnamento del baseball ai bambini. Vedendola lì in piedi, tutta arrossata dal calore dell'acqua, agitata e vulnerabile, era riuscito a malapena a mantenere il controllo. Il sangue aveva iniziato a pompargli fino al cazzo. Gli ci erano voluti diversi minuti per riprendersi. Poi, ovviamente, si era scusato. Gli dispiaceva? Neanche un po'. Non riusciva a ricordare l'ultima volta che aveva visto una donna così attraente. La voleva proprio lì, nel bagno.

L'idea di sollevarla sulla toeletta e di perdersi nel suo calore umido gli attraversò la mente. Merda! Di tutte le donne su cui poteva fantasticare, perché doveva essere proprio per quella stronza patentata? Ma lei gli era sembrata diversa in bagno. Con le labbra leggermente dischiuse, le guance rosee, la pelle perfetta e i capelli biondi che le scendevano sulla fronte, era rimasto affascinato. Aveva lo stesso aspetto innocente di Marilyn Monroe. Quell'aspetto che lo attraeva ogni volta.

Avrebbe voluto baciarla. Prenderla tra le braccia, toglierle l'asciugamano e togliersi i vestiti. Sentire la sua pelle nuda contro la sua, i suoi seni che spingevano sul suo petto, i suoi fianchi muoversi insieme ai suoi — praticamente il paradiso. Anche ricordarlo lo faceva riaccendere.

Quando avevano raggiunto il campo da baseball, era pronto per insulti senza sosta e commenti irriverenti. Non aveva visto Frank Todd avvicinarsi. Cazzo, quel ragazzo era praticamente uno stalker — lì, in piedi, a farle il terzo grado e a chiederle il suo numero per tormentarla. Cazzo. Rusty non aveva nemmeno il suo numero. Non che lo volesse. Ma avrebbe potuto tornargli utile, dato che condividevano la casa.

Lei non gli aveva detto nessuna parola spiacevole finché lui non aveva provato a metterla in guardia. Come un agnello tra i lupi, lei non sapeva quanto fossero predatori i giocatori di baseball. Lui aveva cercato di avvertirla, ma lei aveva ribattuto con un commento che non si sarebbe mai aspettato. Sarebbe andata a letto con tutti loro? Ne dubitava. Miss Perfettina? "Per favore, bussi alla porta del bagno." Sì, certo. Era un bel bocconcino e loro lo sapevano. Avrebbero preso il suo corpo e le avrebbero calpestato il cuore senza voltarsi indietro.

Ma lei non l'aveva ascoltato. Quindi, fanculo. Cazzi suoi. Lui l'aveva avvertita. La gelosia gli ardeva nel petto. Voleva che lei lo volesse. Perché? In modo che lui potesse rifiutarla. Lui sorrise. Sarebbe stata una vittoria. Miss Perfettina, sbam! L'avrebbe freddata, le avrebbe dimostrato chi era più intelligente. Ma ora, con i Jaguars che lasciavano una scia di bava davanti alla sua porta, doveva competere. Pfft. I rivali non gli avevano mai fatto paura. Era stato un giocatore di punta dei New York Nighthawks, sempre vincente.

"Ehi, ha quasi superato il vialetto." indicò Meg.

"Già." Rusty voltò la macchina.

"Dov'era?"

"Proprio qui."

"No, davvero. La sua mente non lo era."

I bambini parlavano sul sedile posteriore dei loro giocatori preferiti dei Jaguar. Rusty non li ascoltava. L'unica cosa a cui riusciva a pensare era Meg. Era la peggiore idea che potesse avere, perché lei non lo sopportava, mentre lui voleva andare a letto con lei, come un orso che vuole il miele. Oh, l'asciugamano, che riusciva a malapena a coprire il suo bel sedere e a bloccare la sua strada verso il paradiso.

Lui prese il costume da bagno e si diresse verso la sala da pranzo. Dopo venti minuti, erano pronti per dirigersi verso il lago. Rusty non riusciva a credere a quanto potesse essere sexy una donna col costume intero. L'azzurro della stoffa si abbinava ai suoi occhi. Le aderiva al corpo, fornendogli un bel panorama delle sue forme. La sua immaginazione poteva fare il resto.

"Andiamo." Rusty si mise un asciugamano sulle spalle e aprì la porta.

Lasciò che i bambini andassero per primi, poi lanciò un'occhiata a Meg. La sorprese a osservarlo. Bene. Falle vedere che sei ancora maledettamente in forma. Con un gesto del braccio, lui si fece da parte. Si stava comportando da gentiluomo? Impossibile. Rusty voleva dare un'altra sbirciatina al suo sedere. Lui ridacchiò tra sé e sé. Guardarla camminare in costume era sufficiente per far avere un'erezione a un uomo.

"Ha cucinato molto. Dopo il lago, andremo a cena da Homer. Offro io."

Lei lo guardò. "Bene."

I bambini applaudirono sul sedile posteriore. "Hamburger e patatine fritte!" urlò Charlie.

"Ehm, no. Non puoi mangiare patatine fritte due volte al giorno. Stasera verdure."

Charlie mise il broncio e incrociò le sue braccia magre sul petto.

"Puoi mangiarne un po' delle mie," disse Tommy.

"No, Tom. Basta patatine fritte anche per te. Meg ha ragione. Verdure."

Lei lo guardò con la bocca aperta. Cazzo, se i Jaguar erano riusciti a conquistarla comportandosi in modo gentile e affascinante, avrebbe potuto farlo anche Rusty, no?

SEDUTA SUL PONTILE, in costume da bagno, da Homer, Meg beveva uno spritz mentre i bambini davano il pane alle anatre. Guardando Rusty, lei socchiuse gli occhi.

"È stato gentile per tutto il giorno. Che cosa succede?"

"Un uomo non può essere gentile con la donna con cui condivide la casa? La sua coinquilina?"

"Suppongo di essere io la sua coinquilina, no?"

Rusty scrollò le spalle.

"Questa improvvisa inversione di tendenza deve avere una ragione."

"Forse sto iniziando ad attaccarmi a lei."

"Oh, capisco. Come una muffa?"

"L'ha detto lei. Non io." Rusty sorrise.

"Qualunque sia la ragione, grazie." Lei non gli aveva creduto nemmeno per un minuto. Lui aveva in mente qualcosa e doveva scoprire cosa. Rusty voleva quel posto solo per sé. Sicuramente stava elaborando un piano diabolico per farla andar via. Doveva capirlo prima che lo portasse a termine.

Il fascino di Rusty poteva mettere fuori gioco ogni donna. Ma Meg non era una donna qualunque. Non era il tipo che credeva a tutto ciò che dicono gli uomini per portarsi a letto una donna. Lei sorrise. Cercano sempre di convincere le donne ad aprire le gambe. Perché non provano semplicemente a essere onesti? Ad esempio, con un: "Ehi, penso che tu sia sexy e mi piacerebbe davvero fare sesso con te."

Una risatina le sfuggì dalla bocca.

"Che cosa c'è di così divertente?" Rusty posò la birra.

"Niente."

"È un comportamento maleducato, lo sa? Pensare a qualcosa di divertente e non condividerlo."

"Ok. L'ha voluto lei. Ecco. Mi chiedevo perché gli uomini pensano di dover fare i salti mortali, dimostrarsi affascinanti e dire un sacco di stronzate a una donna solo per portarsela a letto. Perché non provano l'approccio diretto? Dicendo solo: "Penso che tu sia sexy e voglio fare sesso con te.""

Il suo sguardo e quello di Rusty si incrociarono. "Perché è il modo più veloce per prendersi uno schiaffo o un proiettile o per farsi investire da un'auto."

Meg scoppiò a ridere.

"Lei pensa che una donna direbbe di sì? Impossibile."

"Ci ha mai provato?" Lei aggrottò la fronte.

"Solo quando ero troppo ubriaco per capire cosa stessi facendo."

"E ha funzionato?"

"Ho le fatture del pronto soccorso che dimostrano il contrario."

Meg scoppiò a ridere. "Qual è il modo migliore per portarsi una donna a letto?"

"Farle credere di non volerci andare a letto. Comportarsi da gentiluomo, non provarci. Lei si chiederà perché, penserà che ci sia qualcosa che non va in lei e farà del suo meglio per sedurti."

"E la sua idea funziona?"

"Ogni volta." Lui sorrise.

"Che cosa c'è di divertente?" domandò Charlie.

Rusty cambiò argomento. "Come stanno le anatre?"

Mentre i bambini parlavano dei germani reali, il cameriere portò il loro cibo. Rusty e Meg avevano raggiunto un compromesso: i bambini avrebbero potuto mangiare hamburger se avessero accettato di mangiare dell'insalata al posto delle patatine fritte.

"A me piace l'insalata," disse Charlie, mangiando la sua mentre sua madre metteva del ketchup sul suo hamburger.

"Io non ho mai mangiato l'insalata," disse Tommy.

Meg lanciò a Rusty un'occhiataccia. Lui sollevò le spalle.

"Ti piace la lattuga?" gli chiese Charlie.

Tommy annuì.

"Allora ti piacerà anche l'insalata."

Mentre tornavano a casa, il cielo si annuvolò. I tuoni rimbombavano per tutta la cittàdina.

"La signora del Cozy Café ha detto che a volte i temporali arrivano all'improvviso." Meg alzò gli occhi al cielo.

"La pioggia non viene dal nulla, mamma. Viene dalle nuvole."

"Giusto, Charlie."

"Me l'ha insegnato papà."

"Che cosa è successo a tuo padre?" gli chiese Tommy.

"È morto in un incidente d'auto. Non era colpa sua. L'ha investito un camion."

Il silenzio improvviso fu coperto da un altro tuono. Riuscirono a entrare in casa mentre enormi gocce di pioggia cadevano su di loro. Rusty chiuse la porta, poi raggiunse gli altri davanti alla finestra panoramica. Coco trotterellò nella stanza abbaiando. Rusty la strinse a sé e la accarezzò.

"Odia i temporali," disse Tommy.

Rimasero a guardare mentre la pioggia danzava sul marciapiede. Cadeva a secchiate, come onde arrabbiate.

"Possiamo guardare un film?" domandò Charlie.

"Ottima idea. I film sono nella mia stanza. Portati Tommy. Decidete cosa vi piacerebbe vedere." Lei si rivolse a Rusty. "Va bene per lei?"

Lui annuì e i bambini corsero nella stanza di Meg.

Lei rimase in piedi vicino alla finestra a guardare il temporale che si allontanava lentamente. La pioggia continuava a cadere, ma la sua furia era finita.

"Sono le otto. Ho una partita stasera."

"Ha bisogno della tv?"

"Posso guardarla sul mio computer," rispose lui. "Va bene se mi sistemo in cucina?"

"Certo."

"Perché non la guarda con me? Potrebbe imparare qualcosa, così sabato non sarà totalmente ignorante."

"Non sono una sciocca."

"Ok, solo ignorante."

Lei scosse la testa. "Preferisco mettermi a leggere."

"Cosa sta leggendo di così interessante da preferirlo a una partita?"

"Lei non capirebbe."

"Mi metta alla prova."

"Mi piace leggere. Ho letto molti libri d'amore. È bello ricordarsi com'è avere una relazione."

"Pensavo che lei avesse un fidanzato."

"È così. Beh. È una specie di sostituto."

"Un sostituto? Finché non arriverà l'uomo giusto?"

"L'uomo giusto e già arrivato... ed è andato via. Solo qualcuno con cui andare al cinema."

"Oh. Sì. Mi dispiace." Lui fece una pausa. "Come un amico?"

"Una specie. È complicato."

"Quindi leggere romanzi d'amore per sognare di vivere invece di avere la sua vita?"

"È davvero brutto."

"Ma vero, no?"

Lei sollevò le spalle. "Forse. Non mi va di parlarne."

"Capisco."

"Leggo anche polizieschi. Mi piace quando il cattivo della storia viene scoperto e punito."

"Quindi è a favore delle punizioni?" Lui aggrottò la fronte.

Meg scoppiò a ridere. "Parlo di giustizia, sa cosa intendo? Quando si passa a quello che ho passato io, si smette di credere nella giustizia. Nelle cose buone che succedono alle persone buone. Si comincia a pensare che la vita sia solo casuale. I polizieschi, dove prendono sempre il cattivo, mi fanno credere che la giustizia esista ancora."

Lei si guardò le mani. Rusty si alzò in piedi. Si fermò ad accarezzarle la schiena, poi lasciò la stanza, tornando qualche minuto dopo con il suo computer.

Meg guardò fuori dalla finestra. Aveva smesso di piovere. Coco stava vicino alla porta sul retro.

"Le dispiace se porto fuori il cane?"

"Faccia pure."

Lei le mise il guinzaglio e aprì la porta. La pioggia non la infastidiva. Aveva bisogno di aria fresca. E di allontanarsi da Rusty. Che cosa l'aveva fatta aprire con un uomo che non conosceva nemmeno? Se l'avesse conosciuto a New York, non gli avrebbe mai dato una seconda possibilità. Eccola lì, a rivelare i suoi pensieri più profondi a qualcuno a cui non potevano importare di meno. Lui voleva solo compagnia mentre guardava quella dannata partita maledetta.

Meg si era aperta con il suo terapista, ma con nessun altro. Perché le risultava così facile parlare con Rusty? Un uomo così ignorante e maschilista, eppure eccola lì, a condividere i suoi pensieri sulla giustizia con lui. Almeno non si era messo a ridere e non le aveva affibbiato qualche soprannome. Era buffo che lui sapesse esattamente cosa fare: non fare niente, non dire niente. La sua pacca sulla schiena era stata piacevole quasi come un abbraccio. Ok, quindi forse lui sapeva qualcosa. Forse non era idiota come pensava.

Coco trotterellò fino al bosco insieme a Meg. Camminarono da un'estremità all'altra della proprietà. Il cane fece i suoi bisogni, poi tornarono indietro. Meg pensò che Coco avesse spaventato il coyote in modo permanente e gliene fu grata.

"Forza, ragazza, corri a casa!" Meg ripartì e Coco seguì il suo suggerimento. Lei aumentò il passo, superando facilmente Meg. Rusty stava guardando la partita e rabbrividì quando Coco si scrollò di dosso la pioggia. Meg si asciugò i capelli con un tovagliolo di carta.

"Vado a mettere a letto i bambini," sussurrò lei.

Lui annuì.

Accoccolandosi in mezzo a loro, riuscì a leggere solo mezzo capitolo prima che entrambi si addormentassero. Riuscì a sollevare Tommy per portarlo nel suo letto. Rimbocco loro le coperte, diede loro il bacio della buonanotte, spense la luce e uscì in punta di piedi dalla stanza.

In cucina, Coco si era raggomitolata sul pavimento accanto a Rusty, mentre lui commentava la partita al telefono. Alzò gli occhi quando la vide entrare e le fece cenno di sedersi accanto a lui.

Lei sorrise, ma scosse la testa. Aveva già guardato troppo baseball per una sola giornata.

Dopo aver indossato la camicia da notte ed essersi messa a letto, controllò il telefono. Come previsto, aveva ricevuto dei messaggi da tre dei giocatori che aveva conosciuto. E, sì, Frank Todd, era il primo della lista.

La sua porta si aprì cigolando, allertando Meg. Lei si sollevò. Coco si avvicinò, fermandosi accanto al letto. Leccò la mano di Meg, poi si accucciò.

"Coco! Coco!" Una voce profonda penetrò nella camera da letto.

Rusty apparve sulla soglia. "Eccola. Mi scusi. Le piace andare in giro. Sa com'è. Vuole assicurarsi che tutti stiano bene prima di andare a dormire con Tommy."

Meg si abbassò e diede un bacio sulla testa al rottweiler.

"Le è piaciuta la partita di baseball?" Lui rimase appoggiato allo stipite.

"Intende i giocatori?"

"No. La partita."

"Oh, quello." Lei gli sorrise. "Tutto ok."

"Una vera partita sarà meglio. Mi creda."

"Vedremo."

"Andiamo, ragazza. Sto parlando con il cane." Lui arrossì in volto. "Buonanotte."

"Buonanotte, Coco. Notte, Rusty."

Lui sollevò la mano, poi chiuse la porta.

Aggrottando la fronte, Meg si distese. Coco la considerava una del branco, della famiglia. Ma Rusty era l'ultimo uomo dell'universo per lei. Odiava spezzare il cuore del cane ma, prima sarebbe riuscita a sbattere fuori Rusty, meglio sarebbe stato.

Capitolo Sei

Rusty cercò di concentrarsi sulla partita. Vedere Meg a letto in camicia da notte aveva distrutto la sua concentrazione. *Mmm, vediamo, qualcuno ha fatto un doppio e ora è in seconda base. O aveva rubato la terza? Il battitore sta andando alla battuta. Pensavo che avrebbero usato un sostituto battitore.* Bevve un sorso di birra, ma non sarebbe servito a niente.

Cercando di controllare la sua libido, si costrinse a guardare lo schermo. Come previsto, il battitore non era il lanciatore, ma il primo difensore dei Nighthawks. Accidenti. Se non fosse stato attento, la sua carriera televisiva sarebbe andata in fumo.

Durante la pubblicità, la sua mente tornò alle parole di Meg. Quanto deve essere difficile sentirsi vittima di una grande ingiustizia? Mmm. Forse anche aver messo incinta Angela era stata un'ingiustizia. Non esattamente. Almeno lui aveva Tommy a cui voler bene. Era arrabbiato con lei per essersene andata e avergli scaricato loro figlio? Certo che sì. Ogni volta che non sapeva cosa fare, cioè praticamente ogni giorno della vita di quel bambino, malediva Angela.

Se lei fosse rimasta, l'avrebbe aiutato e gli avrebbe detto le cose giuste da fare. Si stava prendendo in giro. Angela non aveva neanche un briciolo di spirito di maternità dentro di sé. Non avrebbe saputo cosa fare meglio di Rusty: cosa fosse uno scatto d'ira, come gestire la febbre o come farla passare. E centinaia di altre cose che lo facevano sentire impotente, come se fosse l'uomo più stupido del mondo. Quel bambino faceva sentire suo padre un idiota. La paternità era stata una strada accidentata per il giocatore di baseball.

Continuò a commentare la partita fino alla fine quando, alle undici, i Nighthawks vinsero con un doppio fuoricampo nel decimo inning. Esausto, Rusty spense il computer e allungò le braccia sopra la testa. Sbadigliando, rimise il laptop in soggiorno, spense le luci e chiuse a chiave le porte. Coco sbadigliò e trotterellò nella stanza di Tommy.

Quasi troppo stanco per aprire il divano letto, Rusty pensò di dormirci sopra senza aprirlo. Poi allontanò quell'idea.

"Potrei cadere dal letto nel bel mezzo della notte."

Tirando fuori le sue ultime forze, lo aprì, rimase in boxer e si buttò a letto. Le immagini di Meg gli fluttuavano in mente. Era così bella quando sorrideva ai giocatori e arrossiva, mentre la riempivano di complimenti. Immaginava che non ci fossero molti ragazzi sexy che le giravano intorno. E non riusciva a capire come mai.

Allo stadio, gli aveva fatto alcune buone domande e altre totalmente idiote. Ma lei non sapeva nulla di baseball, quindi perdonò la sua ignoranza. Era rimasta in silenzio, lasciandogli assumere il comando, permettendo a Charlie di fare domande e entusiasmarsi di poter incontrare i giocatori e guardarli mentre si allenavano. Non pensava che l'avrebbe fatto. Si aspettava che lo denigrasse, parlando di qualche stronzata scientifica, e che non permettesse a Charlie di unirsi a lui e Tommy. Ma non l'aveva fatto. Mmm.

Prima di rendersene conto, si addormentò.

La lingua bagnata di Coco lo svegliò poco dopo l'alba. Irritato, stava per urlare qualcosa al cane, quando il profumo caldo e delizioso del caffè gli raggiunse il naso. Tirò giù le coperte e si diresse verso il bagno. Dopo aver indossato i jeans, si diresse verso la cucina.

Gli occhi gli saltarono quasi fuori dalle orbite quando vide l'orologio.

"Sono le sei?" disse strozzandosi.

"Già. Il sole estivo mi fa svegliare. Caffè?" Meg era davanti al bancone con una tazza in mano.

"Oh, sì."

Lei versò il liquido caldo. Rusty aggiunse latte e zucchero. Prima che lui potesse sedersi, lei cominciò a parlare.

"Sediamoci sul portico. Ci sarà silenzio per i bambini. È probabilmente lì fuori è bello."

Lui annuì e aprì la porta. Coco uscì di corsa, buttandolo quasi a terra. Il caffè si versò dalla tazza e gli cadde sul petto.

"Cazzo! Cazzo!" Lui fece una smorfia mentre il caffè gli bruciava la pelle nuda.

Meg bagnò un canovaccio con l'acqua fredda. Lo passò sulla bruciatura e lo tenne lì.

"Così va meglio?"

"Un po'."

Lei sostituì la sua mano con quella di lui. "Lo tenga premuto per un secondo." Un minuto dopo, tornò con la mano piena di ghiaccio. Gli tolse la mano e tenne i cubetti sulla bruciatura. Lui sobbalzò.

"Gesù! È freddo."

"È così che deve essere. Fermerà il dolore e il bruciore."

"Adesso è anche un'infermiera?"

"Ah. L'irriverenza è tornata. Vuol dire che si sente meglio."

Lui le sollevò la mano e la mise al posto della sua. Non che non gli piacesse che lei lo toccasse, anzi gli piaceva fin troppo.

"Vediamo." Lei si chinò e gli sollevò la mano.

"Sto bene."

"Forza. Mi faccia dare un'occhiata."

Lui aggrottò la fronte, ma smise di resistere. Lei si avvicinò, poi gli diede un bacio sulla parte ferita.

"Oops. Mi scusi. Faccio così con Charlie."

Il cuore di Rusty iniziò a battere all'impazzata. Il calore e attraverso il corpo e il suo inguine si risvegliò. Lui la allontanò.

"Non c'è bisogno di essere scortese. Sto solo cercando di farla sentire meglio." Lei sbuffò.

"Grazie. Ma posso tenermi il ghiaccio da solo."

Afferrando la tazza semivuota, lei si alzò in piedi. "Vado a riempirla di nuovo."

Rusty si sedette sulla sedia e fissò Coco. "Bambina cattiva."

Il cane si lasciò cadere sul portico, appoggiò la testa sulle zampe e fece un'espressione contrita.

Meg tornò e appoggiò la tazza piena sul tavolo. "Non è colpa sua. Lei non la porta fuori abbastanza. Siamo qui in campagna e, quando andiamo da qualche parte, non la lascia venire. È un grosso cane che sta continuamente rinchiuso. Non c'è da stupirsi che si sia messa a correre quando ha visto la porta aperta."

Lui abbassò lo sguardo. "Credo che sia così."

"Sa che ho ragione. Solo che non vuole ammetterlo." Lei sollevò il mento.

"Perché deve avere sempre ragione?"

"Ho ragione quando ho ragione, tutto qui."

"È questo il suo problema, vero?"

"Lo è? Non ci avevo mai pensato. Sono abbastanza intelligente."

"Ma ha un certo modo di dire le cose. Fa venire voglia di colpirla in faccia con una torta alla panna."

Lei spalancò gli occhi e arrossì sulle guance. Rusty non poté fare a meno di ridere.

"Dovrebbe lasciar correre un po' le cose, lo sa?" borbottò lui.

"Io lascio correre molte cose. Soprattutto con lei."

"Ah, davvero?" Lui aggrottò la fronte.

"Lasci perdere. Mi faccia vedere." Lei si chinò, gli spostò la mano ed esaminò la bruciatura. "È ancora rosso. Sembra che guarirà bene. Penso che non dovremo andare al pronto soccorso." Lei la tamponò con un tovagliolo di carta bagnato. Poi gli passò le dita sulla pelle, provocando in lui una forte reazione.

"Grazie, dottoressa Gunderson." Lui le la mano allontanò. Se non si fosse fermata, sarebbe accaduto qualcosa di imbarazzante.

"È di nuovo irriverente. E maleducato! Stavo solo cercando di aiutarla."

"Mi aiuti da laggiù." Lui indicò il tavolo.

Cazzo, il suo tocco gli aveva inviato tutti i segnali sbagliati. Il suo corpo non sapeva che lei era una vera stronza. Riusciva a riconoscere i preliminari. Il sangue aveva iniziato a pompargli fino al cazzo. Non poteva, per nessun motivo, diventargli duro in quel momento.

Coco si alzò e saltò giù dal portico, inseguendo alcune oche canadesi sul prato. Rusty sorrise. Cazzo, quel cane era sempre pronto a guardargli le spalle.

"Brava ragazza, Coco!" urlò Meg. "Quelle oche sono fastidiose."

"Ottimo caffè," le disse.

"Grazie. Cereali per la colazione. Cereali caldi. Porridge con zucchero di canna, fragole e panna."

"Wow!"

Lei sorrise. "Il porridge le fa bene."

"Credo che Tommy non abbia mai mangiato il porridge."

"La signora MacDougal si occupa di tutti i suoi pasti?"

"Io non sto mai a casa a cena."

"E a colazione?"

"Siamo sempre di corsa. Waffle scongelati. Cereali freddi."

Lei aggrottò la fronte. "Peccato. Preparo una vera colazione per Charlie ogni mattina."

"La signora MacDougal non arriva prima di mezzogiorno."

"Capisco." Meg annuì.

"Ascolti, so che dovrei farlo mangiare meglio. Fa un buon pasto a pranzo e a cena. Cerco di fare il mio meglio."

"Dov'è sua moglie, se non le dispiace che glielo chieda?"

"In effetti, mi dispiace. Ma glielo dirò comunque. Siamo divorziati e non so dove diavolo sia. Contenta?" Lui aggrottò la fronte.

"Non c'è bisogno di mangiarmi viva."

"È stata lei a chiedermelo."

"Mi dispiace." Lei gli posò la mano sull'avambraccio e lo fissò negli occhi. "Penso che sia terribile per una madre abbandonare il marito e il figlio. Deve essere difficile per lei guadagnarsi da vivere e fare a Tommy da padre e da madre."

"Non è una passeggiata. Lei sa tutto a riguardo, vero?"

Lei abbassò lo sguardo e annuì. "A proposito delle cose che ho detto ieri sera. Per favore, può dimenticarsene? Non avrei dovuto aprire bocca."

Rusty le strinse la mano. "Perché no? Entrambi abbiamo delle difficoltà nella nostra vita. Anche se Angela non è morta, potrebbe anche esserlo. Non vede Tommy da quando aveva un mese."

"È terribile."

Il calore scorreva nelle vene di Rusty. Al di fuori del terapista da cui andavano lui e Tommy, nessun altro capiva. Meg lo faceva. La sua dolce comprensione lo attraeva. Due barche alla deriva nello stesso mare, pensò. Forse avrebbero potuto imparare qualcosa l'uno dall'altra?

QUANDO LE SUE DITA erano entrate in contatto con la sua pelle nuda, lei era diventata tutta rossa in volto. A che cosa stava pensando? A toccarlo? Era già abbastanza grave che entrasse in cucina a petto nudo. Lei aveva quasi rovesciato il caffè. Non riuscendo a distogliere lo sguardo dai suoi pettorali, si era costretta a guardare dall'altra parte.

Seduta sul portico, gli osservava di soppiatto il petto mentre lui non guardava. Cazzo. Rusty era un bell'uomo. Il calore le cresceva nelle vene, facendola sussultare. L'imbarazzo le fece distogliere lo sguardo dal suo. Che cosa aveva in mente quando si era aperta con lui la sera precedente?

"Ascolti, riguardo a quello che ho detto ieri sera... ero stanca. Lasci perdere."

"Quindi si sta rimangiando tutto?"

"Suona piuttosto stupido adesso."

"Non penso sia stupido. Giustizia? Ho maledetto Angela mille volte da quando ha lasciato Tommy a me e ha chiesto il divorzio. Cazzo, la cosa più difficile che abbia mai fatto è stata crescerlo da solo. Preferirei affrontare il tiro veloce di un lanciatore ogni giorno della settimana che crescere mio figlio da solo. Ma non ho scelta. Quindi, sì. Lo capisco. Rabbia. Tradimento. Abbandono. E paura."

"Non potrei mai arrabbiarmi con John. Voglio dire, non ha scelto lui di morire. Sono sicura che preferirebbe essere qui, per insegnare a Charlie a giocare a baseball o a catturare una rana."

"Solo perché pensa di non avere il diritto di arrabbiarsi non vuol dire che non si arrabbi."

Lei lo guardò. "Sì. Qualche volta lo faccio."

"Benvenuta nel club. Non che questo serva a qualcosa. Ho letto tutti i libri del Dottor Spock e di Mister Rogers. Eppure, quando torno a casa stanco e trovo Tommy in lacrime o malato... divento furioso. Furioso perché devo occuparmene da solo. E arrabbiato con me stesso per essere stato un simile coglione."

"Davvero?"

"Proprio così. Quindi non si imbarazzi. Non ha detto niente che non abbia provato milioni di volte. Mi creda. Essere un genitore single è estremamente difficile."

Le emozioni le si accumularono nel petto, lasciandola senza parole. A parte il suo terapeuta, nessuno le aveva mai parlato così onestamente della sua situazione. Rusty l'aveva colpita al cuore. Le lacrime le facevano bruciare gli occhi. Lui le prese la mano tra le sue.

"Meg, va bene dire la verità."

Lei annuì e cercò di trattenere le lacrime, ma due gocce le caddero dagli occhi. Rusty gliele asciugò con i pollici. Sollevando la tazza per nascondersi il viso, lei bevve un sorso di caffè. Forse, dopo tutto, lui non era davvero un troglodita.

"Piuttosto, che cosa vuole fare oggi?" Lui cambiò discorso.

"C'è un sentiero per boy scout nel bosco. Non è molto lontano da qui. Saranno venti minuti in auto. Potremmo fare un picnic."

"Sembra perfetto. Forse al Cozy Café avrebbe potuto preparare un cestino."

"Meraviglioso."

"Vuole chiamarli?"

"Certo. Aspettiamo che i bambini si alzino. Vediamo cosa vogliono."

"Ok."

Lei si sedette a osservare due merli dalle ali rosse che volavano avanti e indietro. Tra gli adulti cadde il silenzio.

Coco tornò. Bevve un bel sorso d'acqua dalla sua ciotola ed entrò in casa.

"Sta andando a svegliare Tommy." Rusty si alzò. "È ora che io mi faccia la doccia e mi vesta."

"Non si vesta per me," disse Meg.

Rusty si fermò a fissarla per un momento prima di scoppiare ridere.

Basta flirtare!

"Voglio dire—"

"So esattamente cosa vuole dire. Grazie per il complimento."

Lei sorrise mentre lui usciva. Cazzo, adesso era nei guai. Sembrava che la tregua si fosse trasformata in qualcos'altro.

Poteva nascere un'amicizia tra due persone così diverse? Poteva imparare ad amare il baseball? Rusty poteva superare la sua paura dei serpenti?

Meg tornò in cucina e mise l'acqua a bollire per la farina d'avena. Sentì delle voci dal soggiorno. Presto gli uragani Charlie e Tommy sarebbero entrati in scena. Mentre apparecchiava la tavola, un senso di pace le attraversò il corpo. Forse avrebbe potuto farla funzionare, almeno per l'estate?

I ragazzi si precipitarono nella stanza, seguiti da Coco. Meg riempì la ciotola del cane e la posò sul pavimento.

"Che cosa c'è per colazione?"

"Porridge con zucchero di canna, fragole e panna."

"Oh, accipicchia!" esclamò Charlie, dirigendosi verso il cassetto dell'argenteria.

"Non ho mai mangiato il porridge," disse Tommy.

"Ti piacerà. Charlie, voi due apparecchiate la tavola. Ecco le ciotole, Tommy. Potresti metterne una per ogni posto?"

I ragazzi svolsero i loro compiti con facilità, proprio come qualsiasi famiglia.

IL SABATO ARRIVÒ MOLTO prima che Meg fosse pronta. Ugh, una partita di baseball. Ore e ore di qualcosa di cui non sapeva nulla. Avrebbe dovuto ascoltare Rusty. Fare attenzione. Imparare. Qualcosa per la quale non aveva alcun interesse. Meno di zero, forse meno cento.

Ogni giorno, Charlie le chiedeva quanto tempo mancasse alla partita. Avrebbe dovuto mettere da parte la sua insofferenza per il baseball e cercare di essere entusiasta. Chi avrebbe mai detto che a suo figlio, che era un piccolo intellettuale in erba, interessasse lo sport?

Alle sette, Charlie corse nella sua stanza e le saltò addosso.

"Alzati, mamma!"

"Eh?"

"Oggi c'è la partita!"

"Oh, sì. La partita. Ma è ancora presto."

"Rusty ha detto alle due. Mancano solo sette ore."

"Il mio genietto. Ok. Mi alzo." Meg sbadigliò e tiro giù le coperte. "Perché non ti vesti?"

Charlie corse fuori dalla stanza.

Meg si spazzolò i capelli e si allacciò la vestaglia in vita. Come un robot, raggiunse la cucina e accese la macchinetta del caffè. Tommy e Charlie entrarono chiacchierando quindici minuti dopo.

"Uova?"

"Possiamo avere dei pancake?" gli chiese Tommy. "Per favore?" le chiese sorridendo.

"Certo. Ma sono finiti i mirtilli."

"I suoi pancake sono buoni anche senza."

Rusty poteva prendere lezioni da suo figlio in quanto a buone maniere. Meg non riuscì a resistere al bambino. Prese gli ingredienti necessari. "Perché non andate a rifare il letto mentre aspettate?"

"Ok." Charlie diede un colpetto sulla spalla di Tommy. "Andiamo."

Meg accese la radio. Non riuscendo a trovare la sua stazione di musica classica preferita, si fermò su una stazione locale di musica country. Le note di "Here You Come Again" di Dolly Parton spinsero Meg a cantare e a fare alcuni passi di danza mentre versava l'impasto nella padella calda.

Nel frattempo, lei controllò il suo telefono. Oh, Dio, c'erano un miliardo di messaggi di Harold. Le aveva mandato messaggi ed e-mail a cui aveva dimenticato di rispondere. Accontentarsi di lui a New York perché non c'era nessun altro era stata la scelta più facile. Ma ora, vivendo con Rusty e con le attenzioni ricevute dai giocatori di baseball, Harold non l'avrebbe spuntata.

John era stato l'amore della sua vita. Dopo la sua morte, aveva accettato che un rapporto come il loro potesse arrivare solo una volta nella vita. Aveva conosciuto Harold, Mister Mediocrità, ma meglio di niente. O forse era meglio niente? All'inizio, stare da sola era una tortura per Meg. Ma, dopo il primo anno, si era resa conto che la solitudine era rilassante e pacifica.

In campagna, si godeva il suo tempo per leggere o passeggiare con Coco. Quando Rusty aveva le sue partite e i bambini erano a letto, Meg aveva il tempo di pensare. Coco stava al suo fianco, come se sapesse che Meg aveva bisogno di una compagna silenziosa.

Lentamente si rese conto che Harold non era diventato altro che una fastidiosa spina nel fianco. Doveva lasciarlo. Aveva ammesso a sé stessa che non rispondere ai suoi messaggi e alle sue e-mail era vigliacco, ma aveva avuto abbastanza dolori nella sua vita. Doveva guarire, senza Harold. Chiudendo il telefono, girò i pancake.

"Riceve chiamate a quest'ora? Il suo ragazzo deve sentire la sua mancanza."

La voce maschile la fece sussultare.

"Sveglia presto oggi, eh?"

"Sta evitando la mia domanda?"

"Non le devo alcuna spiegazione sulla mia vita privata."

"Devo avere ragione, altrimenti l'avrebbe negato."

Lei aggrottò la fronte. Rusty riusciva a essere davvero esasperante. "Niente pancake per chi mi infastidisce."

"Ahi. Ok. Mi dispiace." Lui sollevò le mani, poi si versò una tazza di caffè. "Un altro po' di caffè?"

Lei annuì. Lui le riempì la tazza.

"Oggi è il grande giorno. La sua prima partita. È contenta?" Lui bevve un sorso.

"Terrorizzata è la parola più adatta."

"Davvero?" Lui spalancò gli occhi.

"Sì. Quanto dura di solito una partita?"

"Difficile dirlo. Di solito, circa tre ore. Se è un duello tra lanciatori, può finire in due ore. Ma se arrivano in parità al nono inning, si va ai supplementari. Si continua finché una delle due squadre non è in vantaggio."

"Oh, mio Dio. Non esiste un limite di tempo?"

Rusty scosse la testa. "No. Nessun pareggio nel baseball. I Mets una volta hanno giocato una partita per ventisei inning."

Lei spalancò gli occhi. "Ventisei? Quanto tempo c'è voluto?"

"Non lo so. Forse otto, nove ore."

"Nove ore allo stadio?" Lei si voltò a guardarlo.

"Si rilassi. Succede raramente. Probabilmente, dura circa due ore, due ore e mezza al massimo."

Lei sospirò. "Oh, grazie a Dio."

"Perché? Davvero la spaventa?"

"Forse."

"Allora non venga." Lui sollevò le spalle.

"Come?"

"Ha sentito bene. Resti a casa. Ci porterò io i bambini. Non voglio che i suoi commenti acidi o le sue continue domande su quando finirà rovinino tutto per i bambini."

Lei si mise le mani sui fianchi. "Beh, grazie mille!"

"Prego. Ehi, non li bruci."

Lei tolse la padella dal fornello. "Immagino che siano pronti. Per favore, chiami i bambini."

Mentre distribuiva i pancake, lei pensò alle sue parole. *Ha ragione.* Se doveva andarci, doveva avere un atteggiamento ragionevolmente positivo. L'idea di restare a casa la allettava. Ma non avrebbe mai permesso a Charlie di vivere una nuova esperienza come quella senza prendervi parte.

Inoltre, voleva vedere di nuovo i giocatori. Soprattutto Frank Todd. Non aveva risposto ai loro messaggi. Forse perché non aveva considerato serie le loro richieste di cenare insieme.

Quando i bambini si sedettero, Charlie si rivolse a sua madre.

"Mamma, Tommy dice che non posso andare alla partita senza un guanto da baseball."

"Che cosa?"

"Sì. Per prendere le palle alte."

"Tu non giocherai."

"Sugli spalti, Meg," aggiunse Tommy.

"Oh?"

"È più divertente se si riesce a tornare a casa con una pallina," disse Rusty.

"Allora, posso avere un guanto, mamma? Per favore!"

Meg scrollò le spalle. "Perché no?"

"Possiamo andare a comprarlo dopo la colazione," disse Rusty, sorridendo a Meg.

Meraviglioso. Un guanto da baseball. E poi? Un casco da football?

RUSTY SORRISE TRA SÉ e sé. Dire a Meg che non era necessario che venisse alla partita era stato un colpo di genio. Lei aveva avuto una reazione da manuale. Lui la suonava come un bel violino. Voleva che venisse, voleva che vedesse, ascoltasse e sentisse il baseball, per capire il brivido del gioco. Forse poi avrebbe smesso di denigrarlo e di definirlo stupido e troglodita.

Indossò i suoi jeans migliori e la sua vecchia maglia dei Nighthawks. Avrebbe dovuto prenderne una anche per Charlie. Lui fece capolino nella stanza dei bambini.

"Tommy, indossa la tua maglia dei Nighthawks."

"Ok, papà."

"Charlie, te ne troveremo una in tempo per la prossima partita dei Jaguar."

"Grazie."

L'orgoglio gonfiò il petto di Rusty. Miss Sotutto avrebbe trascorso la giornata nel suo campo, nella sua zona di comfort. La sua più grande fatica sarebbe stata non sottolineare che lei non sapeva un cazzo e lui sapeva tutto.

"Bambini!" È ora di andare." Rusty si infilò il portafoglio consunto nella tasca posteriore.

"Bambini? Dove pensate di andare? Ovunque vada Charlie, vado anch'io." Meg incrociò le braccia sul petto.

Non nascondere la mercanzia, tesoro.

"Stiamo andando a comprare un guantone per Charlie. Può venire anche lei."

"Può dirlo forte."

Rusty le prese il braccio. "Non sto cercando di portarle via Charlie. Ho solo immaginato che l'ultima cosa che volesse fare fosse perdere tempo a cercare un guantone. Ho pensato che avrebbe preferito leggere un libro."

"Forse. Ma io vado ovunque vada Charlie. E comunque, perché un guantone? Non va bene un normale guanto?"

Rusty sorrise. *Come se avesse rubato le caramelle a un bambino.* "Un guantone è un guanto da baseball."

"Oh."

Riuscendo a malapena a trattenere una risata, Rusty si voltò. I bambini raggiunsero di corsa la porta d'ingresso.

"Eccoli! I futuri lanciatori d'America! Andiamo." Lui aprì la porta, si spostò di lato e fece un mezzo inchino. "Prima le signore."

Meg sollevò leggermente il mento e si diresse verso la macchina. Rusty ridacchiò tra sé e sé. Vederla imbarazzata avrebbe migliorato la sua giornata. Lui alzò gli occhi. *Chi non sa cosa sia un guantone?*

Andarono in diversi negozi, finendo in ultimo in un negozio locale di articoli sportivi. I prezzi erano circa il doppio rispetto alle altre catene di negozi. Ma avevano guanti Wilson e Rawlings di prima qualità. Rusty ne scelse alcuni da far provare a Charlie.

"Questo Wilson è il migliore," disse Rusty al commesso. "Lo prendiamo." Prese il portafoglio, finché una mano sul braccio non lo fermò.

"Il guanto costa cento dollari."

"Davvero? E allora? Il guanto di Tommy è costato di più."

"Non voglio spendere così tanto per qualcosa che Charlie potrebbe usare solo una volta."

"Si fidi di me. Amerà il baseball e indosserà il guanto ogni fine settimana. Voglio regalarglielo io. È un bravo bambino."

Meg sbiancò in viso. "Ogni fine settimana?"

"Lo vedrà. Il baseball è i bambini sono un'accoppiata perfetta."

"Come?"

"Formaggio e prosciutto, burro d'arachidi e confettura, amore e matrimonio."

Meg lo guardò aggrottando la fronte.

"Non faccia lo sciocco. Lasci che suo figlio abbia il suo guanto. Lo userà quest'estate. Mi creda."

"Ok. Ma pagherò io."

"Perché deve essere così? Charlie non può ricevere un regalo da un amico?"

"Già, mamma. Non posso?"

Con tre paia di occhi che la supplicavano, lei cedette. "D'accordo."

"Bene. Come dicevo, lo prendiamo. Può togliere le etichette? Oggi andremo a una partita. Gli servirà."

"Certo. Chi gioca?" chiese il commesso, prendendo un paio di forbicine dalla tasca.

"I Jaguars," rispose Tommy.

"Stanno avendo un'ottima stagione. Tenete d'occhio Frank Todd. È il loro miglior giocatore."

"Davvero? Buono a sapersi. Ho ricevuto un suo messaggio un paio di giorni fa. Immagino che adesso gli risponderò," disse Meg, tirando fuori il suo telefono.

"Veramente ha ricevuto un messaggio da Frank Todd?" Rusty spalancò la bocca.

"Mi aveva detto che mi avrebbe contattata."

"Che cosa le ha detto?"

"Mi ha invitata a cena."

"Le ha chiesto un appuntamento?"

Lei annuì mentre un sorriso compiaciuto le compariva sulle labbra.

Cazzo! Pensava che i ragazzi stessero solo flirtando, scherzando e divertendosi un po'. Non aveva idea che Todd fosse serio.

"Immagino che lei non sappia tutto, signor Reisse," gli disse.

Lui aggrottò la fronte. Lei aveva vinto. Cazzo. Aveva sottovalutato quanto fosse affascinante Meg o quanto fosse arrapato Frank Todd.

"Lei è Rusty Reisse?" chiese il commesso.

Rusty annuì.

"Posso chiederle un autografo?"

"Certo, certo."

Rusty firmò, pagò il guanto con la sua American Express e se ne andarono. Tutta la sua arroganza svanì. Quando si trattava dei Jaguars, forse Meg aveva in mano la carta vincente.

Capitolo Sette

Meg non riusciva a credere di aver scritto a Frank Todd che sarebbe andata a cena con lui dopo la partita. Non che volesse cenare con il giocatore di baseball, ma avrebbe infastidito Rusty se l'avesse fatto. Quindi, comportandosi come una bambina, gli mandò un messaggio provocante, dicendogli che non vedeva l'ora di conoscerlo. Mmm. Grossa bugia.

Era già abbastanza noioso dover ascoltare Rusty parlare incessantemente di baseball. Ora avrebbe aggiunto Frank Todd all'elenco di uomini che non sapevano parlare di nient'altro. Quindi avrebbe dovuto rifiutare le sue avances dopo cena. Lei ebbe un sussulto. E lasciare Charlie!

Aveva stabilito una regola. Finché non si fossero completamente ripresi, se possibile, non sarebbe mai andata da nessuna parte senza Charlie. Questo per evitare che accadesse qualcosa di tragico a uno di loro. Suo figlio le era sembrato sollevato quando aveva avuto quell'idea.

I genitori degli amici di Charlie lo capivano e invitavano sempre Meg durante i loro pomeriggi di gioco. Alcune volte ci andava, altre no, ma solo se Charlie si sentiva a suo agio. L'improvvisa morte di John aveva scosso profondamente Meg e Charlie. Non riuscendo più a credere che tutti potessero tornare a casa sani e salvi, madre e figlio si aggrappavano l'una all'altro.

Rusty non lo capiva. Meg non lo biasimava, ma avrebbe voluto che lui facesse un passo indietro quando lei aveva insistito per unirsi a loro. Come si sarebbe sentito Charlie se Meg fosse andata a cena con

Frank Todd? Non ne aveva idea. Mettendo da parte quel dilemma, tornò a casa per cambiarsi. Dato che avrebbe potuto avere un appuntamento dopo la partita, indossò una canotta scollata, una gonna di cotone e un paio di sandali.

"Sta andando a una partita a baseball. Birra. Hot dog. Fuoricampo. Non a un ballo."

"E poi a cena fuori con Frank Todd," proseguì lei.

"Davvero?" Rusty spalancò gli occhi.

"Sì." Lei sorrise.

Valeva quasi la pena di fissare un appuntamento con Frank per vedere la gelosia di Rusty. Tenerlo in sospeso era diventato il suo passatempo preferito. Ma perché doveva importarle se diventava geloso? Dopotutto, lui era solo un fastidio, no? Un coinquilino imposto che lei aveva cercato di turbare fin dall'inizio. Sì, certo.

Rusty Reisse stava cominciando a piacerle? Meg aggrottò la fronte. Affezionarsi a lui sarebbe stato totalmente inaccettabile. Era sexy? E allora? Non lo erano anche i Jaguars? Questo non voleva dire che avrebbe cominciato a provare qualcosa per Rusty. Le sue amiche, le mamme degli amici di Charlie, le avevano assicurato che poteva andare a letto con qualcuno senza innamorarsi, senza fidanzarsi o persino anche se un uomo non le piaceva molto. Il sesso era sesso e non aveva niente a che fare con l'amore. Come grattarsi quando si ha prurito, le avevano detto. Chi era lei per contraddirle?

Fiuu. Sì, poteva trovare Rusty attraente in modo animalesco, ma non provare dei sentimenti per lui. Sollevata per aver risolto la questione, fece un respiro profondo per calmarsi.

"Attenta a Todd. Ho sentito dire che è un playboy."

"Tra simili ci si riconosce, eh?" Lei lo guardò aggrottando la fronte, compiaciuta di vederlo arrossire.

"Bambini, avete preso i vostri guanti?" chiese.

I bambini alzarono le mani, poi corsero verso la macchina.

"Andiamo." Rusty prese il braccio di Meg. "Si sta mettendo in qualcosa più grande di lei. Le brave maestre non escono con i giocatori di baseball grandi e cattivi."

Meg liberò il braccio dalla sua presa. "So badare a me stessa."

"Davvero? Ne dubito."

"Sono riuscita a entrare in competizione con lei e a vincere."

Lui spalancò la bocca, ma non riuscì a dire nulla.

"Non ho altro da aggiungere. Non si preoccupi per me. Sono più forte di quanto pensa."

"Non ne dubito." Lui le aprì la porta, poi la seguì. "Ma dubito anche che Frank Todd le abbia chiesto di uscire perché sta cercando una famiglia."

Meg si voltò di scatto. "La smetta! No, Frank Todd non ha intenzione di sposarmi e di adottare Charlie. E io non sto cercando un marito e un padre per mio figlio. Forse si tratta solo di una piacevole serata in compagnia di un attraente esemplare del sesso opposto."

Rusty scoppiò a ridere. "Signora, lei ha molto da imparare sui giocatori di baseball."

"Oh, stia zitto!" Lei si precipitò giù per le scale e salì in macchina.

Nonostante la sua arroganza la facesse infuriare, ciò che diceva aveva senso. No, Frank Todd non stava cercando una famiglia. Molto probabilmente, stava cercando qualcuno con cui scopare. Beh, se aveva in mente di fare sesso, aveva invitato la donna sbagliata. Meg compresse le labbra con un'espressione decisa. Non aveva alcuna intenzione di essere l'avventura di una notte di qualcuno.

RUSTY NON RIUSCIVA ancora a credere che la piccola, dolce Meg avesse accettato di uscire con quell'animale di Frank Todd. Oh, certo, a parole sarebbe riuscita a mettere a posto chiunque, ma Frank non avrebbe usato le parole. E sarebbe stato persuasivo. Per una donna sola, che aveva bisogno di una scopata, sarebbe stato difficile resistere.

Wow! Rusty spalancò gli occhi mentre guidava verso lo stadio. Aveva appena detto tra sé e sé che Meg aveva bisogno di scopare? Wow. Forse aveva bisogno di rallentare. Se fosse stato ciò di cui aveva bisogno, Frank Todd avrebbe potuto accontentarla. Ma non come Rusty Reisse. Per un attimo, sorrise tra sé e sé. *Aspetta un minuto. Voglio andare a letto con questa donna? Impossibile. La sua linguaccia mi fa passare la voglia. Giusto?*

Il sangue gli pompò rapidamente verso l'inguine, in contrasto con ciò che gli diceva la sua testa. Cazzo, sì che lo voleva. *Cazzo. Merda*. Impossibile, impossibile, doveva smettere subito di pensare a lei. Meg era il nemico e aveva bisogno che lo restasse. Aveva già avuto problemi con la sua ex fidanzata, Maria, che non aveva idea del motivo per cui lui avesse lasciato la città e alla quale non importava nulla di Tommy. Non avrebbe assolutamente dovuto lasciarsi coinvolgere da quella donna. Inoltre, lei non sarebbe mai stata gentile con lui, no? Sbagliato. L'aveva beccata mentre lo guardava un paio di volte. E il cuore aveva cominciato a battergli all'impazzata.

Attrazione fisica. Essendo un maschio sano, aveva avuto una reazione, come gli succedeva con qualunque bella donna. Si trattava solo di chimica, ormoni, o di qualunque altra cosa — ma di certo non era niente di più. Allora che cosa gli sarebbe importato se Frank Todd avesse sedotto Meg? La risposta? Assolutamente niente. Lascia che se la scopi per bene. A Rusty non sarebbe importato nulla.

Entrò nel parcheggio e mise la macchina vicino all'ingresso. Il parcheggio non era neanche mezzo pieno. Ma erano in anticipo.

"Queste piccole squadre regionali hanno difficoltà a riempire gli spalti," disse Rusty mentre parcheggiava l'auto.

"Quindi è un bene che stiamo andando alla partita?" chiese Meg.

"Sì. Forse dovremmo programmare di tornarci."

"Sì!" esclamarono i bambini all'unisono.

Indossando i guanti, i bambini scesero dall'auto e si diressero verso il cancello.

"Spero che ne valga la pena," disse Meg, quasi sottovoce.

"Non sia prevenuta, d'accordo?" ribatté Rusty.

"Ok." Lei sorrise.

"Così va meglio." Rusty iniziò a canticchiare "Take Me Out to the Ball Game."

Meg scoppiò a ridere e scosse la testa. Tommy iniziò a cantare insieme a lui. Charlie li osservava.

"Non gli ha mai insegnato questa canzone?" le domandò Rusty.

"Non è stato necessario."

"Suo marito non ha mai voluto andare a una partita di baseball?"

Lei scosse la testa. "Non me l'ha mai detto. Una partita di tennis, sì. Baseball? No."

"Peccato. È il passatempo nazionale. E suo figlio non conosce nemmeno la canzone."

"Vuole proprio mettere il dito nella piaga, vero?"

"Se lei non fosse così sicura che Charlie possa diventare il prossimo Albert Einstein, potrei anche lasciar perdere. Potrei persino offrirmi di insegnargli la canzone."

"Sono lieta di apprendere che lei sappia chi è Albert Einstein."

"Se lei fosse un uomo, la prenderei a pugni." borbottò Rusty, aumentando il passo. Prese i biglietti dalla tasca e fece entrare i bambini. Lui le porse il biglietto, ma non la aspettò. Charlie si fermò.

"Mamma?" Mentre si guardava intorno, la sua voce iniziò a tremare e il suo corpo si irrigidì.

"È proprio dietro di noi," disse Rusty.

Molto più piccolo rispetto a uno stadio della Major League, era comunque grande per un bambino. Rusty prese la mano di Charlie. "Visto? Sta arrivando."

Lui notò che il bambino si rilassò non appena vide Meg. Una lampadina si accese nella mente di Rusty. *Oh, mio Dio! Il bambino ha paura di restare senza sua madre. Forse ha paura che muoia come è successo a suo padre?*

L'emozione lo travolse. Non aveva mai considerato le conseguenze che la morte improvvisa del padre avevano avuto sul bambino. Doveva essere davvero dura. Gli occhi gli si inumidirono per un attimo.

GLI OCCHI DI MEG ESAMINARONO lo stadio. Ora non si trattava solo di un allenamento e gli spalti si stavano riempiendo. Venditori di hot dog, gelati, popcorn e bibite gassate si sparpagliavano nello stadio. Sul retro, c'erano una mezza dozzina di tavoli da picnic.

Voltandosi per guardare tutto, si rese conto che Charlie non era con lei. Sentendo una voce familiare che la chiamava, accelerò il passo. Pensava che lui sarebbe stato bene con Rusty, ma sapeva che aveva ancora bisogno di non perderla di vista, soprattutto in un posto nuovo.

"Sono qui, Charlie." Meg gli fece un cenno con la mano. "Grazie per non avermi aspettata." disse a Rusty.

"Mi dispiace molto. Non avrei mai… beh. Mi dispiace." Le afferrò per un attimo l'avambraccio prima di distogliere lo sguardo.

"Credo che prima non l'avesse capito, ma finalmente ce l'ha fatta."

Si pentì immediatamente di aver detto a Rusty quelle parole sgradevoli. Quando i loro sguardi si incrociarono, lei notò qualcosa di inaspettato. Lei pensava che lui le avrebbe risposto con un'occhiataccia per essere stata irresponsabile e aver lasciato che Charlie andasse avanti senza di lei. Invece, nel suo sguardo, notò tristezza e comprensione. E aveva anche gli occhi lucidi? Rusty si era commosso? Impossibile.

Gli adulti raggiunsero i bambini. Con i biglietti per la prima fila, erano vicinissimi al campo. Meg colse l'entusiasmo nell'atmosfera. Il fascino del baseball includeva il delizioso aroma di hot dog e pop-corn a buon mercato, il brusio della folla e il rumore delle palline che colpivano i guanti mentre i giocatori si riscaldavano. Quell'esperienza travolse tutti i suoi sensi. Sentì l'acquolina in bocca.

"Dove sono i nostri posti?" gli chiese Tommy.

Rusty diede un'occhiata ai biglietti e fece loro strada. "Laggiù."

Percorsero il corridoio fino alla prima fila, poi si fecero strada quasi fino alla prima base.

"I posti migliori dello stadio," disse Rusty.

Tommy annuì.

"Qualcuno ha fame?" chiese Rusty.

"Io," rispose una voce profonda.

Rusty alzò lo sguardo e vide Frank Todd. Il giocatore si appoggiò agli spalti davanti a Meg.

Si tolse il berretto. "Ciao, Meg. Sei qui con questo vecchio?"

Il suo nome, pronunciato da quella voce profonda, attirò la sua attenzione. Lei alzò lo sguardo e vide gli occhi scuri di Frank Todd a pochi centimetri dai suoi. Un brivido le attraversò la schiena.

"Sì, lei è qui con me, Frank. Tieni le mani a posto."

Sorpresa dal comportamento di Rusty, spalancò gli occhi e lo guardò.

"Esci con lui?" le domandò Frank.

"A dire il vero, vive con me," disse Rusty.

"Che cosa? Non è vero."

"Non viviamo nella stessa casa?" Il tono di Rusty era del tutto innocente.

"Sta dicendo la verità?" le domandò Frank.

"Siamo coinquilini. Ma non in senso biblico."

Un sorriso pigro e sexy illuminò il viso di Frank. "Mi basta sapere questo."

Lei ricambiò il suo sorriso.

"Ci vediamo nel parcheggio, dopo la partita. Giusto il tempo di farmi una doccia e di vestirmi."

Lei annuì.

Charlie le tirò la camicetta. "Mamma. Devi andare da qualche parte con lui?"

"Il signor Todd mi ha invitata a cena dopo la partita."

Charlie spalancò gli occhi. "Mamma. Ricorda la nostra regola."

"Lo so, tesoro. Ma il signor Todd sarà molto attento alla guida. Non è vero?" Lei guardò il giocatore di baseball, che annuì in risposta.

Le lacrime riempirono gli occhi di suo figlio. "Hai sempre detto che anche papà guidava bene."

"Oh, Charlie." L'emozione soffocò Meg. Le lacrime oscurarono i suoi occhi blu.

"Che cosa è successo?" le chiese Frank Todd.

Meg glielo spiegò brevemente.

"Ascolta, Charlie. Perché non vieni con noi?"

"Davvero?" Charlie tirò su col naso.

"Certo. Andremo a cena tutti e tre insieme."

Meg non aveva mai voluto baciare un uomo più di quel momento.

"Posso, mamma?"

"Se lo dice il signor Todd."

"Frank. Mi chiamo Frank."

"Ok, Charlie. Come si dice?"

"Grazie, Frank. Oh, cavolo!"

Frank Todd allungò la mano e sollevò il mento di Meg. Le asciugò una piccola lacrima dalla guancia.

"Ci vediamo dopo la partita. Augurami buona fortuna."

Lei sospirò. Charlie saltellava dalla gioia. Meg guardò Rusty.

"Aveva detto che è un playboy. Immagino che lei si sia sbagliato."

Rusty sollevò le spalle, ma la sua espressione rivelò i suoi veri sentimenti. Il suo sguardo intenerì il cuore di Meg. Non le importava nulla di Frank Todd e si era pentita dei suoi sforzi per far ingelosire Rusty. Sua madre le aveva sempre detto che la gelosia era un'emozione pericolosa. Meg era d'accordo.

Lui la guardò negli occhi. Lei sorrise e gli strinse la mano. Le lanciò uno sguardo interrogativo. Come poteva spiegargli ciò che non capiva nemmeno lei?

"Mangiamo qualcosa?" gli chiese.

"Oh, sì. Chi vuole un hot dog?"

Rusty prese gli ordini. I bambini andarono con lui per aiutarlo a portare tutto. Durante la loro assenza, osservò Frank prendere la palla. Di tanto in tanto, lui la guardava. Una sensazione di panico ebbe il sopravvento su di lei. Che diavolo stava facendo? Che cosa voleva? Sentì un groppo in gola. Voleva che John tornasse, ecco cosa voleva. Ma non sarebbe mai tornato e lei doveva andare avanti con la sua vita. Guardò l'orologio. La partita stava per iniziare. Gli altoparlanti si accesero.

"Signore e signori. Per favore, alzatevi per l'inno nazionale."

Prima che lei potesse voltarsi, Charlie, Tommy e Rusty erano tornati ai loro posti. Si passarono il cibo e si alzarono in piedi. Meg iniziò a cantare. Notò che Frank si teneva il berretto sul cuore. Guardando di soppiatto, vide Rusty che cantava con una mano sul cuore. Lei fece lo stesso.

Quando la canzone finì, il pubblico applaudì ed esultò. "Che la partita abbia inizio!" si sentì dall'altoparlante. Un senso di tensione si impossessò di Meg.

"I Jaguar affronteranno i Minisink Marshall, i loro più grandi rivali. Dovrebbe essere una bella partita," disse Rusty.

Meg sorrise e diede un morso al suo hot dog. Charlie raddrizzò la schiena, tifando per i Jaguars mentre mangiava e beveva la sua bibita. Il bambino sembrava più vivace di quanto non l'avesse mai visto da quando John era morto. Tommy esultò insieme a lui. E anche Rusty. Lei pensò di adeguarsi a loro.

"Forza, Jaguars!" gridò lei.

Rusty le fece un gran sorriso.

Frank Todd andò alla battuta e segnò un fuori campo! La folla si scatenò. Meg si alzò dal suo posto, esultando e urlando. Rusty le diede il cinque. Andava tutto bene.

RUSTY NON AVEVA MAI creduto ai miracoli prima d'ora, ma guardare Meg Gunderson lasciarsi coinvolgere dalla partita dei Jaguars, fare il tifo, mangiare due hot dog e e bere litri di bibite lo lasciò a bocca aperta. Pienamente convinto che fosse una stronzetta affettata, cambiò totalmente idea su di lei. Chiunque l'avesse vista avrebbe giurato che la donna seduta a due posti di distanza dal suo fosse da sempre una fan dei Jaguars che non si era mai persa una partita.

Meg e Charlie si diedero il cinque, esultando e urlando insieme. Rusty si grattò la testa. Dove aveva nascosto quel lato della sua personalità? Il rapporto che aveva con suo figlio lo sbalordì. Avrebbe voluto avere rapporto così semplice con Tommy.

Tommy e Charlie avevano alzato i guantoni una mezza dozzina di volte per prendere qualche palla, ma non c'erano riusciti. Poi successe. Uno dei Marshall iniziò a oscillare il braccio e lanciò una palla sugli spalti, vicino alla prima base. La palla arrivò direttamente a Meg. Lei urlò e, chinandosi, si coprì la testa con le braccia. Charlie e Tommy si bloccarono.

Rusty prese il guanto di suo figlio e lo sollevò. Si allungò sui sedili fino a Meg, sporgendo il braccio. Lo stadio divenne silenzioso. Si sentì solo il rumore della palla che colpiva il guanto. Rusty finì in braccio a Meg, con il braccio teso e la palla in un guanto.

Poi si rimise in piedi, agitando le mani per mostrarle ai tifosi. Meg si risollevò. La folla esultò. Molti si alzarono e applaudirono. L'annunciatore iniziò a parlare.

"Beh, avete visto? Sembra proprio Rusty Reisse dei New York Nighthawks! E ha preso la palla. Allora, Rusty, lei è la tua ragazza?"

La folla ripeteva cantando "Rus-tee, Rus-tee," più e più volte. Lui fece un inchino, poi prese la mano di Meg e la fece alzare. Poi, le persone cominciarono a cantare "Bacio, bacio."

Meg diventò tutta rossa in viso. Si lasciò cadere sul sedile, scuotendo la testa. Ma la folla non aveva intenzione di fermarsi. Ridendo, lo tirò verso di sé e gli diede un bacio sulla guancia! Rusty esultò e alzò di nuovo il guanto con la palla. Poi l'arbitro fischiò e la partita ricominciò.

Meg sprofondò sul sedile, sventolandosi con la mano. Charlie e Tommy litigavano per la palla.

"L'ha presa mio padre. Quindi è mia."

"Ma è arrivata a mia madre. Quindi è mia."

Rusty restituì il guanto a suo figlio e guardò Meg.

"Tutto bene?"

Lei annuì. "Tutto bene, adesso. Accidenti. Il cuore mi batte fortissimo."

"La palla stava per colpirla."

"Grazie. Mi ha salvata."

"E lo rifarei."

"Le devo un favore."

"No, non c'è bisogno. Avrebbe fatto lo stesso per me." I loro sguardi si incrociarono.

Rusty si rivolse a suo figlio. "Tommy, quante palline hai a casa? Da partite ufficiali, intendo."

"Non me lo ricordo."

"Sì che te lo ricordi. Forza. Quante?"

"Cinque."

"Cinque!" esclamò Charlie.

"Già. Sì, Charlie. Cinque sono tante, vero? Che ne dici di dare questa a Charlie, che non ne ha nessuna?"

"Ma l'hai presa tu," ribatté Tommy.

"Allora dovrei tenerla io? Ma non voglio farlo. Inoltre, era diretta alla madre di Charlie. Se avesse saputo come, avrebbe potuto prenderla lei. Quindi forse la palla appartiene a Charlie?"

"Ok." Tommy diede la pallina al suo nuovo amico.

"Grazie." Charlie prese possesso del suo nuovo premio.

"Ben fatto, Tom," disse Rusty, abbracciando suo figlio e dandogli il cinque.

Charlie passò le mani sul rivestimento di pelle.

"Vuoi che te la tenga io?" chiese Meg a suo figlio.

Lui annuì e gliela porse. Lei la mise nella sua borsa.

"Forse oggi avremmo dovuto comprare un guantone anche per lei," disse Rusty.

Rusty tornò a concentrarsi sulla partita. Frank Todd segnò il secondo fuoricampo per i Jaguars. Lui guardò Meg sollevandosi il berretto, mentre si dirigeva verso la prima base. *Spaccone del cazzo.*

"Frank Todd sta giocando molto bene. Sembra che lei gli porti fortuna."

"Forse. Ma è tutto quello che avrà da me," rispose Meg, lanciando un'occhiataccia a Rusty.

Lui sospirò. Quando quei playboy premevano i tasti giusti, nessuna donna poteva resistere. Poteva solo sperare che la presenza di Charlie tenesse a bada il secondo difensore. Perché gli importava? E se Meg avesse scaricato Charlie a casa e fosse andata a letto con Frank Todd? Che cosa avrebbe significato per lui?

Non aveva la risposta a quella domanda che continuava a frullargli per la testa. Anche se non aveva idea del perché, era importante. Gli importava molto. Todd avrebbe fatto meglio a stare attento. L'ingenua Meg sarebbe stata una scelta facile per un playboy come Todd, con le sue curve morbide e la sua bellezza.

Nessuno avrebbe potuto approfittarsi di Meg Gunderson, soprattutto un giocatore di baseball, finché Rusty avrebbe avuto fiato in corpo. Ora che aveva deciso cosa fare, tornò a concentrarsi sul baseball.

"Ehi, Terra chiama Rusty. Che cos'è quello?" Meg gli tirò la maglietta.

"Che cosa?"

"Si riferisce alla regola della volata interna, papà," disse Tommy.

"La regola della volata interna? La più complicata del baseball..." cominciò lui.

Capitolo Otto

I Jaguars vinsero la partita con un punteggio di sei a cinque, con Frank Todd alla battuta vincente nella parte bassa del nono. Meg si stiracchiò. Era arrivato il momento del suo appuntamento con Frank. Lei accese il telefono. C'erano undici messaggi di Harold. Lei rispose.

È finita, Harold. Per favore, smettila di scrivermi. È finita."

"Immagino che andrà al suo magnifico appuntamento con Todd." Rusty si alzò in piedi.

Il terrore ebbe il sopravvento su di lei. Charlie e Harold non andavano d'accordo, quindi vedeva Harold soprattutto durante l'orario scolastico. Di tanto in tanto, lui si fermava a cena, mentre Charlie giocava nella sua stanza. Qualche volta, si tratteneva finché Charlie non andava a letto. Poi facevano sesso. Non era un granché. Ma ogni volta si ricordava che John era stato il migliore e non poteva aspettarsi di trovare nessun altro alla sua altezza.

Dopo aver detto ad Harold che la loro relazione era finita, si sentì sollevata. Preferiva stare da sola piuttosto che stare con lui, o con qualsiasi altro uomo. Se non poteva avere John, perché accontentarsi di un rimpiazzo di seconda classe?

"Per assicurarci che lei non resti qui da sola, Tommy e io aspetteremo fino all'arrivo di Todd."

"Non è necessario."

"Oh, sì che lo è."

"Non si fida di lui?"

"Nemmeno per un secondo."

"Pensa che mi darà buca?"

"Non ne ho idea."

"Oh. Quindi, sta aspettando per assicurarsi che si presenti?"

"Esattamente."

"Mmm." Lei lanciò un'occhiata a Rusty. Lui cambiò piede d'appoggio, con le mani nelle tasche dei pantaloncini e la fronte corrugata. Qualcosa in lui le ricordava suo padre quando lei aveva avuto il suo primo appuntamento. Sforzandosi di non ridere, si voltò. Rusty era evidente come l'odore di una cipolla appena sbucciata. Quando era protettivo, riusciva a essere carino, quasi simpatico.

"Ehilà!" Un bell'uomo dai capelli scuri si dirigeva verso di loro. "Meg?"

"Ciao. Hai già conosciuto Charlie."

Frank Todd si abbassò per stringere la mano al bambino.

"Ti è piaciuta la partita?"

"È stata fantastica." Charlie fece un sorriso raggiante.

"Congratulazioni," disse Meg. "Per il tuo fuoricampo."

"E anche per i due R.B.I."

"Che cos'è un R.B.I.?" Meg inclinò leggermente la testa.

Frank scoppiò a ridere. "Abbiamo molte cose di cui parlare. La mia macchina è laggiù." Mentre si dirigeva verso il suo veicolo, Rusty lo afferrò per un braccio.

"Sei Rusty Reisse, vero? Veterano?"

"Non ancora."

"Oh, ok. Scusami."

"Riaccompagnala a casa ha un orario ragionevole."

"E chi sei, suo padre?"

"Solo un amico."

"Capisco."

"E non fare scherzi."

"Suo figlio è il miglior accompagnatore."

"Bene. Non dimenticarlo."

"Capisco. Quindi è così? Lei lo sa?"

"Cosa?"

"Vecchio e pure ottuso." Frank scosse la testa.

"Non so di cosa stai parlando. Siamo amici. La sto solo tenendo d'occhio."

"È così che si dice?"

"E come altro dovrei dire?"

Frank scoppiò a ridere. "Se non lo sai tu, non posso certo dirtelo io."

"Bene. Portale rispetto."

"Non preoccuparti, vecchio. La porterò a casa a un orario ragionevole."

Frank aprì a Meg lo sportello della macchina. Lei aprì lo sportello posteriore per Charlie. Si allacciarono le cinture e Frank avviò il motore.

"Dove andiamo?" domandò Charlie.

"C'è un posto dove fanno degli ottimi hamburger, si chiama Mickey's. Ti piacciono gli hamburger, Charlie?"

"Sì. Ma la mamma non mi permette di mangiarli spesso."

Frank guardò Meg con la fronte aggrottata.

"Per stasera va bene. Dobbiamo festeggiare la vittoria." Lei si tirò giù la maglietta.

"Giusto! Dobbiamo festeggiare la vittoria. Cosa preferisci, Charlie? Un hamburger normale o un cheeseburger?"

Nel giro di quindici minuti erano seduti a un tavolo accanto a una finestra panoramica in un ristorante rustico con il bar. Alcuni avventori del bar si fermarono al tavolo per congratularsi con Frank e chiedergli l'autografo. A Charlie brillavano gli occhi. Frank sembrava una vera star e riceveva molte attenzioni dai tifosi.

Meg si mordicchiò il labbro. John aveva avuto un discreto successo nel campo della finanza. Ma non gli avevano mai chiesto un autografo. Charlie avrebbe dimenticato suo padre per una star del baseball? Impossibile. Nessuno poteva dimenticare John, l'uomo più divertente, intelligente e gentile che lei avesse mai conosciuto. Lei aggrottò la fronte. Frank conquistò Charlie in due secondi. Lei sospirò.

"Tu sei molto più gentile del fidanzato di mia madre."

"Hai un fidanzato?" Frank spalancò gli occhi.

"Avevo. Avevo un fidanzato. Ci siamo lasciati."

"Davvero? Wow!" esclamò Charlie.

"Non è il vecchio Reisse?"

Lei scosse la testa. "Un collega a scuola."

"Sono contento che lui sia fuori dai giochi."

"Anch'io," disse Charlie.

"Ti piace il baseball?"

"Questa è stata la mia prima partita," rispose Charlie.

"Bene, lascia che ti parli del mio primo grande slam."

"Che cos'è un grande slam?"

Con Charlie che pendeva da ogni sua parola, Frank passò la cena a raccontare i suoi momenti migliori nel baseball a Meg e suo figlio. Continuava a vantarsi spudoratamente. Meg, annoiata, cercava di mostrare interesse, ma sembrava che a Frank non importasse nemmeno. L'attenzione di Charlie era sufficiente. Affascinato dalle storie di Frank, il bambino gli fece molte domande.

Quando la cena finì, Meg non vedeva l'ora di tornare a casa.

"Adesso Charlie deve andare a letto. Dovremmo andare."

"Oh, mamma."

"Mi dispiace. È giunta l'ora."

L'orologio segnava le otto, che non era proprio l'orario in cui suo figlio andava a letto, ma ci si avvicinava abbastanza. Non vedeva l'ora di sfuggire alla noia schiacciante delle infinite storie sul baseball. Frank pagò il conto e si diressero verso il parcheggio.

Durante il tragitto verso casa, Charlie si addormentò sul sedile posteriore.

"Perché non andiamo a metterlo a letto e andiamo a casa mia a bere qualcosa?"

"Meglio di no. È stata una lunga giornata." Lei finse di sbadigliare.

"Non sono nemmeno le otto e mezza."

"Ci siamo svegliati presto."

"Sono sicuro di poter trovare un modo per svegliarti." Lui le lanciò un'occhiata lasciva.

Meg rimase seduta in silenzio. Per fortuna, si fermarono davanti alla casa prima che lui facesse un altro tentativo. Il senso di colpa per averlo rifiutato la tormentava. Frank si era comportato bene con Charlie, ma lei non aveva alcuna intenzione di ricambiare il favore facendo sesso con lui. Per Meg, il sesso doveva essere sentito.

Frank prese in braccio Charlie e lo portò in casa.

"Dove lo porto?"

"Qui dentro." Lei gli indicò la strada. Rusty balzò in piedi dal divano del soggiorno, dove stava guardando una partita in tv, per seguirli. Frank mise Charlie a letto. Meg lo spogliò e gli rimboccò le coperte. Frank le prese la mano e la condusse alla porta. Rusty si appoggiò allo stipite della porta.

"Come mai siete tornati così presto?"

"Sì. Solo per mettere suo figlio a letto."

"Oh?" Rusty guardò Meg. "Uscite di nuovo?"

Lei scosse la testa. "È tardi. Ti accompagno alla macchina."

Frank aggrottò la fronte, ma la seguì all'esterno. Rusty cambiò piede d'appoggio. *Quindi vuole sbirciare? Bene. Gli darò qualcosa che si ricorderà.*

Quando raggiunsero la sua auto, Frank si fermò. Le strinse le braccia intorno alla vita.

"Sei sicura di non voler venire a casa mia?" Lui le accarezzò il collo.

"Ne sono sicura."

"Posso almeno avere un bacio della buonanotte?"

Quando lei si avvicinò, Frank appoggiò la bocca sulla sua. La spinse forte contro il suo petto mentre le esplorava la bocca con la sua. Meg chiuse gli occhi e si lasciò andare al suo sapore delizioso e alla sensazione del suo corpo contro il suo. Accidenti, baciava proprio bene!

Le sue mani la strinsero, poi scivolarono verso il basso per toccarle il sedere. La teneva così stretta che riusciva a sentire la sua erezione. Come se fosse scattato un allarme antincendio, il primo sentore di durezza la fece fermare. Si allontanò delicatamente da lui, indietreggiando, sganciandosi dalle sue braccia.

"Wow." Lei lo guardò negli occhi.

I suoi occhi scuri, ardenti di desiderio, brillavano al chiaro di luna. La sua evidente lussuria la spinse a frenare. Forse una scopata con Frank Todd non sarebbe stata così male, ma non ne aveva voglia. Durante la cena, aveva fatto un monologo. Non le aveva mai chiesto del suo lavoro, se le piaceva vivere a New York o qualcos'altro.

Meg credeva che gli uomini egoisti fuori dal letto fossero spesso egoisti anche a letto. Grazie tante, ma non aveva intenzione di provare le tecniche sessuali di Frank Todd.

"Grazie per la bella serata e per l'ottima cena."

"Prego."

"E Charlie. Beh, hai reso la sua giornata davvero grandiosa. Sono sicura che non farà che parlare di te per le prossime settimane."

Lui le si avvicinò. "Ti andrebbe di venire di nuovo a cena con me? Solo noi due?"

"Non so se Charlie è pronto a lasciarmi andare. Ma grazie.

"Hai il mio numero. Ogni volta che vuoi riprendere da dove ci siamo lasciati, mandami un messaggio."

"Lo farò. Grazie ancora, Frank."

Meg rimase sul vialetto, guardandolo mentre avviava il motore e ripartiva. Lei sospirò. Un vero primo appuntamento, più o meno. Harold, che la conosceva da anni, non contava.

"Bene, bene, bene. L'ha respinto?" Rusty si appoggiò allo stipite della porta.

"Non sono affari suoi."

"Per forza l'ha fatto. Altrimenti non sarebbe qui. Che cosa è successo? Il fascino è svanito prima del dessert?"

"Oh, stia zitto!" Gli passò accanto e si diresse in cucina. Si versò un bicchiere di cabernet e uscì sul portico posteriore. L'emozione ebbe il sopravvento su di lei. Harold non aveva mai mostrato alcun interesse per Charlie. Quell'uomo era stato la sua ultima risorsa, quando andava bene. Quando semplicemente non sopportava di stare senza un altro adulto accanto, chiamava Harold. Lui non aveva mai minacciato il suo mondo, né quello di Charlie. Suo figlio le aveva chiesto se avrebbe sposato Harold. Lei era scoppiata a ridere e l'aveva rassicurato che non sarebbe mai successo.

Ma quella sera Charlie si era aperto con Frank. Lo aveva ammirato, gli aveva fatto domande e si era attaccato a ogni parola pronunciata dal giocatore. Sembrava adorare l'uomo. In passato, Charlie adorava solo suo padre. Si sarebbe dimenticato di John ora che c'era Frank Todd?

Quel pensiero le spezzò il cuore. Mantenere vivo l'amore per un marito e un padre morto era un lavoro a tempo pieno. Lui se lo meritava, vero? John non aveva forse il diritto di restare nel suo cuore e in quello di Charlie per sempre?

Eppure aveva la sensazione che il bambino si allontanasse dall'immagine di suo padre, per sostituirlo con qualcun altro, persino con qualcuno che conosceva a malapena. E questo faceva male al cuore di Meg: si era sentita morire vedendogli rivolgere tutte le sue attenzioni a Frank.

L'idea che Charlie fosse pronto ad andare avanti la sbalordì. Bevve un bel sorso di vino rosso e appoggiò il bicchiere sulla ringhiera. Mettendosi il viso tra le mani, si lasciò andare.

"Che cosa c'è? Qualcosa non va? Che cosa le ha fatto quel coglione? Lo ammazzo." Le parole di Rusty trafissero l'alone di tristezza che la circondava.

"Niente. Non ha fatto niente."

"L'ha respinto?"

"E l'ha presa come un vero gentiluomo."

"Ci scommetto."

"L'ha fatto. Davvero."

"Allora che cosa c'è che non va?"

"Charlie," balbettò lei.

"Ha fatto qualcosa a Charlie? Lo ammazzo."

"No, no." Lei agitò le mani, sospirò e fece un respiro profondo. In qualche modo, esprimere i suoi sentimenti li rendeva reali.

"E allora cosa?"

"Charlie è rimasto ipnotizzato da Frank. È come se si fosse innamorato, come se Frank fosse il suo nuovo idolo. John è sempre stato l'idolo di Charlie." Lei scoppiò in lacrime. "E se Charlie si dimenticasse di John?" Perdendo il controllo, iniziò a singhiozzare. Prima che potesse fermarsi, Rusty la abbracciò. Debole, scossa e confusa, si abbandonò tra le sue braccia. Lui le permise di appoggiargli la testa sulla spalla e la lasciò piangere.

Dopo essersi sfogata per qualche minuto, lei tirò su col naso. Rimase appoggiata al suo corpo forte. Anche se aveva le gambe deboli, non scivolò mentre le sue braccia, come due fasce di ferro, la tenevano stretta.

"Mi dispiace," gli sussurrò, finché lui non la interruppe.

"Shhh."

Il tempo si fermò per Meg mentre si reggeva a Rusty. Lui le accarezzò la nuca, poi la schiena.

"Va tutto bene," sussurrò lui.

"Ma se succedesse?"

"Shh. Si sieda." La aiutò a sedersi su una sedia comoda, prese il suo bicchiere e si sedette. "Lascia che le spieghi."

"Conosce la risposta?"

"Ascolti."

Lei annuì e prese il suo drink con la mano tremante.

"Mio padre era fantastico. Poteva risolvere ogni cosa e rispondere a qualsiasi domanda. Era un bravissimo ballerino e riusciva a lanciare la palla più lontano di chiunque conoscessi. Era incredibile, il migliore in tutto, tranne forse a fare il padre. Se n'è andato quando avevo dodici anni. Da allora non l'ho più visto né sentito."

Meg ebbe un sussulto. Rusty alzò la mano.

"Aspetti! Prima che si senta in pena per me. Mia madre era fantastica. Circa due anni dopo, sposò un brav'uomo, Harry Reisse. Harry non faceva nessuna delle cose che faceva mio padre. Ma aveva un lavoro decente, tornava a casa ogni sera e non si attaccava a una bottiglia di liquore. Mi ha adottato."

Rusty si interruppe per bere un altro sorso di birra. Meg gli strinse la mano.

"Harry mi amava e mi sono affezionato a lui. Ma in tutti questi anni? Non ho mai dimenticato mio padre. Non ho mai smesso di amarlo, ammirarlo e voler essere come lui, in molti modi."

"Non lo sapevo."

"Non si preoccupi per Charlie. Avete fatto entrambi un buon lavoro con lui. Non dimenticherà mai suo padre. Cristo, parla sempre di lui."

"Mi piace molto questo di Charlie."

"È un bravo bambino. Ma i bambini hanno bisogno di un modello da seguire. Hanno bisogno di eroi. Così crescere è più facile. Gli eroi li guidano. Come lungo un sentiero. Quindi, se ammira quello stronzo di Frank Todd, non si preoccupi. Non vuole sostituire suo padre con Frank."

Meg fece un profondo respiro tremante. "Grazie."

"Prego. Charlie è un bambino eccezionale. Suo marito sarebbe orgoglioso."

Meg si alzò in piedi, diede a Rusty un bacio sulla testa e si diresse verso la camera da letto. "Sono stanca."

"Le è piaciuta la partita?"

"Oh, accidenti. Grazie per i biglietti. È stato fantastico."

"Le piacerebbe andarci di nuovo?"

"Certo. Ma non domani, ok?"

"Oh, ok. Ma vuole tornarci?"

"Sì. E voglio rimangiarmi quello che ho detto. Il baseball non è stupido. È uno sport complesso e stimolante."

Rusty fece un piccolo inchino. "Grazie. È vero."

"Buonanotte."

"Buonanotte. Oh, un'altra cosa."

Lei lo guardò. "Mmm?"

"Vuole uscire di nuovo con Frank?"

Lei scosse la testa. "No. È troppo concentrato su sé stesso. Non mi ha nemmeno chiesto che lavoro faccio."

"Bastardo egoista."

"Non sembra molto felice di questo."

Rusty fece un sorriso imbarazzato.

"Notte."

Spogliandosi rapidamente, lei non perse tempo a indossare la camicia da notte. Si buttò semplicemente sul letto e si addormentò dopo un minuto, ignorando gli undici nuovi messaggi di Harold.

Capitolo Nove

Perfino Meg dormì fino a tardi la mattina dopo. Si svegliò alle sette, non alle sei, poi andò in cucina e iniziò a preparare il caffè. Sbirciando il sole che sorgeva fuori dalla finestra, le venne un'idea.

"Una giornata scientifica." Mentre preparava l'impasto per i pancake e sorseggiava il suo caffè, molte idee le affollavano la mente. Si vestì, poi cercò il materiale necessario per tutta la casa: una scatola di cartone, guanti di gomma e crema solare.

I bambini assonnati entrarono in cucina.

"Pancake," disse lei.

I bambini si sedettero.

"C'è un profumino meraviglioso." Rusty entrò, grattandosi il petto. Accidenti, anche in tuta quell'uomo era molto attraente. Sebbene non riuscisse a distogliere gli occhi dal suo petto, lei cercò di nascondere la sua reazione.

"Per favore. Niente uomini seminudi a tavola."

"Oh, mi scusi. Torno subito." Lui uscì di corsa dalla stanza. Tommy e Charlie si misero a ridacchiare.

Rusty tornò con indosso una maglietta aderente che evidenziava i suoi muscoli. Meg distolse lo sguardo e girò i pancake. Dopo aver riempito i tre piatti, si sedette per finire il suo caffè.

"Che cosa facciamo oggi?" chiese Charlie, con la bocca mezza piena.

"Beh, ho pensato che potremmo fare qualcosa di diverso."

Rusty la guardò aggrottando la fronte.

"Che cosa?" chiese Tommy.

"Esplorare il bosco. Ha piovuto ieri sera. Potremmo andare a caccia di salamandre. Possiamo prendere un acquario e creare l'ambiente adatto per loro. Tenerle come animali domestici fino alla nostra partenza."

"Oh, accipicchia! Adoro le salamandre!" Charlie balzò dalla sedia.

"Che cos'è una salamandra?"

Meg si sedette accanto a Tommy e gli spiegò che erano dei i piccoli anfibi rossi, invertebrati. Rusty era concentrato sul suo cibo, ma si avvicinò. Lei ebbe la sensazione che neanche lui sapesse cosa fosse una salamandra.

"Posso andarci, papà?"

"Se Meg è d'accordo."

"Certo che lo sono."

I bambini si diedero il cinque.

"Quando avrete finito, andate a vestirvi. Pantaloni lunghi e camicia a maniche lunghe." Meg guardò Rusty. "Anche lei."

"Oh, io? Io non vengo."

"Perché no?"

"È roba da bambini."

Meg aggrottò la fronte. "Davvero? Non aveva detto che l'assistente sociale le aveva chiesto di passare del tempo con suo figlio?"

"E lo sto facendo. Ma quegli esseri striscianti? Probabilmente le piacciono anche i serpenti."

"In realtà, sì."

"Ah. No, grazie."

"Forza. Dimostri a Tommy che uomo è. Davanti a una pericolosissima salamandra di cinque centimetri."

"Molto divertente." Lui la guardò storto.

"Ok. Le prometto che mi occuperò io di quei mostri striscianti e inquietanti. Non dovrà toccare nulla."

"Davvero? Lo farebbe per me?"

"Ho intenzione di farlo fin dall'inizio. A meno che i bambini non vogliano toccarle."

"Bene."

"Allora verrà?" Lei spalancò gli occhi.

I bambini arrivarono di corsa.

"Papà! Perché non ti sei ancora vestito?" gli chiese Tommy.

Rusty scrollò le spalle. "Credo che lui abbia risposto per me." Lui si alzò e mise il suo piatto nel lavello. "Vado subito a vestirmi."

Meg sorrise, coprendosi la bocca con la mano. "Bambini, potete caricare la lavastoviglie mentre porto fuori Coco?"

I bambini obbedirono subito. Meg mise il guinzaglio al cane e si diresse verso il cortile. Coco le camminava accanto, adattandosi al suo passo. Meg le diede una pacca sulla testa. "Sei un bravo cane, Coco. Non una bestia, come pensavo."

Il cane le sorrise e sbavò. Rusty le aveva detto di aver assunto un dog walker per portarla a passeggiare. A Meg piaceva portarla a fare una passeggiata. Le piaceva prendersi qualche momento di pace e tranquillità. Le permetteva di vagare con la mente.

Si era davvero aperta con Rusty la sera precedente? Sì. La sua profonda comprensione l'aveva sorpresa. Le sue parole l'avevano confortata. Non si aspettava nulla di così profondo e personale. Sapere di più di lui aveva suscitato il suo interesse. Sotto il suo stupido atteggiamento da macho, chi era quell'uomo? A poco a poco, le aveva rivelato un lato più gentile. Forse avrebbero potuto diventare amici? Lei aggrottò la fronte. *Forse un giorno.*

Prima che uscissero, Tommy fece una richiesta.

"Possiamo portare Coco con noi?"

"Coco? Nel bosco? Avete l'antipulci per lei?" Meg si rivolse a Rusty.

Lui sollevò le spalle.

"Non è giusto. La lasciamo sempre a casa perché i cani non sono ammessi da nessuna parte. Ma il bosco è all'aperto. Possiamo?" Tommy li supplicò spalancando i suoi occhi castani.

"Perché no? Andiamo al negozio a comprare un collare antipulci. Così potrà venire anche lei."

"Può proteggerci dagli orsi," disse Charlie.

Rusty, con una maglietta a maniche lunghe e un paio di jeans aderenti, aprì la porta. "Dopo di lei."

Misero il guinzaglio a Coco e la portarono in macchina. Lei saltò per prima sul sedile posteriore. I bambini si sedettero accanto al cane. Lei appoggiò la testa sulle gambe di Tommy.

CAMMINARONO SUL PRATO e si fermarono ai margini del bosco.

"Prendo io il guinzaglio," disse Tommy.

Meg annuì. Lei si tolse lo zaino dalle spalle. Prima che entrassero, stabilì le regole e porse alcune strisce di stoffa rosa a Charlie.

"A che cosa servono?" le domandò Rusty.

"Charlie le legherà intorno agli alberi per segnare il nostro percorso. Non conosciamo questo bosco. Ci impedirà di perderci."

"Rosa?"

"Ok. Ho strappato una vecchia maglietta. In città usiamo le cravatte quando andiamo in campeggio. Ho dimenticato di portarle."

"Campeggio? Lei?"

"Ah ah. Lei non porta Tommy in campeggio, vero?"

"Tesoro, per me l'hotel Plaza è la cosa più simile al campeggio."

"Peccato."

"Forza. Andiamo."

Meg spinse da parte la boscaglia e fece strada. Charlie la seguì, mentre Tommy, Coco e Rusty chiudevano la fila.

"Guardate per terra. La pioggia fa uscire le salamandre. Sono per lo più di colore rosso vivo e dovrebbero essere facili da individuare. Quando ne trovate una, urlate", disse Meg, con una scatola in mano.

"Eccone una!" gridò Charlie, chinandosi.

Si radunarono intorno a lei, fissando la minuscola creatura.

"Prendila per la coda, Charlie. Molto delicatamente. Non hanno ossa, solo cartilagine. Sono delicate."

Il bambino seguì gli ordini di sua madre. Lei gli mise la scatola sotto la sua mano e lui vi mise dentro il piccolo anfibio.

"Ne ho trovata una! Ne ho trovata una! " Tommy lasciò cadere il guinzaglio e si chinò per esaminare la creatura. Coco abbaiò.

"Rusty! Prenda il cane prima che ci passi sopra," disse Meg. Lei raggiunse Tommy. "Direi di sì. Vuoi prenderla? Devi essere molto, molto delicato. È facile schiacciarle."

"No. Meglio di no. Non so come fare."

Perché non ci provi? Devi solo stringere le dita intorno alla coda quel tanto per poterla prendere. Metterò la scatola sotto di te, poi la lascerai andare. Provaci. Non mordono."

"Davvero?"

"No. Non c'è niente di cui aver paura."

Tommy avvicinò la mano tremante alla salamandra. Lei iniziò a muoversi.

"Avvicinati da dietro," disse Meg.

Rusty si avvicinò a suo figlio, per guardare. Meg alzò lo sguardo e lo guardò negli occhi. Lui sorrise e annuì leggermente. Tommy ci riprovò. Questa volta il piccolo anfibio rimase immobile. Tommy lo prese per la coda e Meg mise la scatola sotto di lui. Tommy la lasciò andare.

"Stupendo! Ora ne abbiamo due. Bambini, riuscite a distinguerle?"

Ne seguì una lunga discussione su quale salamandra appartenesse a ognuno di loro. Poi arrivò il momento di scegliere il nome.

"La mia si chiamerà Frank, come Frank Todd." Charlie sorrise.

"E la mia Hardy, come gli Hardy Boys," disse Tommy.

Meg si alzò e mise la scatola sotto gli occhi di Rusty. "Non sono carine?"

Lui fece un balzo all'indietro, facendo ridere tutti. "Dai, toccala, papà. Non è viscida."

"Forza, Rusty," disse Meg.

Lui accennò un sorriso quando infilò con incertezza un dito nella scatola. La toccò velocemente e lo ritrasse. "Bene. Contenti adesso? Hai ragione, Tommy, non sono viscide. Sono anche piuttosto carine."

"Gliel'avevo detto," disse Meg sottovoce.

"E io l'avevo sentito," disse Rusty, tirando su col naso.

Continuarono a camminare per un'altra ora, ma non trovarono più salamandre. Qualcosa a terra passò accanto a Rusty. Lui sobbalzò.

"Che diavolo è stato?"

"Un serpente." Meg mese una mano nello zaino. Tirò fuori un vecchio asciugamano.

"Un serpente?" Rusty si spostò rapidamente.

"State tutti fermi. Anche tu, Coco."

Meg scrutò il terreno finché non vide dove si era fermato il serpente. Con uno o due passi furtivi, gettò l'asciugamano sul rettile. Quindi si avvicinò in silenzio e toccò l'asciugamano, finché le sue mani non entrarono in contatto con il serpente. Lei aveva indossato dei sottili guanti di gomma.

"Trovato. Solo un minuto." Lavorando rapidamente ma con attenzione, afferrò il serpente e lo tirò fuori da sotto l'asciugamano. Era lungo circa trenta centimetri.

"Un serpente giarrettiera."

"Un serpente è sempre un serpente. Lo allontani da me," disse Rusty, impallidendo.

"Non faccia il bambino. Non mordono. Questa creatura ha più paura di quanta non ne abbia lei."

"Non ci giurerei," borbottò Rusty.

Meg gli lanciò un'occhiataccia ostile. "Ben fatto, spaventi suo figlio."

Charlie si precipitò a guardare. "Mamma ha preso un serpente giarrettiera, Tommy. Vieni a vedere!"

"Un serpente?" Il bambino scosse la testa. Charlie afferrò la camicia del suo amico e lo tirò. "Forza. Non fare il pappamolle. Non mordono. Sono davvero fantastici."

Trascinando i piedi, Tommy raggiunse Charlie e Meg. Lei teneva il serpente da dietro la testa e dalla coda. Mentre lei parlava, spiegando cos'era, come viveva e perché era buono, Rusty fece un passo per avvicinarsi.

"Vuole toccarlo?"

Rusty scosse la testa. Tommy allungò un dito con fare incerto.

"Neanche i serpenti sono viscidi," disse Charlie. "Visto?" Prese la mano di Tommy e la tirò, finché il suo dito non toccò il serpente.

"Ora tocca a lei." Meg rivolse lo sguardo a Rusty.

Lui scosse la testa.

"Andiamo, papà. Io l'ho fatto." Tommy prese suo padre per mano e trascinò il suo dito sul serpente.

"Accidenti. Avete ragione. Non è viscido."

Meg rimise a terra il serpente terrorizzato. Scivolò via così velocemente che non riuscirono a vedere dove fosse andato.

"Visto? Sta scappando via, a circa due chilometri all'ora. Quelle bestiacce ti si avvicinano strisciando e tac! Ti si arrotolano intorno al collo prima che tu possa battere ciglio."

Meg scoppiò a ridere. "Non un serpente giarrettiera. Mangiano insetti e piccoli animali e non sono costrittori."

"Costrittori?"

"Come il boa constrictor. Quelli sono i serpenti che ti strangolano a morte. Non vivono in questo clima. Non ha nulla di cui preoccuparsi." Lei gli diede una pacca sul braccio.

Continuarono a farsi strada nel bosco, mentre Charlie segnava gli alberi. Meg indicò gli uccelli che non avevano mai visto prima. Quando si rivolse ai bambini per spiegare che uccello fosse quello appollaiato sopra di loro, anche Rusty rimase ad ascoltarla.

"Ho fame," disse Charlie.

"Anch'io." disse Tommy.

"Ok. Pausa pranzo."

"Pranzo?" Rusty guardò Meg.

"Sì. Panini, acqua, patatine e cupcake."

"Nel suo zaino?"

Lei annuì.

"Deve pesare una tonnellata."

"Sarà più leggero dopo che avremo mangiato. Bambini, cercate una roccia piatta. Abbiamo bisogno di un posto dove sederci."

Tommy trovò il posto perfetto. Rusty teneva la scatola con le salamandre. Meg distribuì i panini. Tutti mangiarono in silenzio. I bambini osservavano le salamandre. Quando finirono di mangiare e raccogliere la spazzatura, era giunta l'ora di tornare a casa.

"Tommy, ti incarico di cercare i pezzi di stoffa rosa intorno agli alberi e di rimuoverli, ok?"

Lui annuì.

"Non correre avanti. Non prendere i pezzi di stoffa finché non ti avremo raggiunto. Ok?"

"Ok." Tommy individuò il primo pezzo di stoffa rosa, poi chiamò gli altri, che lo raggiunsero. Charlie corse avanti, mentre Rusty andava al passo con Meg.

"Perché non mi ha chiesto di portare le cose pesanti?"

"Non ero sicura che non se la sarebbe data a gambe. Inoltre, con uno zaino, è facile."

"Tommy si sta divertendo molto. Lei ha ottenuto la sua attenzione e lui non ha paura. Stupendo."

"È un bambino eccezionale."

"Grazie."

Quando tornarono a casa, Rusty li portò al negozio di animali per comprare del cibo e un terrario per Hardy e Frank, le salamandre. Una volta tornati a casa, Meg portò fuori i bambini a raccogliere erba, foglie e altri arbusti per creare un ambiente boschivo per le salamandre. Meg prese un vasetto vuoto di yogurt, lo tagliò e lo riempì d'acqua. I bambini misero nel terrario alcuni insetti essiccati, perché le salamandre potessero mangiarli.

Il cielo si offuscò, minacciando di piovere. Rusty mise un film per i bambini in salotto. Meg prese una tazza di caffè e uscì fuori, aspettando che iniziasse il temporale.

"Cazzo!" Rusty entrò in cucina imprecando.

Meg si voltò. "Ma che cosa...?"

"C'era una vespa nel terrario delle salamandre. Ho guardato dentro e la stronza mi ha punto."

"Dove?"

"Qui." Rusty si indicò il lobo dell'orecchio, che aveva già iniziato a gonfiarsi. "Penso di essere allergico alle api."

"Oh, mio Dio. Davvero?" Meg si alzò dalla sedia. Esaminò la puntura. La parte aveva iniziato a gonfiarsi.

Lei entrò urlando nel soggiorno. "Bambini! Venite qui. Veloci!"

MEG FECE UN RESPIRO profondo. Il lobo del suo orecchio non aveva un bell'aspetto e le sue dimensioni raddoppiarono in pochi minuti. Lei fece un respiro profondo, poi prese il telefono.

"Charlie, prendi il GPS e cerca l'ospedale più vicino. Tommy, sali in macchina. Rusty, mi dia le chiavi della macchina."

"Che cosa è successo?" domandò Tommy, impaurito.

"Te lo spiegherò in macchina."

Dopo un minuto, Tommy e Rusty erano seduti sul sedile posteriore con le cinture allacciate. Charlie si sedette davanti per occuparsi del GPS.

"Dice che mancano solo dodici chilometri, mamma."

"Bene. Grazie." Meg premette l'acceleratore. "Come si sente, Rusty?"

"Fa tremendamente male," le rispose.

Guardando nello specchietto retrovisore, lei notò che il gonfiore era aumentato. Rusty era impallidito.

"Starai bene, papà?"

"Certo, certo. Quando arriveremo in ospedale, mi faranno un'iniezione e starò bene."

La voce di Rusty era poco fiduciosa. Tommy cominciò a piangere. Rusty strinse le spalle di suo figlio.

Meg accelerò. Si concentrò sulle curve, mentre cercava di restare sulla strada. Doveva portarlo lì sano e salvo. L'adrenalina le scorreva nelle vene mentre si costringeva a concentrarsi.

"La prossima a destra, mamma," disse Charlie.

Dando un'altra rapida occhiata allo specchietto retrovisore, vide una linea rossa che gli attraversava il collo. Per un attimo, il panico prese il sopravvento su di lei.

"Smettila!" disse a sé stessa. "Concentrati!"

"Sta andando alla grande, Meg," disse Rusty, con voce debole.

Lei cercò di sorridere, mentre manteneva la pressione sul pedale dell'acceleratore.

"Ancora un chilometro," disse Charlie. "Eccolo. A sinistra." disse Charlie, indicando.

Meg socchiuse gli occhi, cercando l'ingresso. Premette il freno, rallentando per svoltare dolcemente. Avvicinandosi alla parte anteriore dell'edificio, parcheggiò l'auto e spense il motore.

"Signorina. Non può parcheggiare qui," le disse il sorvegliante.

"Questa è un 'emergenza!" urlò Meg dal finestrino.

Lei balzò fuori dalla macchina. "Charlie, resta qui."

Spalancando lo sportello posteriore, aiutò Rusty a scendere dalla macchina. Un'infermiera corse ad accoglierli. Meg le spiegò rapidamente il problema. La donna portò Rusty dentro l'ospedale. Meg prese Tommy per mano. "Andiamo, Charlie."

Mentre entravano, sentirono un forte rombo di tuono e cominciò a piovere. La donna alla scrivania le fece delle domande e Meg le rispose nel miglior modo possibile.

"Potrebbe avere delle informazioni sull'assicurazione nel suo portafoglio. Dov'è? Vado a prenderlo. Tommy, tu e Charlie restate qui."

"Voglio mio padre," strillò Tommy, scoppiando a piangere.

Meg si guardò intorno impotente. "Vado a controllare come sta. Non credo che i bambini possano entrare."

"Forza, bambini. Sedetevi. Non posso lasciarvi entrare. Si stanno prendendo cura di tuo padre." L'infermiera mostrò ai bambini dove sedersi. Charlie abbracciò Tommy.

"Scommetto che starà bene," disse al suo amico.

Meg si precipitò sul retro. "Dov'è lui?"

"Terza porta alla sua sinistra."

Rusty era disteso su un letto, con un medico e un'infermiera al suo fianco. Meg si spostò a sinistra, lasciando via libera al gruppo di medici alla sua destra. Il viso di Rusty si era gonfiato. Aveva gli occhi gonfi e respirava affannosamente.

"Non se ne vada," sbuffò lui.

Meg lanciò un'occhiata al dottore, che annuì. "Le daremo una dose di epinefrina e le somministreremo dell'ossigeno. Dovrà restare finché il gonfiore non diminuirà e non riuscirà respirare normalmente."

Meg annuì. Prese la mano di Rusty tra le sue. "Sarò qui quando avrà bisogno di me."

"Tommy?"

"Sta bene. È in sala d'attesa con Charlie."

Rusty le strinse la mano.

"Odio le iniezioni."

"Chi non lo fa? Mi stringa la mano se fa male."

"Aspetti," disse il dottore.

Rusty strinse la presa. Si voltò verso Meg per non guardare l'ago entrare. Un'infermiera si avvicinò a Meg con una maschera d'ossigeno. Gliela mise sul naso e sulla bocca.

"I vostri figli sono nella sala d'aspetto?" le chiese.

"Sì," rispose Meg.

"Andrò a controllarli tra un minuto."

Rusty accennò un sorriso.

"Non provi a parlare. Si limiti a respirare." L'infermiera fece un sorriso a Rusty e uscì dalla stanza.

"Torno tra qualche minuto." Il dottore uscì dalla stanza.

Rusty appoggiò la testa sul cuscino. Il suo corpo era diventato inerte, ma la sua presa era rimasta forte. Il cuore di Meg continuava a battere all'impazzata. Lei lo guardò intensamente. Il gonfiore iniziava a dinimuire.

"Riesce a respirare?"

Lui annuì. Lei gli appoggiò la mano sulle labbra. Rimasero seduti in silenzio per un quarto d'ora. Quando la sua pelle riprese colore e il gonfiore diminuì, Meg sospirò.

"Mi ha fottutamente spaventata," gli disse.

Rise e la scosse con un dito. "Niente parolacce," riuscì a dire lui attraverso la maschera dell'ossigeno.

"Stavolta era necessario. Scommetto che si sia spaventato anche lei."

Lui annuì.

L'infermiera fece capolino nella stanza. "I bambini chiedono di lei, signorina."

"Torno subito." Meg si alzò in piedi e raggiunse la sala d'attesa. Tommy le corse incontro, con le lacrime che gli rigavano il viso. Lei lo abbracciò forte. "Tuo padre starà bene. Gli hanno dato delle medicine per ridurre il gonfiore."

"Posso vederlo?"

"Non ancora. Verrò a prenderti quando diranno che va bene."

Poi tornò da Rusty. I suoi occhi erano chiusi. Terrorizzata che potesse essere morto, lei gli diede un colpetto con le dita. Sorpreso, lui si svegliò di soprassalto.

"Volevo solo assicurarmi che fosse ancora vivo."

"Grazie." Le lanciò un'occhiataccia, ma intrecciò le dita con le sue.

Un'ora dopo, il dottore tornò nella stanza.

"Credo che possiate tornare a casa adesso. Le daremo un EpiPen, se dovesse avere ulteriori sintomi. In caso di sintomi gravi, non esitate a tornare."

"Per quanto tempo dobbiamo tenerlo sotto controllo?" chiese Meg.

"I sintomi possono tornare fino a circa settantadue ore. Quindi, tenetelo d'occhio."

"Grazie, lo farò."

"Molto bene, signor Reisse. Ecco qua." Il dottore diede a Rusty una prescrizione e gli strinse la mano, poi strinse anche quella di Meg. "Signora Reisse."

Con gli occhi spalancati, lei cercò di nascondere la sua sorpresa per essere stata scambiata per sua moglie. Quando si fermarono nella sala d'aspetto, Tommy corse verso suo padre. Rusty si lasciò cadere su una sedia, mettendosi suo figlio sulle gambe. Tommy strinse le braccia al collo di suo padre, appoggiandogli il viso sulla camicia. Meg non riuscì a sentire le parole dolci di Rusty. Lui teneva il bambino in braccio e gli accarezzava la schiena.

Aveva voglia di piangere. Quello era un lato di Rusty che non aveva mai visto. Lui diede un bacio sulla testa a suo figlio, poi si alzò in piedi.

"Forza, campione.

Firmiamo tutte le scartoffie e torniamo a casa."

Quando uscirono, il marciapiede era bagnato, ma il temporale era passato. Il sole cercava di fare una comparsa, danzando intorno alle soffici nuvole.

Rusty si spostò sul sedile posteriore con Tommy. "Stasera pizza e film?"

I bambini esultarono.

"Polpette o salame piccante?" chiese Meg, mentre metteva la macchina in moto.

Capitolo Dieci

Si godettero una serata tranquilla e andarono a dormire presto. Trascorsero il giorno successivo a osservare Frank e Hardy, le salamandre, e a cercare di rintracciare la vespa. Charlie la trovò per primo e Meg la uccise con la sua scarpa.

Scoppiò un altro temporale, così guardare film diventò il passatempo della giornata. Dopo aver deciso che avevano bisogno di un po' di cibo di conforto, Meg preparò i maccheroni al formaggio. Quando i bambini furono a letto, preparò il bollitore per il tè. L'aria, rinfrescata dal temporale, le dava i brividi di freddo.

"Tè sul portico?"

"Grazie." Rusty si mise una coperta sulle spalle e uscì fuori.

Meg preparò le tazze prima di raggiungerlo.

"Grazie di tutto. È stata fantastica. Mi ha portato in ospedale in un batter d'occhio."

"Prego."

"Il dottore ha detto che, se fossimo arrivati mezz'ora dopo, sarebbe stato molto complicato. Forse mi ha salvato la vita."

"Forse. Forse no. Chiunque l'avrebbe fatto."

"Tommy è innamorato di Hardy."

"La salamandra?" Meg bevve un sorso di tè.

"Sì. Devo ammettere che è piuttosto carina. Gli è piaciuto molto esplorare il bosco."

"Oh? Davvero? Bene. Sono contenta."

"Anche a me è piaciuto."

"Davvero? Persino il serpente."

"Beh, ammetto che il serpente non è stata esattamente la mia parte preferita, ma è andata bene. Il resto è stato interessante. Non mi ero mai reso conto di quante cose, ehm, creature, vivessero nei boschi."

"Specie? Ci vivono molti animali, insetti e uccelli."

"Fatta eccezione per l'ape, è stata una bella giornata. Lei è piuttosto sveglia."

"Grazie. Adoro i boschi."

"È evidente."

"Tutto bene? Si sente bene?"

"Sì. Solo che fa freddo qui fuori. Venga qui. Questa coperta è abbastanza grande per entrambi."

Lei si sedette accanto a lui sul divano e si mise la coperta intorno alle gambe.

"Va meglio?"

Lei annuì.

"Ammetto che non pensavo che saremmo riusciti a risolvere la questione, ma possiamo condividere la casa. Tommy la adora e Charlie è il suo nuovo migliore amico."

"Dopo aver cercato in tutti i modi di mandarmi via da qui, devo ammettere che lei ha ampliato le prospettive di Charlie."

"Io e Frank Todd," ridacchiò Rusty.

"Lasci perdere."

"Non riesco a credere che abbia chiamato la sua salamandra come quel depravato."

"Non è un depravato. Solo che non è adatto a me."

"Giusta precisazione."

Rimasero seduti in un silenzio confortevole, guardando la luna e sorseggiando il tè. La tregua tra di loro continuò, in un'atmosfera di pace. Meg sospirò.

"Qualcosa non va?"

"È così tranquillo qui."

"Le manca ancora suo marito?"

"Tutti i giorni."

"Immagino che non cambierà mai."

"Spero di no."

"Forse un giorno tornerà ad avere una vita."

Lei lo guardò. "Una vita? Io ho una vita."

"Lei ha un figlio. È una madre."

"E un'insegnante."

"Non è una vita completa."

"Parla proprio lei! Si frequenta con qualcuno?"

"Sì, l'ho fatto."

"Quindi la sua vita è completa e la mia no?"

"Non ho detto questo."

"Sì che l'ha detto."

"Andiamo, Meg. Le cose stanno andando così bene, non litighiamo."

"Allora la smetta di dirmi queste cose orribili."

"Mi dispiace, ok?"

"Va bene." Lei serrò le labbra.

"Basta litigi."

"Sembra che Tommy abbia le stesse paure di Charlie. È preoccupato che possa succederle qualcosa e che possa restare da solo."

"Tecnicamente, avrà sua madre. Ma è come non avere nessuno. Non so nemmeno come rintracciarla. Se mi succedesse qualcosa, Tommy andrebbe a stare da mia sorella."

"Scommetto che questo lo spaventa."

Rusty annuì lentamente. "È così. Noi non ne parliamo. Con i miei viaggi in aereo o in macchina. A volte si preoccupa. Ma questa storia dell'ape lo ha davvero scosso."

"Capisco come si sente. Charlie avrebbe reagito allo stesso modo se ci fossi stata io al suo posto."

"Ci si abituerà. Nel tempo."

"Suppongo di sì".

Rusty si alzò e sbadigliò. "È ora di andare a letto."

"Tutto bene? Voglio dire, si sente di nuovo bene?"

"Più o meno. Un altro giorno dovrebbe bastare."

"Bene."

"Grazie ancora." Lui si abbassò e le diede un bacio sulla guancia. "Mi ha salvato la vita."

Quando la porta si chiuse alle sue spalle, Meg si toccò il viso. Non si aspettava né i ringraziamenti né il bacio. Forse era il momento di rivalutare la sua opinione su Rusty Reisse.

Lei tirò su la coperta e fissò i rami degli alberi, diventati argentei al chiaro di luna. Fu pervasa da una sensazione di pace. Si sentì riscaldare da un nuovo senso di appagamento. Sarebbe durata? Solo il tempo poteva dirlo.

"POSTI IN PRIMA FILA per la partita di oggi! Che ne dice?" Rusty agitò i biglietti sotto il naso di Meg.

"Possiamo andare, mamma? Per favore? Voglio vedere Frank Todd fare un fuoricampo."

Nemmeno l'idea di vedere Frank Todd smorzò l'entusiasmo di Rusty. Dall'incidente in ospedale, voleva fare qualcosa per Meg e i bambini. Sembrava che le fosse piaciuta la prima partita.

"Andiamo, Meg. Ignori il vecchio Frank."

"Come è riuscito ad avere dei biglietti per dei posti così fantastici all'ultimo minuto?" Lei incrociò le braccia sul petto.

"Ho un amico al botteghino."

"Davvero?" Lei lo guardò aggrottando la fronte.

"Va bene, va bene, Miss Detective. Ho scambiato alcuni dei miei cimeli con lui per i biglietti."

"Che cosa gli hai dato, papà?"

"Niente di speciale. Uno dei miei berretti."

"Dalla tua collezione dei Nighthawks?" Tommy si strinse la gola con un gesto teatrale.

"Nessun problema, Tom. Ne ho altri."

"Ah, bene."

"Prendete guanti e cappelli."

"Io vado a prendere la protezione solare," aggiunse Meg.

"Quindi viene anche lei?"

"Non me la perderei mai. Forse Frank andrà in base per me." Lei sorrise.

"Pensavo che l'avesse già fatto."

Meg lanciò un canovaccio a Rusty.

I bambini si allacciarono le cinture sul sedile posteriore. Trascorsero l'intero viaggio a dare pugni ai loro guantoni.

"Dobbiamo prepararci a prendere le palle alte," spiegò Charlie.

"Forse dovrei indossare un caschetto?" Meg scoppiò a ridere.

Arrivarono quindici minuti prima dell'inizio della partita, così poterono prendere hot dog, bibite e popcorn. Frank Todd vide Meg e la salutò con la mano. Ma non aveva tempo di chiacchierare prima dell'inizio della partita. Rusty si diede mentalmente una pacca sulla spalla per il suo tempismo.

Dopo l'inno nazionale, Frank si tolse il berretto guardando Meg, che ricambiò il suo saluto. Charlie riusciva a malapena a stare fermo.

"Credo che avremo un futuro giocatore di baseball." Rusty non smetteva di punzecchiare Meg. Era diventato il suo passatempo preferito.

"Solo se si potrà giocare a baseball in un laboratorio di chimica," rispose lei scherzando.

Ammirava quella donna. Sapeva rispondere a tono, proprio come lui.

Il lanciatore dei Jaguar prese la mira e lanciò la palla. Il battitore oscillò, ma non riuscì a colpirla.

"È di buon auspicio. Far oscillare il battitore al primo lancio." Rusty bevve un sorso di birra.

"Ha mai notato quante superstizioni ci sono nel baseball? Si potrebbe pensare che il gioco sia stato inventato nel Medioevo." Meg bevve un sorso della sua bibita.

Rusty sollevò leggermente il mento. "Non sono superstizioni. Solo cose. Che portano fortuna."

"Superstizioni."

"Quella che per una donna è superstizione per un uomo è solo fortuna."

Meg sbuffò. "Buona fortuna, allora."

"Visto?" Rusty la indicò. "L'ha chiamata fortuna."

Meg scoppiò a ridere.

La partita rimase in parità fino al settimo inning. Frank Todd segnò il doppio fuoricampo della vittoria. Charlie balzò in piedi e urlò fino a restare senza voce. Quando Todd appoggiò il piede sul piatto di casa base, la folla si alzò in piedi. Frank si avvicinò agli spalti e sollevò il berretto. Poi si inchinò davanti a Meg e tornò in panchina.

"Tua madre sposerà Frank Todd," disse Tommy, annuendo.

"Wow. Davvero, mamma?"

"Che cosa? Impossibile. No. No. Non sposerò nessuno." Meg arrossì in viso.

Rusty abbassò le spalle. Perché la sua affermazione doveva interessargli? Una cervellona come Meg Gunderson sarebbe stata l'ultima persona che Rusty avrebbe voluto sposare, no? Inoltre, lui non avrebbe voluto sposare nessuno, perché aveva giurato a sé stesso che non avrebbe mai più fatto il grande passo. Eppure, la sua affermazione l'aveva rattristato. Sarebbe stata una buona moglie per l'uomo giusto. Forse era triste perché Charlie non aveva mai avuto un padre in carne e ossa. Rusty non sapeva perché, così allontanò quel pensiero dalla mente.

Un sorriso inaspettato gli comparve sulle labbra. Credeva che Frank Todd fosse stato sfortunato. Rusty pensava che nessuno avrebbe notato il suo sorriso, ma Meg lo colse sul fatto.

"Che cosa c'è di divertente?"

"Il povero, vecchio Frank. Rimarrà deluso quando scoprirà che ha intenzione di restare zitella per tutta la vita."

"Zitella? Da dove ha tirato fuori quella parola?"

"Non si usa più?" Rusty distolse lo sguardo per nascondere un sorriso che non riuscì a trattenere.

"È obsoleta. Sa che cosa vuol dire?"

"Sì. Significa vecchia come le sue idee sul matrimonio."

"Lei ha una bella faccia tosta."

"Pensa che non lo sappia?"

Essendo impegnato a prenderla in giro, non vide arrivare una palla alta verso di loro.

"Papà!" urlò Tommy, lanciando il suo guantone a Rusty.

Lui raccolse il guantone e si lanciò davanti a Meg per la seconda volta. La palla rimbalzò fuori dal guantone di Rusty e finì in quello di Charlie. Rusty prese in braccio il bambino.

"Tienila in alto, Charlie, così tutti possono vederla."

La folla si alzò in piedi per applaudire al bambino. Frank Todd non era stato colpito dalla palla, ma pazienza. Charlie l'aveva presa da solo.

"Charlie! Bravissimo!" Sua madre lo abbracciò brevemente, poi gli diede il cinque.

"L'ho presa da solo."

"Già, proprio così!" Meg sorrise. "Grazie." Lei si rivolse a Rusty.

"Non ho fatto niente."

"Mi ha salvata di nuovo."

"Immagino che il suo sia il posto fortunato. No, aspetti. Superstizione."

"La smetta." Lei gli diede scherzosamente una pacca sulla spalla. "Ok. La smetto. La fortuna non è una superstizione."

"Sono felice che sia finalmente d'accordo con me." le chiese sorridendo.

"Non lo sono sempre?"

TRASCORRERE UNA GIORNATA al sole, guardando la partita e capendo finalmente quello sport, fece calmare Meg. Stare fuori con i bambini, mangiare hot dog e guardare una partita entusiasmante fu per lei un'altra magnifica giornata offerta da Rusty Reisse.

Ok, si era fatta un'idea sbagliata del baseball. Era uno sport complesso che richiedeva abilità, giudizio, capacità atletiche e una concentrazione eccezionale. La sua opinione su Rusty stava cominciando a migliorare. Anche se all'inizio le era sembrato un coglione arrogante, era notevolmente migliorato. Era passato molto tempo dall'ultima volta in cui si era divertita senza sentirsi in colpa. Era merito di Rusty e gliene sarebbe sempre stata grata.

Mentre l'auto svoltava intorno alla curva, vicino alla casa, Meg notò un veicolo sul vialetto.

"Oh, no. Fred non ha affittato la casa a qualcun altro per agosto, vero?" Lei si mordicchiò il labbro.

"Non che io sappia." Rusty aggrottò la fronte.

Mentre svoltava, Meg vide un uomo, seduto sul gradino anteriore. Beh, figlio di puttana! Era Harold Morrissey.

"Che diavolo ci fa qui?" borbottò Meg tra sé.

"Conosce quel tipo?"

"È Harold."

"Mamma, che cosa ci fa Harold sui nostri gradini?" le domandò Charlie.

Rusty parcheggiò la macchina. "Forza, bambini. Lasciamo che Meg parli da sola con quel tipo." Lui le lanciò un'occhiata preoccupata.

"Quindi è lei?" Facendo un passo indietro, Harold lanciò a Rusty un'occhiataccia mentre passava.

Rusty si limitò a guardarlo e portò i bambini dentro casa.

L'infastidito Harold aveva rovinato il suo giorno perfetto, così lei si mise le mani sui fianchi e si avvicinò a lui.

"Che cosa ci fai qui?"

"Sono venuto per salvare la nostra relazione. Ma vedo che vivi con un altro uomo."

"Non vivo con lui. Siamo coinquilini."

"Ho sentito molti modi di definirlo, ma coinquilini non è uno di questi."

"Non mi interessa quello che hai sentito. Non sono affari tuoi." Lei guardò la porta principale. Era leggermente socchiusa. Quindi Rusty stava ascoltando.

"Sono affari miei. Sicuramente sono affari miei. E questa convivenza deve finire. Immediatamente!"

"Ma chi ti credi di essere?"

"Il tuo ragazzo. Il tuo amante."

Meg scoppiò a ridere. "Non ci provare."

"Stiamo insieme da un anno."

"E allora? Ti ho detto che è finita. E intendevo sul serio."

"Con un messaggio. Mi hai lasciato con un messaggio. Davvero, Meg? Pensavo avessi più classe."

"Ascolta, Harold. Faresti meglio ad andartene. Insultarmi non ti porterà da nessuna parte."

"Non me ne vado senza di te."

"Che cosa?"

"Dovrei lasciarti qui con quel, con quel, coglione? Mai. Devo salvarti e sono qui per farlo."

"Non pensare di essere superiore, Harold. Non ho bisogno di essere salvata. Rusty non è un coglione. E non voglio venire con te."

"Ti amo, Meg. Non ho intenzione di lasciarti." Le afferrò il braccio e glielo strinse forte.

"Ahi! Lasciami!"

"No!" La trascinò lungo il sentiero. Lei inciampò e cadde addosso a lui. Lui tentò di baciarla, ma lei si ribellò e si allontanò.

"Lascia stare mia madre!" Charlie uscì di casa, seguito da Rusty.

"Vattene via, ragazzino. È una cosa tra lei e me."

"Toglile le mani di dosso," disse Rusty.

"Vaffanculo, coglione." Harold trascinò Meg verso la sua auto. Lei gli diede un calcio nello stinco. Lui abbassò le mani. Mentre lei iniziava ad allontanarsi, lui cercò di afferrarla, ma lei gli sfuggì. Poi si precipitò verso di lei.

"Sta' lontano da me."

"Sto chiamando la polizia," disse Tommy, componendo il numero.

"Tu sei mia. Smettila di ribellarti." Harold si avvicinò.

"Stronzate!" Meg mantenne la sua posizione.

Quando quella parola le uscì dalla bocca, Harold le diede un forte schiaffo sul viso. Lei cadde sul prato, dove rimase stordita.

Quando sentì il suono della mano che le colpiva la guancia, Rusty lo attaccò.

"Che cazzo hai fatto?" urlò Rusty, poi tirò indietro il braccio e diede un pugno in bocca ad Harold. Lui cadde per terra e scivolò sul sedere. Charlie si precipitò da sua madre. La aiutò ad alzarsi.

"Non puoi picchiarla." Rusty si strofinò il pugno.

Il suono di una sirena interruppe la rissa. L'auto della polizia entrò nel vialetto. Scesero due ufficiali. Uno guardò Rusty e Meg.

"Voi due? Un'altra volta?"

Poi tutti iniziarono a parlare contemporaneamente. L'altro poliziotto alzò le mani. "Calmatevi. Silenzio! Uno alla volta."

"Lui ha picchiato mia madre," disse Charlie, praticamente in lacrime.

I poliziotti interrogarono tutti.

"Signore, non so dove abiti, ma questa signora ha tutto il diritto di condividere la casa con chi vuole. Non vuole venire con lei. Quindi di suggerisco di andarsene."

"Ma, agente."

"Forza, amico. Non mi costringa a portarla alla centrale di polizia per aggressione."

"Che mi dite del fatto che quell'uomo mi ha dato un pugno?" Harold indicò Rusty.

"Anch'io darei un pugno a qualcuno, se picchiasse la mia donna. Lui la stava difendendo. Non insista. Perché sono pronto a scrivere un verbale adesso." L'agente tirò fuori un taccuino dalla tasca posteriore.

Harold sbiancò in volto. "Ok. Me ne vado. Ma, Meg, non finisce qui."

Il secondo agente bloccò Harold. "Sì, invece, amico. Esistono delle leggi sullo stalking. E se questa signora mi dirà che lei la contatterà di nuovo, la porterò in prigione a calci in culo."

Meg si accarezzò la guancia.

"Sta bene?" Rusty era al suo fianco, con un braccio intorno alle sue spalle.

"Credo che si stia gonfiando."

"Si faccia una foto, signora. Come prova." L'agente segnò i nomi di tutti. "Le faremo avere un verbale tra un paio di giorni."

"E la mia ferita?" Harold si alzò in piedi, tenendosi la mano sulla guancia.

"Non ci provi, signore. È stato lei a cominciare."

"Non è vero! Lei si è trasferita qui. Si è trasferita con questo, questo..."

"Gliel'ho detto. Se ne vada adesso. Non offenda nessuno. Mi sta venendo la tentazione di portarla dentro." L'agente si trovava tra Harold e Rusty. "E non si faccia venire strane idee. Un pugno. Ok. Ma due? No. La accuserò anche di aggressione."

Continuando a stringere Meg, Rusty fece un passo indietro. Lei gli si avvicinò. La sua protezione la calmò. L'agente rimase fino a quando Harold non si allontanò in macchina.

"Maledetta troia!" urlò fuori dal finestrino.

Le sue parole erano così dure che era come se l'avesse presa a pugni. Lei scoppiò in lacrime.

"Esca subito da qui!" urlò il poliziotto.

Harold premette l'acceleratore e la macchina prese velocità, finché lui non si allontanò dalla casa. Rusty strinse Meg tra le braccia, massaggiandole la schiena.

"Grazie, agenti," disse Rusty.

"Sì. Grazie. Io lo odio." Charlie strinse la mano a entrambi i poliziotti prima che risalissero sulla loro auto di pattuglia e se ne andassero.

"Sarebbe meglio se mettesse del ghiaccio in faccia." Rusty aprì la porta d'ingresso. Meg entrò per prima.

"Vado a sdraiarmi."

Dopo qualche minuto, Charlie bussò. "Sono io, mamma."

"Entra."

"Ecco." Lui le e porse una borsa con dei cubetti di ghiaccio. "Rusty ha detto di metterti questa in faccia."

"Grazie." Sorrise a suo figlio e appoggiò la borsa sulla parte gonfia. "Mi dispiace che tu abbia assistito a tutto questo."

"Odio Harold. Sono contento di non doverlo più vedere."

"Anch'io."

"Mi piace Rusty."

"Davvero?"

"Sì. Non ha una moglie e tu non hai un marito. Perché non lo sposi?"

Sorridere le faceva male. "Grazie, Charlie. Ma non sono pronta a sposare nessuno in questo momento."

"Ok. Ma io lo metto in cima alla lista."

Lei diede un bacio sulla testa di suo figlio e chiuse gli occhi. "Penso di aver bisogno di riposare."

"Rusty ci porterà a prendere un gelato."

"Ottima idea."

"A dopo." Charlie abbracciò sua madre e lei gli diede un bacio sulla guancia.

In dormiveglia, lei sentì qualcosa. Qualcuno le aveva messo una coperta morbida e leggera sulle gambe. Sentì un bacio sulla fronte e una dolce e tenera carezza sulla guancia ferita. Era Rusty? Quel pensiero cosciente svanì come la nebbia sotto il sole caldo e lei si addormentò prima che la porta si chiudesse.

Capitolo Undici

Meg si svegliò intontita. Si infilò la vestaglia e si trascinò in cucina. Fu accolta dall'aroma del caffè, probabilmente rimasto dal giorno prima. No, aspetta, sa di fresco. Rusty non si sarebbe abbassato a preparare il caffè, vero?

"Proprio come piace a lei." Rusty le mise in mano una tazza di caffè fumante.

"Grazie." Lei sbatté le palpebre, cercando di svegliarsi.

"È una miscela speciale, caffè Kona e caffè a tostatura scura."

"Grazie. È buonissimo. Dove sono i bambini?"

"Hanno portato Coco a fare la sua passeggiata mattutina. Stanno bene. Li ho osservati."

"Oh. Bene. Coco sa dove andare e cosa fare."

"Giusto. Si sieda. Come si sente?"

"Sembro uno scoiattolo."

Lui soffocò una risata. "Si nota appena."

"Non menta. È evidente. Una metà della mia faccia è più grande dell'altra."

Lei si precipitò a tavola e si fiondò sulla sua tazza. Lui la raggiunse.

"Mi faccia vedere." Con un dito, Rusty le sollevò il mento. Le esaminò il viso, prima da un lato, poi dall'altro. Le passò dolcemente la mano sulla pelle liscia. Lei ignorò il brivido che le attraversò la schiena mentre lui la toccava. Poi lui le accarezzò il viso con il pollice, sempre dolcemente. Le faceva quasi il solletico. "Sembra un po' sensibile, ma è quasi come nuova."

"Va bene. Sopravvivrò."

"Non riesco a immaginare che lei frequentasse un tipo così violento." Lui scosse la testa.

"Non era mai stato violento prima."

"Immagino che lei l'abbia provocato."

"Io? Sono stata io? Forza, dia la colpa alla vittima. È proprio da lei comportarsi così quando è coinvolta una donna."

"Ehi! Non intendevo questo. Volevo dire che lei ha toccato un suo punto debole o qualcosa del genere. Certo, non è stata colpa sua. E no, non si meritava di essere presa a schiaffi. Accidenti. Pensa che io sia un mostro? Uno che picchia le donne? Mai. Nemmeno tra un milione di anni. Amo le donne, non sono un violento."

"Mi dispiace. Immagino di essere un po' scontrosa stamattina."

"Non senza motivo. Andiamo a fare colazione. Offro io. Che ne dice di dolcetti alla cannella, uova e bacon al Cosy Café?"

"Mi sembra perfetto."

"Quanto ci mette a vestirsi?"

"Un quarto d'ora."

"Vado a recuperare i bambini." Rusty uscì dalla porta sul retro.

Meg tornò nella sua stanza e indossò un paio di pantaloncini, una canotta e i sandali. Si lavò e si truccò leggermente. L'idea di fare colazione al Cozy Café le risollevò il morale. La fame le faceva brontolare lo stomaco, ma cucinare era l'ultima cosa che aveva voglia di fare. L'immagine di Rusty che cercava di capire come usare una padella la fece sorridere.

Quando raggiunse i bambini davanti alla porta principale, Charlie le gettò le braccia al collo.

"Stai bene, mamma?"

"Sto bene. Grazie, Charlie." Lei lo abbracciò e gli diede un bacio sulla testa.

"Vorrei picchiare Harold."

"Non tornerà più. Non preoccuparti."

Lei lo sentì rilassarsi tra le sue braccia. Essere difesa dal suo ometto le strinse il cuore.

Rusty le aprì lo sportello dell'auto. Lei abbassò il finestrino e inspirò profondamente l'aria fresca della campagna. Una leggera brezza le accarezzò la pelle graffiata. Il sole la riscaldava e le illuminava l'umore. Sì, era stata una brutta scena, ma ora Harold doveva accettare la loro rottura. Si sentì sollevata. Libera di trovare qualcun altro o di godersi la solitudine.

Rusty parlava della partita con i bambini, mentre Meg rimase in silenzio a contemplare la sua vita. Mentre all'inizio era stato difficile avere a che fare con Rusty, adesso avevano trovato la loro routine. Nel pomeriggio lui giocava a baseball con i bambini, permettendole di trascorrere del tempo da sola. La sera, lei leggeva una storia ai bambini, dandogli la possibilità di aggiornarsi sulle partite di baseball in televisione.

In modo silenzioso, Rusty aveva assunto il ruolo di John. Era diventato il suo partner con i bambini, insegnando loro gli sport e partecipando alle loro avventure scientifiche. Per quanto non l'avrebbe mai ammesso, avere un uomo in giro che la aiutasse a sollevare il suo fardello aveva migliorato il suo umore. Lei non diceva continuamente di no a Charlie. Aveva cominciato a ridere di più, proprio come lui. Conducevano un'esistenza tranquilla in quella casa di Pine Grove, anche con i commenti sarcastici e le frecciatine di Rusty.

Anche se in passato aveva respinto le richieste di Charlie di prendere un cane, le piaceva Coco e le piacevano le loro passeggiate mattutine e il senso di sicurezza che le dava quel mammut canino. E se avere un cane non fosse poi una cattiva idea? Avrebbe proposto l'idea a Charlie quando sarebbero tornati a New York.

Meg si mise a osservare le coppie di cigni sul lago. Aveva sentito dire che i cigni si accoppiano per la vita. Che cosa avrebbe detto John? Era difficile ammetterlo, ma sapeva che avrebbe voluto che lei trovasse qualcuno. Non un rimpiazzo, perché nessuno poteva sostituire John, ma forse qualcuno con cui condividere il secondo capitolo della sua vita e di quella di Charlie.

Erano passati due anni, due anni e mezzo, in realtà. Era giunto il momento di accogliere un altro uomo nelle loro vite?

Rusty entrò nel piccolo parcheggio e la ciurma si precipitò fuori dalla macchina.

"Posso avere anche un dolcetto alla cannella?" domandò Charlie.

"Certo." Meg camminò lentamente verso l'ingresso. Rusty la raggiunse.

"È rimasta in silenzio durante il tragitto. Tutto ok?"

Lei annuì. "Sì. Stavo solo pensando."

"A che cosa?"

"A varie cose. Roba privata."

Come poteva dirgli che poteva essere pronta per una nuova relazione? Di certo, avrebbe pensato che si riferisse a lui, vero? Rusty? Era l'ultima persona con cui sarebbe stata. Solo l'idea la fece sorridere. Rusty? Quell'atleta arrogante, presuntuoso, maschilista e ignorante? Mai. Ma poi un'immagine di Rusty in costume da bagno le attraversò la mente. Lei deglutì.

Lui le aprì la porta. I bambini si erano seduti a un tavolo vicino alla finestra.

"I cigni! Guarda, mamma. I cigni!" Charlie corse verso il pontile. Tommy lo seguì. Meg e Rusty si sedettero al tavolo.

"È stato lei ieri sera?" Meg lo fissò di soppiatto.

"Io?"

"Chi mi ha coperto e mi ha baciato la fronte?"

Rusty diventò tutto rosso in viso. "Potrebbe essere. Non ricordo."

"Bugiardo."

"Ok, ok. Sì. Sono stato io. Se le ha dato fastidio, mi dispiace."

"Non mi ha dato fastidio."

"Allora non mi dispiace."

"È stato un gesto carino."

"Non lo dica a nessuno. Ho una reputazione da mantenere."

LEI SCOPPIÒ A RIDERE. I bambini tornarono, facendo mille domande sui cigni. Meg spiegò loro che i cigni si accoppiano per la vita.

"Davvero? Bello sapere che per alcune specie funziona," disse Rusty a bassa voce.

Meg lo guardò.

"E se uno muore? Trovano qualcun altro?" Charlie la guardò preoccupato.

Meg esitò. Prima che lei potesse rispondere, arrivò il cibo. Rusty divorò le sue uova mentre guardava il cellulare.

Lei si concentrò sul suo pasto, sperando che Charlie si distraesse, per non dover rispondere alla sua domanda. Da quando John era morto, la morte di un coniuge o di un partner era uno degli argomenti di conversazione principali di Charlie. Le aveva fatto ogni sorta di domande, dalla legalità di sposare qualcun altro al motivo per cui avevano dato via tutte le cose di suo padre. Meg rispondeva a ogni domanda onestamente e al meglio delle sue capacità. Ma la sua incessante curiosità la stressava.

Quando finirono le uova, arrivarono i dolcetti caldi alla cannella.

"Io conosco la risposta, Charlie." disse Rusty.

"Che cosa?"

"Quando muore uno dei due membri di una coppia di cigni. Che cosa succede?"

Meg distolse lo sguardo.

" Quello che resta si trova un altro compagno. Se non riesce a trovare un altro compagno, muore con il cuore spezzato," continuò Rusty.

Silenzio. Charlie mise giù la forchetta. I suoi occhi si riempirono di lacrime.

"Quelli sono cigni, Charlie. Cigni. Uccelli. Non umani." Meg lanciò un'occhiataccia a Rusty.

"L'ho letto su Wikipedia."

"Nessuno muore per un cuore spezzato." Anche se, dopo la morte di John, lei si era chiesta alcune volte si sarebbe successo.

"Allora tu devi trovarti un nuovo compagno, giusto?" Charlie diede un morso al suo dolcetto.

Rusty la guardò. "Allora, Meg?"

Lei si mise in bocca un pezzetto del suo dolcetto alla cannella e sollevò le spalle. Non aveva alcuna intenzione di rispondere. Quando i bambini finirono di mangiare, si alzarono e si diressero verso la bacheca.

"Ehi, papà! Che cos'è un barbecue di mais?" gli chiese Tommy.

Rusty sollevò le spalle. "Non lo so."

"Davvero?" disse Laura Dailey, la proprietaria del Cozy Café. "È praticamente uno dei più importanti eventi dell'anno a Pine Grove."

I bambini si avvicinarono alla donna.

"Centinaia di pannocchie, raccolte dal campo la mattina stessa, vengono arrostite su una griglia. Non c'è niente di più delizioso."

Charlie si leccò le labbra.

"E ci sono musica e balli. Il nostro sindaco Mike e la sua band suonano. Organizziamo una riffa per i cesti regalo e ci sono alcune bancarelle, come quella dei gelati di Ike. È artigianale."

"Quand'è il barbecue?" le domandò Rusty.

"Questo sabato. Sono solo dieci dollari a persona. Tutto il ricavato va alla nostra caserma dei pompieri volontaria."

"Sembra una buona causa. Bambini, volete andarci? Meg?"

"Sì!" esclamarono i bambini all'unisono.

"Certo." Meg sorrise.

"Grazie delle informazioni, signora Dailey." Rusty prese il portafoglio.

"Per favore, chiamatemi Laura. Siete voi che avete preso in affitto la casa di Fred e Roberta?"

"Siamo noi," rispose Meg.

"Girano molte voci su di voi. Ho messo tutti in riga. Ho detto loro che non sta succedendo niente di inappropriato in casa vostra. Non c'è nulla di inappropriato, vero?"

"No. E non sono affari loro." Rusty lanciò un'occhiataccia a Laura.

"Ok. Spargerò la voce."

"Va bene. Pronti ad andare, bambini? Posso avere il conto, per favore?"

"Certo. Torno subito."

Laura si affrettò a tornare dietro il bancone.

Rusty pagò il conto. I bambini corsero avanti. Rusty si mise al passo con Meg.

"Allora, Meg. Non ha risposto alla mia domanda."

"Quale domanda?"

"Vuole morire con il cuore spezzato o si cercherà un altro compagno?"

Lei si fermò a guardarlo. "Non lo so. Lei ha in mente qualcuno?"

"Non Frank Todd."

Lei scoppiò a ridere. "No, non Frank Todd. Anche se Charlie potrebbe non essere d'accordo."

La settimana trascorse rapidamente. Rusty e Meg portarono i bambini a nuotare al lago, in un parco di divertimenti e a guardare un film al cinema locale. Ogni giorno, davano da mangiare ad Hardy e Frank, le salamandre, e cambiavano la loro acqua.

Sorpresa che ci fosse così tanto da fare nel villaggio, Meg era spesso troppo impegnata per leggere. Le cose con Rusty si erano calmate. Non riusciva ancora a credere che lui le avesse rimboccato le coperte dopo l'aggressione di Harold. Quando Rusty aveva colpito Harold, Meg aveva esultato silenziosamente. Si era preso cura di lei, anche se non era una sua responsabilità. Cavolo, lei nemmeno gli piaceva. Eppure era venuto a soccorrerla. Perché?

Le sue azioni l'avevano fatta riflettere. Lo stava rivalutando, accettandolo di più e giudicandolo di meno. Lei abbassava la guardia sempre un po' di più ogni giorno. Il barbecue di pannocchie era previsto per il primo agosto. Già agosto? Era passata metà dell'estate. Meg si era ripromessa di godersi ogni minuto.

RUSTY NON RIUSCIVA a credere che sarebbe andato a un barbecue di pannocchie. Aveva chiamato Fred e ci si erano fatti una risata sopra. Fred l'aveva ribattezzato Gomer Pyle. Di certo, lui aveva scherzato su quella cittadina di campagna ma, più rimaneva a Pine Grove, più quel posto gli piaceva. Gli mancava la grande città — l'ottimo cibo, i night club che brulicavano di donne disponibili, il rumore, la congestione, il traffico, le sirene, le masse di turisti che affollavano le strade — ehi, aspetta un minuto! Forse non gli mancava poi così tanto.

Si era abituato a quella nuova routine con Tommy e Charlie, e anche con Meg. Le cose si erano calmate. Aveva imparato ad armarsi di enorme pazienza. Imparare a stare zitto l'aveva aiutato a sistemare le cose con l'insegnante. Era ancora una ragazza rigida, arrogante, snob e intelligente? Probabilmente sì. Ma si era abituato a lei e non gli dava più fastidio.

In effetti, aveva anche trovato anche alcuni aspetti positivi in lei. Sapeva cucinare, il che era molto utile per Rusty. La maggior parte delle donne con cui usciva si aspettava che le portasse in ristoranti eleganti e costosi a ogni appuntamento. Non Meg. A essere onesti, non c'erano molti ristoranti eleganti vicino a Pine Grove. Ma lei nemmeno si lamentava. Ammirava la sua capacità di affrontare ciò che succedeva e di non lamentarsi di come le cose avrebbero dovuto andare. Le donne che si lamentavano e piagnucolavano lo facevano ammattire. Come quelle che si interessavano solo al suo denaro. Spesso l'avevano irretito all'inizio della sua carriera. Quando ottenne il primo grosso aumento di stipendio, fu improvvisamente circondato da donne affamate di soldi, che sembravano uscire dalle fogne come scarafaggi.

Alcuni dei veterani l'avevano avvertito. Ma, naturalmente, Rusty Reisse non era un ingenuo. Forse quelle donne avrebbero potuto approfittarsi di loro, ma non di lui — Rusty era più furbo di loro. Ehm, no, era stato fregato per un po' di denaro dalla ragazza dall'aspetto più innocente che avesse mai visto. Cinquantamila dollari dopo, aveva imparato la lezione.

La sua ex ragazza, Maria, non era economica, ma lui le aveva detto chiaramente di non essere una macchina da soldi. Lei gli aveva messo il broncio, ma aveva accettato i suoi limiti. Gli faceva i migliori pompini del mondo, quindi aveva allentato un po' le redini del suo conto in banca. Insistente e irascibile, lei aveva reso la loro relazione una lotta continua. Quando le aveva detto che se ne sarebbe andato via per l'estate con Tommy, lei era esplosa come un petardo e si era messa a urlare.

"E che cosa dovrei fare mentre non ci sei? Mettermi a sferruzzare?" La loro separazione era stata l'occasione perfetta per mettere fine alla loro storia.

Le brutte esperienze con le donne l'avevano reso diffidente. Ma Meg era diversa e l'aveva destabilizzato. Lui non sapeva cosa aspettarsi. Dopo un mese insieme, avevano costruito una routine amichevole. Come poteva andare d'accordo con una donna intelligente, soprattutto senza fare sesso? Era come se fosse la sua sorellina minore? Cazzo, no. Nessuna con un corpo e un viso come i suoi avrebbe mai potuto essere sua sorella.

Non appena aveva finito di odiarla, avrebbe voluto andare a letto con lei. Si mise a ridere tra sé. Andare a letto con lei? Gli parlava a malapena. Forse un giorno, quando gli asini avrebbero volato. Ma poteva sognare, no? Avrebbe potuto aspirare a un diverso tipo di donna? Sforzarsi di conquistare una che era così fuori dalla sua portata, se riusciva a malapena a capirla?

Fred aveva riso di lui al telefono.

"Non andrai mai a letto con Meg. Ha giurato di rinunciare agli uomini normali e frequenta solo uno strano tipo della sua scuola. Penso che non vada nemmeno a letto con lui. Lascia perdere, Rusty. Resta in disparte."

L'atteggiamento di Fred l'aveva infastidito. Meg non si comportava come se fosse anni luce lontana da lui, anche se lo era. Certo, lui era famoso e lei non era nessuno, ma questo non la infastidiva. La sua fama le scivolava addosso come l'acqua dalle piume di un'anatra.

Si era affezionato a Meg. Cazzo, era intelligente e lui aveva imparato moltissimo da lei. E Tommy? Di certo suo figlio era rimasto affascinato da lei. Non era mai andato d'accordo con Maria. Lei gli aveva detto chiaramente di non volere figli e aveva poca pazienza con il figlio di Rusty. Tommy faceva di tutto per infastidirla di proposito, facendo impazzire suo padre.

Ma non con Meg. Lei piaceva a Tommy e lui faceva sempre quello che gli diceva. A volte, quando lei raccontava una storia ai bambini prima di dormire, Rusty si appoggiava allo stipite della porta e la ascoltava. Si metteva a guardare Tommy che si rannicchiava su di lei, aggrappandosi a ogni sua parola. Quelle scene gli riempivano il cuore di gioia. Meg aveva delle qualità che non aveva mai cercato in una donna. Lei l'aveva colto di sorpresa e a lui era piaciuto tutto questo.

Quando quel coglione di Harold l'aveva picchiata, Rusty era impazzito. Riuscendo a malapena a controllarsi, lui aveva reagito, pronto a darle di santa ragione a quel tipo. Non sopportava gli uomini violenti nei confronti delle donne. Soprattutto con Meg, che era così dolce e gentile. Che vergogna! Rusty aveva trovato la giusta punizione.

Pensando al barbecue di pannocchie, tirò fuori una camicia verde acqua, che si abbinava ai suoi occhi, e un paio di jeans aderenti. Voleva apparire al meglio perché aveva un presentimento su ciò che sarebbe successo quella sera. Qualcosa era cambiato tra di loro dopo quello che era successo con quel coglione di Harold. Non ne avevano parlato, ma lui lo percepiva. Doveva avere un bell'aspetto, nel caso in cui le scintille tra di loro fossero diventate fiamme.

A Meg non interessavano i vestiti. Non si vestiva mai elegante con lui intorno e quella era un'altra qualità alla quale non era abituato. Indossava jeans o pantaloncini e magliette o canottiere, senza trucco, fatta eccezione per un po' di rossetto. Non riusciva a smettere di pensare a quanto fosse bella con un look così naturale. Sperava che quella sera avrebbe indossato qualcosa di elegante, non una vecchia tuta.

"Pronti, bambini?" disse Meg davanti alla porta.

Rusty spalancò la bocca. Cazzo! Indossava un abito bianco, dal tessuto elegante. La scollatura profonda, che lo stuzzicava, aveva una rifinitura nera, che riprendeva l'orlo. Anche le spalline sottili erano nere. L'abito si adattava perfettamente al suo corpo, sottolineando ogni curva e allargandosi sui fianchi.

"È magnifica."

"Anche lei non è male." Lei sorrise.

A un esame più attento, lui notò che si era toccato. Intorno agli occhi, forse sulle guance e, ovviamente, anche un po' di rossetto.

"Sarà la donna più bella della festa," si lasciò sfuggire Rusty, senza riflettere, prima che il suo cervello lo fermasse.

Meg arrossì. "Scommetto che lo dice a tutte le donne."

Le prese il braccio e la bloccò. "Non l'ho mai detto a nessuna donna in tutta la mia vita." Ancora una volta, la sua bocca si era dimenticata di consultare il suo cervello.

Lei arrossì e i loro sguardi si incrociarono. "Perfetto."

"Andiamo, ragazzi," disse Tommy, rompendo la magia.

"Sì." Rusty aprì la porta. *Farei meglio a stare zitto prima di mettermi nei guai.* Eppure, non riusciva a smettere di guardarla. Sexy, bella e pronta per festeggiare con lui: avrebbe potuto essere più fortunato?

QUANDO VIDE RUSTY, Meg spalancò gli occhi. Accidenti, era proprio un bell'uomo. Il colore della sua camicia faceva risaltare i suoi occhi turchesi. Rusty Reisse sapeva come vestirsi per apparire al meglio. Ancora snello e atletico, i jeans gli donavano molto. Una vampata di calore attraversò il corpo di Meg. Attrazione? Impossibile. Non poteva essere attratta sessualmente da un troglodita che giocava a baseball, no?

Qualche scopata con Harold non era servita a placare il suo crescente appetito sessuale. Aveva pensato che il suo desiderio sessuale fosse svanito insieme a John, ed era stato così per un anno. Ma, come una fenice, era tornato e l'aveva travolta, riempiendo la sua mente di pensieri erotici su Rusty.

Fantasie impertinenti e deliziose su ciò che avrebbe potuto farle assillavano i suoi sogni. Quante volte aveva immaginato di toccarlo? Ogni volta che lo vedeva a petto nudo il suo corpo aveva una reazione. Il calore le scorreva nelle vene e si sentiva pulsare tra le gambe. Doveva frenarsi molto per non accarezzargli il petto con le mani.

Che cosa c'era di sbagliato in lei? Rusty Reisse non avrebbe mai potuto essere l'amore della sua vita. Lei l'aveva già trovato ed era scomparso, all'improvviso, per non tornare mai più. Giusto? Nessuno trova un amore come quello due volte nella vita, vero? L'ultima cosa che voleva era avere Rusty Reisse nel suo letto, ma il suo corpo non era d'accordo.

Ogni volta che la toccava, appoggiandole la mano sulla schiena, prendendole un braccio o aiutandola a salire o scendere, sentiva un fremito lungo la schiena e nelle sue parti più intime. Se lo sfiorava troppo da vicino, i suoi capezzoli si indurivano. Così, doveva voltarsi per evitare che lui lo notasse. Accidenti al suo corpo! Non poteva fidarsi di sé stessa con lui intorno.

Per Meg era naturale controllare i suoi pensieri e i suoi sentimenti, tranne quando Rusty era nei paraggi. Come una stupida fan, il suo corpo lo desiderava ardentemente. Il suo autocontrollo stava vacillando.

Quanto avrebbe potuto ancora resistere prima di fare qualcosa di tanto imbarazzante da dover lasciare la casa? Cavolo, Rusty non la voleva. Lei nemmeno gli piaceva. Provarci con lui sarebbe stato un errore tremendo, ma per quanto tempo ancora sarebbe riuscita a non cedere ai suoi desideri?

Rusty le aprì lo sportello dell'auto. Quando salì in macchina, il vestito le salì fino alla metà della coscia, ma lei lo tirò giù per coprirsi. Vide che Rusty seguiva i suoi movimenti con lo sguardo. Alcune gocce di sudore gli imperlavano il labbro superiore.

Davvero? A dire la verità, lei l'aveva colto sul fatto molte volte, con gli occhi incollati sul suo seno. Quando lui si rese conto che lei l'aveva visto, arrossì in viso e si voltò dall'altra parte. Lei nascose una risata con la mano.

Quindi, lui era curioso come ogni altro maschio sulla Terra. E allora? Non significava niente e soprattutto non significava che lei gli piacesse. Perché le importava se gli piaceva o no? Lei non lo rispettava, quindi che cosa le importava se lui la desiderava o meno?

Aspetta un minuto. Lei lo rispettava. Rusty si era dimostrato insolitamente gentile con Charlie, includendolo insieme a Tommy e insegnandogli tutto sul baseball. Charlie lo adorava. Citava spesso l'ex star del baseball, che gli piaceva persino più di Frank Todd.

E Rusty l'aveva protetta, diverse volte, dalle palle alte e da quel coglione di Harold. Era stato incredibilmente generoso, anche se lei non ne aveva bisogno. John l'aveva lasciata ben coperta, dal punto di vista economico. Mentre Rusty guidava verso il Pine Grove Community Field per il barbecue di pannocchie, Meg guardò fuori dal finestrino e pensò a lui.

"Siamo arrivati!" Lui parcheggiò l'auto e spense il motore.

I bambini corsero verso l'ingresso. Il parcheggio era lastricato di ghiaia. Rusty porse a Meg il braccio per aiutarla a camminare tra le pietre. Lei lo prese per mantenere l'equilibrio. I tacchi alti e la ghiaia non vanno d'accordo.

"È davvero bellissima stasera."

"Non mi sembra così scioccante."

"Non posso nemmeno farle un complimento?"

"Mi dispiace. Certo che può. Grazie."

Non voleva complimenti da lui. Né la sua attenzione. Né il suo amore. Aveva imparato a gestire la vedovanza, senza amore e affetto, e a sopravvivere. Non aveva bisogno di quel bel giocatore di baseball che le creasse problemi.

Lei si appoggiò al suo braccio. Sentì i suoi muscoli sotto la pelle, duri come una roccia. Un giocatore di baseball così famoso doveva avere i muscoli, no? Quel maledetto fremito ricominciò, ma lei non riuscì ad allontanarlo. Il calore le riscaldò le guance.

"Tutto bene? È diventata tutta rossa."

"Sto bene."

La sua affermazione non fece altro che peggiorare le cose. Una volta raggiunto il prato, lei si rilassò, si abbassò la gonna e si diresse verso l'ingresso.

"Questo posto è magnifico," disse Rusty.

Lei esaminò il campo, colpita da ciò che vide. C'erano tre griglie, ricoperte da una montagna di pannocchie. Sopra un tavolo c'erano piatti, tovaglioli e vaschette di ghiaccio contenenti acqua e bibite. Dall'altra parte, il sindaco Mike Foster e la sua band stavano suonando. C'erano un furgoncino dei gelati e un tavolo per la vendita di dolci sulla sinistra e una giostra gonfiabile per i bambini sulla destra. Tre barilotti di birra stavano vicino alle griglie e qualcuno, accanto alla birra, versava del vino. Una mezza dozzina di tavoli con i venditori costeggiavano il bordo del campo.

"Non avevo mai visto niente del genere. E lei?" le chiese.

Lei scosse la testa. "Hanno tutto."

"Dove andiamo prima?"

"Pannocchie?" Lei sollevò le spalle.

"Pannocchie e birra." Rusty le prese la mano e si diressero verso il cibo.

Mentre aspettavano in fila, Tommy e Charlie si precipitarono da loro.

"Posso avere un gelato?" domandò Charlie.

"Dopo aver mangiato le pannocchie," disse Meg.

"Anch'io." intervenne Tommy.

"Avete sentito la signora. Prima le pannocchie."

Tommy fece una smorfia ma andò avanti. Presero le pannocchie e cominciarono a sgranocchiare gli strati caldi e carbonizzati. All'interno, la bontà dei chicchi dorati esplodeva fin dallo stelo. Meg mostrò ai bambini come spennellare il burro.

"Tenete. Vado a prendere la birra."

"Vino per me."

"Bianco o rosso?"

"Rosé?"

"Lo sapevo." Rusty mise un finto broncio e andò a prendere le bevande.

"Bambini, mettete le pannocchie su questi piatti e prendete le bottiglie d'acqua." Meg appoggiò i piatti, uno davanti a ogni sedia. Dopo un minuto, tornarono al tavolo.

"Possiamo prendere una bibita invece?" chiese Charlie.

"Ok. È un'occasione speciale." Meg si sedette a guardare le persone.

La musica ricominciò. Probabilmente, canzoni degli anni '60 e '70. Lei iniziò a battere il piede. Quando furono tutti seduti, Rusty alzò il bicchiere per fare un brindisi.

"A Meg. La donna più bella del barbecue."

Tommy e Charlie lo seguirono. Meg scoppiò a ridere. Poi cominciarono a mangiare. I bambini finirono rapidamente le pannocchie. Meg diede loro una banconota da dieci dollari. Tornarono con il gelato e con dei brownies dal tavolo dei dolci.

Rusty tornò a prendere da bere, poi mangiò altre due pannocchie. Meg prese una seconda pannocchia e si mise a sorseggiare il vino. I bambini corsero verso la giostra gonfiabile. La band tornò da una pausa e ricominciò a suonare la canzone di David Cassidy "I Think I Love You."

Rusty le porse la mano. "Balliamo?"

Capitolo Dodici

Certo che lei avrebbe rifiutato, le porse comunque la mano. Con sua sorpresa, lei gli sorrise e si alzò in piedi.

"Adoro questa canzone," disse lei, prendendogli la mano.

Quando raggiunsero il cerchio di luci colorate che delineavano la pista da ballo, Rusty la strinse tra le braccia. Le fece scivolare il braccio intorno alla vita e la strinse a sé finché il suo seno non si arrossò contro i suoi pettorali. Il suo dolce profumo gli raggiunse il naso. Lei gli appoggiò la testa sulla spalla. Lui le prese la mano e se la appoggiò sul petto. Il suo corpo caldo si fuse con il suo. L'emozione ha sostituito le parole. Voleva chiudere gli occhi, ma si limitò a socchiuderli, concentrandosi sulle sensazioni e sul profumo di Meg.

La canzone finì molto prima che fosse pronto a lasciarla andare. Lei fece un passo indietro, con gli occhi socchiusi e sognanti. Lui si avvicinò per baciarla.

"Papà, papà!" Tommy gli strattonò la manica. *Cazzo.*

"Che cosa c'è?" gli rispose lui, con un tono di voce che sembrava acido persino alle sue stesse orecchie. Tommy fece un passo indietro. "Mi dispiace. Di che si tratta, Tom?" disse lui, con un tono più gentile.

"Posso fare un giro a cavallo?"

"Certo."

"Sono cinque dollari."

Rusty gli diede un biglietto da venti. "Ecco. Due giri per te e due per Charlie."

"Grazie, Rusty." Charlie stava in piedi dietro il suo amico.

Rusty guardò Meg. "Allora, dove eravamo rimasti?"

La band di Mike iniziò a suonare un pezzo veloce, la canzone "Mamma Mia."

Meg iniziò a muoversi al ritmo della musica. Rusty si unì a lei. Essendo un atleta, ballare era facile per lui. Alle donne non piacciono gli uomini che non sanno ballare. Al liceo, si esercitava con sua sorella per ore, finché non riusciva a padroneggiare qualsiasi ritmo, qualsiasi passo, veloce o lento. Aveva persino vinto un concorso di ballo con la sua ragazza, che era diventata una ballerina professionista.

Sentendosi a casa sulla pista da ballo, si muoveva facilmente al ritmo della musica. Meg lo seguiva, passo dopo passo, spinta dopo spinta. Anche ballare lo eccitava. O era guardarla ballare? O era ballare con lei? Cazzo, che differenza faceva? Lui continuò a ballare. Lui le si avvicinò ballando, muovendosi dietro di lei. Le mise le mani intorno ai fianchi e iniziò a strusciarsi sul suo sedere sensuale.

Lei fece un passo indietro verso di lui e lo assecondò.

Lei incrociò le dita con le sue, per non fargli spostare le mani. Porca puttana. Mentre si strusciava contro di lui, il sangue gli pompava fino al cazzo. Un altro minuto o due e se ne sarebbe accorta. Lui tolse le mani e si allontanò da lei. Lei gli lanciò uno sguardo interrogativo, quasi ferito. Lui sorrise e sollevò le spalle. Non poteva spingersi così oltre.

Terrorizzato di spaventarla, Rusty rallentò. Aveva tutta la fronte sudata. Alla successiva pausa tra le canzoni, si diresse verso il loro tavolo e si asciugò il viso con un tovagliolo. Lei lo raggiunse.

"Fuori forma?" Lei lo guardò aggrottando la fronte.

No. Così eccitato da non riuscire a toglierti le mani di dosso.

"Non esattamente."

"È tutto sudato. Io non lo sono."

"Oh?" Lui aggrottò la fronte. "Vuole sudare? Andiamo dietro quel capannone."

Lei scoppiò a ridere, ma arrossì sulle guance.

"Sta dicendo che sa come farmi sudare?" Con uno sguardo provocante e un sorriso sexy, gli si avvicinò sculettando.

"Oh, penso di sì."

"Davvero?"

"Lo sa che è così." Le sue ultime parole furono quasi un sussurro.

Riuscendo a malapena a mantenere il controllo, Rusty prese il suo bicchiere di birra. "Un altro po' di vino?"

"Va bene," gli rispose, appoggiandosi al tavolo.

Merda, è ubriaca, forse? Brilla? Fanculo. Una donna doveva essere sobria perché lui facesse il primo passo. L'ultima cosa di cui aveva bisogno era che Meg si svegliasse pentita il giorno dopo. Non poteva semplicemente approfittare della situazione. Aveva bisogno che lei venisse da lui di sua spontanea volontà, perfettamente sobria.

"Penso che lei abbia bevuto abbastanza." Rusty le prese il bicchiere.

"Questo lo decido io."

"Charlie è qui. Non lasci che la veda ubriaca," le sussurrò.

"Non sono ubriaca. Un po' brilla, forse."

"Un po' brilla? Stava quasi per scoparmi sulla pista da ballo."

"Io? C'era lei dietro tutto questo." Quando riconobbe il gioco di parole, lei scoppiò a ridere. "Dietro. Capito? Dietro!"

"Capisco, capisco. Forza, Meg. Si sieda. Che ne dice di una Coca Cola?"

"Vino."

"No."

Lui si allontanò e tornò con un'altra birra e una lattina di Coca Cola. Meg si sedette al tavolo, appoggiando il viso sulle mani. Lui le porse il suo bicchiere. Lei bevve un lungo sorso.

"Oh, che buona! Aveva ragione. Ho bevuto abbastanza."

Lui le prese la mano e se la portò alle labbra. Lei gli accarezzò la guancia, fissandolo negli occhi.

"Perché non vi prendete una stanza?" disse un uomo, passando davanti al loro tavolo. "Potrei fare un sondaggio comunitario su quando vi deciderete a darci dentro."

"Barney!" Sua moglie, Laura Dailey del Cozy Café, prese il braccio di Barney e lo trascinò via. "Mi dispiace molto. Ha bevuto troppa birra. Scusate. Non badate a lui. Andante avanti, qualsiasi cosa steste facendo."

Meg si mise una mano davanti alla bocca. "Siamo sulla bocca di tutti?"

Rusty le tolse la mano dal viso. "Che cosa ci importa? Allora? Sono persone che non hanno niente di meglio da fare che impicciarsi dei nostri affari."

"Tutta la città si aspetta che andiamo a letto insieme?"

Rusty sollevò le spalle.

"Io non ho mai, mai nessuno, mai — pettegolezzi!" farfugliò Meg.

"Ehi, lasci perdere. È un vecchio ubriacone. A chi importa cosa pensa? Forza, sono le undici. È ora di tornare a casa."

Trovarono i bambini addormentati sull'erba. Rusty li portò entrambi in macchina.

"La mia borsetta!" Meg gli strattonò il braccio. "L'ho dimenticata."

"Vado a prendergliela." Lui si diresse verso il loro tavolo; Meg lo seguì.

"La baci, per amor del cielo! Non vuole baciarla?" urlò Barney dalla pista da ballo.

L'imbarazzo fece arrossire Rusty. Come no, baciarla. Solo un bacio, no? Solo un bacio e sarebbe rimasto fregato. Sarebbe stato spacciato, plasmabile come l'argilla nelle sue mani. Non avrebbe mai potuto esserci un solo bacio. Un bacio avrebbe portato a molto di più. A qualcosa che non era né pronto né disposto a fare.

I bambini l'avevano salvato da quel bacio sulla pista da ballo. E adesso? Avrebbe ignorato Barney. Ah, eccolo lì. La prese dalla sedia e si voltò, scontrandosi con Meg. Lasciando cadere la sua borsa, la prese dalla vita per impedirle di cadere.

Lei si aggrappò alle sue spalle, avvicinandosi a lui.

"Baciala! Baciala!" borbottò Barney.

"Zitto, Barney!" Laura lo allontanò dalla pista da ballo.

La musica ricominciò. Era una canzone degli ABBA. I suoi occhi sognanti incrociarono i suoi. Lei gli premette il seno sul petto e le sue labbra, quelle belle labbra, rosee e invitanti, erano talmente vicine a lui che poteva sentire il suo respiro. Cazzo, Rusty era solo un essere umano. Lui si sporse leggermente in avanti e le sfiorò le labbra con le sue. Lei gli mise le braccia intorno al collo. Lui la stringeva così tanto che tra di loro non poteva cadere nemmeno uno spillo. Mentre la voglia cresceva in lui, iniziò ad esplorarle la bocca.

Alla prima pressione, lei dischiuse le labbra. Lui vi si tuffò dentro e le loro lingue si incontrarono. Lui le esplorò bocca. Con il respiro affannoso, non riusciva a staccarsi da lei. La sentì ansimare e la sua dolcezza lo tentava. I suoi fianchi spingevano contro i suoi.

Prima di perdere completamente il controllo, Rusty prese fiato e la allontanò. Gli occhi le brillavano, il petto le si sollevava e le sue labbra erano leggermente arrossate dal bacio. Il sangue gli pompò rapidamente verso il cazzo, preparandolo all'azione. Il calore si diffuse in tutto il suo corpo. Era pronto ad andare oltre.

Il rumore degli applausi di Barney fece sussultare Rusty. Lui prese la sua borsa, se la mise sotto il braccio e le prese la mano.

"Andiamo."

Senza parole, lei lo guardò con gli occhi carichi di desiderio. Lui la trascinò verso l'auto. "È ora di tornare a casa," sussurrò.

Le aprì lo sportello. Meg si sedette e si allacciò la cintura di sicurezza. Lui si mise al volante e accese il motore. Lei lo guardò.

"Davvero? È successo davvero?"

"Shh. Ne parleremo a casa. Prima mettiamo i bambini a letto."

Lei sorrise. "D'accordo. Così poi potremo andare a letto."

Lui la guardò con gli occhi spalancati, avviò l'auto e uscì dal parcheggio.

UNO A UNO, RUSTY PORTÒ i bambini dentro casa. Meg li spogliò e li mise a letto, dando a ciascuno un bacio sulla fronte. Rusty la guardò. *Anche quando è brilla, resta sempre una mamma responsabile.*

Prima che lei finisse, lui si allontanò per preparare il caffè. Meg lo raggiunse in cucina.

"Ascolti, prima che lei dica qualsiasi cosa —" cominciò lui.

"Solo un bacio? Non credo proprio." Lei lo fissò con uno sguardo appassionato, poi lo spinse contro il muro. Abbassò la testa e iniziò a baciarlo sulla bocca.

La forza di volontà di Rusty svanì. Il desiderio represso si scatenò, attraversandogli il corpo come un tornado, in un potente turbinio di emozioni e desiderio. Le mise le braccia intorno, tenendola stretta. Le loro bocche si fusero. Quando lei appoggiò i fianchi contro i suoi, un gemito gli rimbombò nel petto. Quella fu l'ultima goccia.

Lui sollevò la mano per toccarle il seno e lo strinse. Un lieve gemito le uscì dalla gola, ma lei non lo respinse.

"Vuoi..."

"Sì," gli sussurrò lei all'orecchio, interrompendolo.

"Sicura?"

"Sì! So cosa sto facendo. Non sono ubriaca."

Quelle parole erano il segnale di via libera che aveva sperato? Lui le tirò giù la cerniera del vestito.

"L'ultimo a spogliarsi è uno scemo," disse lei, tirandosi giù il vestito.

"Non è giusto. Io ho i bottoni."

"Peccato." Lei fece un sorrisetto.

Lui cominciò a sbottonarli febbrilmente, tenendo lo sguardo fisso su di lei mentre si toglieva i vestiti. Cazzo, niente reggiseno. Era già mezza nuda. Lui deglutì mentre armeggiava con la sua camicia. Lei fece scivolare il vestito sul pavimento, rivelando un paio di mutandine di pizzo bianco.

"Lascia che ti aiuti." Lo afferrò per la camicia e lo avvicinò a sé.

Tutto quello che poteva fare era fissarlo mentre gli apriva i bottoni e gli abbassava la cerniera. Lui si sganciò il bottone dei jeans. Li lasciò cadere per terra.

"Boxer. Via."

"Aspetta."

"No!"

Lui si abbassò per frugare nella tasca posteriore dei jeans e tirò fuori il portafoglio. Con la mano tremante, tirò fuori un preservativo.

"Oh. Sì." Lei annuì.

Lui si sfilò i boxer, rivelando la sua erezione. Poi agganciò i pollici alle sue mutandine e le tirò giù con un solo movimento. Mentre si alzava, si fermò a baciarle il pube, poi si sollevò. Il contatto tra le loro pelli innescò una scarica elettrica tra di loro. Doveva averla. Non poteva più aspettare. E, a giudicare dal rossore che lei aveva sul petto e sul collo, anche lei doveva sentirsi allo stesso modo.

Il suo sguardo le esaminava il corpo, seguito dalle sue mani. Nonostante il suo cazzo si ingrossasse sempre di più, voleva guardarla e toccarla prima di possederla. Le prese i seni con entrambe le mani e le baciò un capezzolo. Dopo averli stretti un po', Rusty fece scivolare la mano sul suo ventre, fino al suo clitoride. Infilandovi un dito in mezzo, premette delicatamente.

"Oh, mio Dio." Lei chiuse gli occhi. "Sbrigati."

Guardandosi intorno, lui si appoggiò sul bancone più basso. La sollevò e le aprì le gambe. Lei allungò una mano per stringere le dita intorno al suo pene in erezione.

"Molto sexy!" Guardò i suoi pettorali, poi lo guardò negli occhi. Alzando la mano, gliela appoggiò sul petto e la fece scivolare su e giù mentre lui si srotolava il preservativo sul cazzo.

Lui le si avvicinò e fece scorrere un dito su e giù lungo la sua fessura, poi glielo infilò dentro. "Sei pronta, piccola." Le sollevò le gambe, appoggiandosele sulle spalle e facendosi strada dentro di lei. Riuscendo a malapena a trattenersi, spinse più in fondo possibile.

"Oh, cazzo," sussurrò lui, chiudendo gli occhi mentre spingeva contro i suoi fianchi.

Meg allargò le mani dietro di sé e inarcò la schiena. Rusty abbassò la testa sul suo seno. Dio, avrebbe voluto succhiare quei capezzoli mille volte nell'ultimo mese. Chiudendo le labbra intorno al capezzolo indurito, lui si mise quasi a sorridere mentre lei ansimava, poi lo tirò fuori. Glielo inumidì con la lingua mentre si muoveva dentro e fuori di lei.

"Cazzo, sei stretta." Lui si sentì infuocare la zona lombare.

Lei gli mise le dita tra i capelli e glieli accarezzò. Alzando la testa, lei assalì la sua bocca. Rusty le mise la mano sulla schiena per sorreggerla e si tuffò dentro di lei. Lei si lasciò andare mentre abbassava la testa all'indietro, con gli occhi chiusi, gemendo a ogni sua spinta.

"Sì, sì, sì!" Lei si fece roteare la lingua sulle labbra, invitando le sue a baciarle di nuovo. Lui ubbidì. Poi spostò la bocca sull'incavo del suo collo, inspirando il suo profumo mescolato all'eccitazione sessuale, mentre ascoltava il suo respiro.

"Cazzo!" Lei urlò mentre godeva e i suoi muscoli interni si stringevano intorno a lui, tenendo stretto il suo cazzo prima venire, con il cuore che le batteva fortissimo. Il controllo di Rusty, appeso a un filo, scomparve completamente quando lei venne. Le palle gli si irrigidirono mentre il calore gli attraversava il corpo e anche lui raggiunse l'orgasmo. Il piacere gli scorreva nelle vene, raggiungendo ogni parte del suo corpo, fino alla punta delle dita. Non l'aveva mai avuto così duro per tutto quel tempo prima d'ora. Lui appoggiò la fronte sudata sul suo petto umido.

"Fantastico. È stato fantastico," sussurrò lui, baciandole la pelle nuda.

Lei lo abbracciò, seppellendogli la bocca tra i suoi seni. Quando lui cercò di respirare — senza scuse, senza spiegazioni, senza parole — i loro sguardi si incrociarono.

Nel suo sguardo, c'era comprensione, non accusa. La soddisfazione e la felicità le facevano brillare gli occhi. Lui sorrise.

"Sei... magnifica," le disse.

"Anche tu." Lo sguardo di Meg aumentò il calore tra di loro.

Rusty indietreggiò e si diresse verso il bagno. Che è successo qui? Cazzo, questo avrebbe cambiato tutto.

QUANDO TORNÒ, RUSTY le strinse le dita intorno ai fianchi e la sollevò dal bancone.

"Mi dispiace. Non è stato molto romantico."

"Intendi avermi scopata sul bancone della cucina?"

"Sì. Voglio dire. Mi sentivo romantico."

Lei scoppiò a ridere.

"È passato così tanto tempo. Voglio dire, volevo farlo da così tanto tempo—"

"Scoparmi sul bancone della cucina?"

"Smettila di dire così. No. Fare l'amore con te. Proprio così. Non potevo. Aspettare, intendo. Non era possibile. Non vedevo l'ora. Sei così, così, wow, lo sai."

"Ti ho lasciato senza parole?"

Lui annuì.

Lei lo baciò, poi gli strinse le braccia intorno alla vita. Con la testa appoggiata sul suo petto, gli sussurrò: "Avevo bisogno di questo."

Lui le appoggiò le mani sulle spalle e la allontanò, guardandola negli occhi. "Che cosa? Questo? Io sono un 'questo'? *Qualcosa* che puoi ottenere con un sex toy, con la tua mano o persino con una fottuta lavatrice?"

Gli occhi le si riempirono di lacrime. Con un tono di voce sommesso, lei continuò. "No. Con te. Volevo farlo con te — da tanto tempo."

"Con me?"

"Non mi hai sentita?"

"Non posso crederci."

"Sei il mio migliore amico, ma volevo di più. E stasera l'ho capito."

La sua voce si addolcì. "Anch'io. Vale anche per me. Ti desidero da sempre."

"Trascorrere la notte con me?"

"E i bambini?"

"Io mi sveglio prima di loro. Preparerò il divano prima che si alzino."

"Con piacere, tesoro. Con molto piacere." Quando la prese e la portò in camera da letto, lei ridacchiò come un'adolescente. La lasciò cadere sul letto e la seguì.

Avvicinandosi a Meg, le sfiorò i capelli con le dita, per spostarglieli dalla fronte. Quando lui la guardò negli occhi, una sensazione di calore e di pace le attraversò il corpo. Dopo John, non si sarebbe mai aspettata di sentirsi così con un altro uomo, soprattutto con Rusty. Ma la sua dolcezza si era insinuata nel suo cuore. Tuttavia, non avrebbe mai immaginato che lui avrebbe ricambiato i suoi sentimenti. Fu sorpresa di sapere che anche lui la desiderava.

"Sei un amante incredibile," gli disse, strofinando le nocche sulla sua barbetta incolta.

"Sei tu a ispirarmi."

"Davvero?"

"Ti rendi conto di quanto tu sia bella e sensuale?"

"Io? Una mamma secchiona che indossa una vecchia tuta?"

Lui scoppiò a ridere. "Da' un'altra occhiata allo specchio. Forse vedrai quello che vedo io."

"Che cosa vedi?"

"Una donna intelligente con un cuore d'oro."

Gli occhi le si riempirono di lacrime. Una lacrima le scivolò sulla guancia, senza controllo. Lui gliela asciugò con il pollice.

"Che cosa ho detto?" Lui aggrottò la fronte.

"La cosa più bella del mondo."

Lui la baciò. "Sei tu la cosa più bella del mondo."

Allungandosi il più possibile, Meg avvicinò il corpo al suo. "Secondo round?"

Vuoi fare l'amore? Forse un po' più lentamente questa volta?"

"Lentamente va bene. Ho tutta la notte."

Lei gli appoggiò una gamba su un fianco, portando il suo cazzo a stretto contatto con la sua vagina.

"Ah, le paroline magiche."

"E quali sarebbero?"

"Per tutta la notte," ridacchiò lui, stringendole le dita intorno al seno.

Capitolo Tredici

Dopo aver fatto l'amore con Meg una seconda volta, Rusty spense la luce.

"Mi abbracci? Per favore?" gli chiese lei, quasi sussurrando.

"Vieni qui. Tra le mie braccia."

Lei gli si avvicinò di più. Rusty le strinse i fianchi, lasciando che gli si appoggiasse sul petto. Le gli mise la testa sulla spalla, poi si spostò un po'.

"Così va bene?"

"Perfettamente." Meg sospirò.

Aveva smesso di sognare un altro uomo come John. Poi Rusty era arrivato all'improvviso nella sua vita e la luce dentro di lei, che era rimasta spenta per due anni, si era riaccesa. Anche se non aveva idea di come sarebbero andate le cose con lui, in quel momento si sentiva felice. Lei gli accarezzò il petto, passandogli le dita tra i peli.

Nelle ultime settimane, aveva lottato con il suo crescente desiderio di toccarlo. Ogni volta che andava in giro per casa senza camicia, lui diventava un'ossessione per lei. Ora era aperto alle sue dita, alle sue labbra, alla sua lingua e lei non vedeva l'ora di esplorare il suo corpo.

Naturalmente, dovevano mettere da parte ogni contatto fisico durante il giorno, con i bambini in giro. Ma avrebbe tratto il massimo del profitto dalle ore notturne. Per una volta, Meg aveva deciso di soddisfare le proprie voglie senza preoccuparsi.

A ogni respiro, inalava il suo profumo maschile. Lui l'aveva colpita radendosi e usando il dopobarba prima del ballo, come se si fosse preparato per un appuntamento. Lei lo respirò e ripensò a quando stava tra le sue braccia, muovendosi a ritmo di musica.

Chiudendo gli occhi, si rannicchiò tra le sue braccia. Sentendosi al sicuro, lei si abbandonò a un sonno ristoratore.

Alle sei, spalancò gli occhi. Scese dal letto e si diresse in punta di piedi verso il divano. Lo aprì e mise un po' in disordine le lenzuola, poi tornò in camera da letto. Rusty sembrava tranquillo e stava ancora dormendo. Lei si abbassò e gli diede un bacio sulla spalla nuda. Intontito, aprì gli occhi e cercò di toccarla, tirandola sul letto.

"Ehi, piccola."

"È ora che ti alzi e vada sul divano."

"Sul divano?"

"Prima che i bambini si alzino. Ne abbiamo parlato ieri sera. Ricordi?"

"Le uniche cose che ricordo di ieri sera riguardano il tuo corpo."

Lei sorrise. "Grandioso. Ma non vogliamo che i bambini lo sappiano, vero?"

"Oh. Già. Ok."

Lentamente avvicinò le gambe al lato del letto e si diresse verso il soggiorno.

"I boxer!" Lei li prese. "Non dormi nudo, vero? Boxer."

"Oh. Giusto." Lui si fermò e si diresse verso la sala da pranzo. Ne cercò un paio pulito, li trovò e li indossò. Ancora mezzo addormentato, le diede un bacio e si coricò nel divano letto.

"Buonanotte, tesoro."

Lei scoppiò a ridere. "Buonanotte." Poi tornò nel suo letto. Il lato dove aveva dormito Rusty era ancora caldo. Lei si distese lì, si mise il cuscino sotto la testa e si riaddormentò.

Alle sette e mezza, Charlie iniziò a saltare sul letto. Sorpresa, Meg si mise a sedere.

"Mamma! Pancake?"

"Oh, Charlie. Mi hai spaventata. Certo, tesoro. Dammi un minuto."

"Dov'è la tua camicia da notte?"

La sua domanda la fece svegliare del tutto. Lei tirò su le coperte.

"Sentivo caldo. Va tutto bene. Aspettami in cucina. Arrivo tra un minuto."

Charlie sollevò le spalle e uscì dalla stanza.

Accidenti. Si era ricordata di dirlo a Rusty ma si era dimenticata di dirlo a sé stessa. Tiro giù le coperte, si infilò la camicia da notte e indossò la vestaglia. Quando entrò in cucina, i bambini stavano litigando per decidere se volevano i pancake con le gocce di cioccolato o con i mirtilli.

Meg prese gli ingredienti per i pancake. "Non c'è bisogno di litigare. Charlie, li farò con i mirtilli per te e con le gocce di cioccolato per Tommy."

Il rumore di uno sbadiglio attirò la sua attenzione. Lei sorrise leggermente mentre rompeva le uova. All'improvviso, un braccio maschile la abbracciò da dietro.

"Buongiorno, Meg," borbottò una voce profonda.

Lui abbassò la testa e le diede un bacio sulla collo prima di allontanarsi. "Giorno."

Ci fu un momento di silenzio. Meg trattenne il respiro, aspettandosi un commento o una domanda da parte di uno dei bambini, ma non successe. Lei sospirò, dopo aver trattenuto il respiro.

"Papà, Charlie dice che i pancake con i mirtilli sono più buoni. Io preferisco le gocce di cioccolato. Tu cosa preferisci?"

"Oh, no. Non potete coinvolgermi in un dibattito. Sono buoni entrambi. Uh, Meg? Io li voglio senza niente." Lui si diresse verso la macchinetta del caffè. Prima le riempì la tazza, poi ne riempì una anche per sé. Aggiunse la giusta quantità di latte e zucchero e gliela porse.

"Chi porta fuori Coco mentre finisco di preparare i pancake?"

I bambini risposero all'unisono. Meg mise il guinzaglio al cane, diede le istruzioni a Charlie e Tommy e li lasciò uscire.

"Non che non mi sia piaciuto il tuo buongiorno, ma pensi che sia saggio farlo davanti ai bambini?" Meg mescolò l'impasto.

"Io baciavo sempre Maria davanti a Tommy. Non voglio che pensi che non mi piacciano le donne con cui esco. Voglio che sappia che baciare è normale, che sia una cosa buona."

Meg si sentì arrossire sulle guance. "Lo è, ma dobbiamo farlo apertamente?"

"Tu non permettevi a quello stronzo di Harold di baciarti davanti a Charlie?"

Lei scosse la testa.

"Davvero?" Rusty aggrottò la fronte.

"Non voglio che Charlie si preoccupi."

"Di che cosa? Non pensi che dovrebbe vedere una sana relazione tra uomo e donna?"

"Suppongo di sì."

"Non farò finta che non siamo amanti."

"Che cosa intendi dire?"

"Se voglio baciarti, lo farò. Se voglio tenerti per mano, lo farò. Penso che i bambini dovrebbero sapere che non siamo più solo coinquilini."

"Siamo mooolto di più." Meg sorrise.

"Nessun motivo di avere segreti."

"Ma non dovranno beccarci a letto, giusto?"

"Magari non adesso. Ma se lo facessero, sarebbe così tremendo?"

Lei rabbrividì. "Non sono pronta a dare spiegazioni."

MEG MISE DUE PANCAKE su un piatto e lo porse a Rusty.

"Senti, Meg, forse non sono il miglior genitore del mondo. Ma sono sincero con Tommy. Lui sa con chi vado a letto. Quando qualche donna passa la notte a casa, ne parliamo chiaramente. Tommy è abituato a vedere un uomo e una donna a letto insieme la mattina." Rusty prese lo sciroppo.

"Ma Charlie non lo è. Harold non è mai rimasto a dormire a casa."

"Penso che sia un errore."

"È fragile. Si sta ancora riprendendo."

"Non pensi che gli piacerebbe avere un uomo in giro per casa? Di sapere che non sei sola?"

"Non sono sicura che sia pronto a condividermi con qualcuno." Lei bevve un sorso di caffè.

"Condividerti? Conosco Charlie. Perché non possiamo semplicemente stare tutti insieme?"

Meg versò l'impasto nella padella e aggiunse i mirtilli in uno e le gocce di cioccolato nell'altro.

"Forse sei tu quella che deve abituarsi a lasciar entrare un altro uomo nella tua vita." Rusty prese una forchettata di pancake.

Prima che Meg potesse rispondere, i bambini si precipitarono nella stanza. Coco ansimava.

"Stavamo per prendere una volpe!" esclamò Charlie.

"Già. Coco l'ha cacciata via. Era bellissima." Tommy accarezzò il suo cane.

"Dalle un paio di snack," disse Rusty, mangiando i suoi pancake.

Meg servì la colazione ai bambini e prese un pancake per sé. Le parole di Rusty echeggiarono nella sua mente. Aveva ragione? Stava proteggendo Charlie o sé stessa?

I bambini parlarono del coraggio di Coco, divorarono il cibo e chiesero il permesso di alzarsi. John aveva insistito che Charlie non si alzasse quando aveva finito di mangiare e che chiedesse il permesso prima di farlo. Meg aveva continuato ad applicare quella regola. Anche Tommy aveva cominciato a farlo.

Rusty si riempì di nuovo la tazza. "Altro caffè?"

Lei alzò la mano.

"Allora? Che cosa vuoi fare?"

Meg si mordicchiò il labbro inferiore e cambiò piede d'appoggio.

"A meno che tu non voglia considerare quella di stanotte una semplice avventura." Lui aggrottò la fronte.

Lei spalancò gli occhi. Gli si avvicinò. "Oh, no. No. Assolutamente no."

Lui le mise le mani sui fianchi. "Bene. Allora siamo d'accordo?"

Lei annuì.

"E affronterai le conseguenze?"

Lei annuì un'altra volta.

"Bene." Lui abbassò la bocca sulla sua per un rapido bacio. Poi la voltò e le diede una leggera pacca sul sedere. "Vestiamoci e facciamo qualcosa. Penso che la fiera della contea sia ancora in corso."

Lei gli sorrise e si diresse verso la sua stanza. Mentre si vestiva, notò che il suo corpo sembrava più leggero, come se Rusty le avesse tolto un enorme peso dalle spalle. Non poteva sentirsi più sollevata. Lei e John si erano promessi che, se mai fosse successo qualcosa a uno di loro, l'altro avrebbe dovuto trovarsi qualcun altro e rifarsi una vita. Quando lui aveva chiesto a Meg se fosse d'accordo, gli aveva mentito e aveva detto di sì. Non avrebbe mai potuto immaginare John con un'altra donna, nemmeno dopo la sua morte.

Lui era stato sincero. Forse aveva ragione. Le cose con Rusty si erano evolute, lentamente e in modo naturale. Sebbene non avesse molto in comune con lui come con John, c'era qualcosa che li univa. Forse i loro figli? La loro ostinazione nel voler avere sempre ragione? Lei scoppiò a ridere. Forse era il loro amore per quella casa e per Pine Grove?

Lei scosse la testa e finì di vestirsi. Aveva visto che fuori c'era una bella giornata e voleva fare qualcosa. Dopotutto, aveva una vita da vivere e forse una nuova famiglia da godersi, no?

Raggiunse i bambini davanti alla porta d'ingresso. Rusty le prese la mano.

"Mamma, Rusty è il tuo nuovo fidanzato?" Charlie guardò sua madre.

Rusty fece una pausa.

"Credo di sì."

"Oh. Bene. Ottima scelta." Suo figlio annuì, poi aprì la porta.

Gli odori della fiera li accolsero nel parcheggio. Frittelle, zucchero filato, salsicce e peperoni e hot dog le fecero brontolare lo stomaco.

"Il paradiso del cibo spazzatura," disse Meg.

"Mamma, posso avere—"

"Ok, sì, puoi avere un po' di questo cibo. Ma niente zucchero filato, è solo zucchero ed è disgustosamente appiccicoso. Vediamo se hanno il gelato."

Meg lesse il programma. "Il cartello dice eventi per bambini e gare di animali."

"Ah. Andiamo. Corse di maiali! Maialini nani." Rusty scoppiò a ridere. "Non possiamo perderceli."

"Che cos'è un maialino nano?" chiese Tommy.

"Andiamo a scoprirlo." Rusty fece loro strada.

Tommy vinse la gara di maiali al terzo posto. Meg si infilò il suo piccolo trofeo nella borsa. Charlie chiese di andare sulle giostre. Andarono tutti insieme sulla ruota panoramica. Meg si strinse a Rusty quando la ruota si fermò in cima. Lui le rubò un bacio. Poi un altro e un altro ancora. Quando la ruota ricominciò a girare, lei ebbe un sussulto.

"Il sogno di ogni uomo. Baciare la sua donna in cima alla ruota panoramica."

Lei scoppiò a ridere. "Quindi sono la tua donna?"

"Puoi dirlo forte." Lui le mise un braccio intorno alle spalle e lei si rannicchiò su di lui. La giornata passò velocemente. Cenarono alla bancarella che vendeva salsicce e peperoni, poi, alle otto, si diressero verso casa. I bambini si addormentarono sul sedile posteriore. Rusty portò Charlie dentro per primo.

"PAPÀ?" UNA VOCE ASSONNATA attirò l'attenzione di Rusty. Tommy si era svegliato quando suo padre l'aveva preso in braccio.

"Sei ancora sveglio?"

"Posso farti una domanda?"

"Certo."

"Se Meg è la tua ragazza, allora Maria non lo è più? O hai due ragazze?"

Rusty sorrise. Era impossibile ingannare Tommy. Il bambino era acuto e notava tutto.

"Quando ho deciso di trascorrere l'estate qui, Maria non era d'accordo."

"Avete litigato?"

Rusty ridacchiò. "Ha detto che, se fossi venuto qui, tra di noi sarebbe finita."

"Quindi ha rotto con te?"

"Sì. Abbiamo deciso di non vederci più."

"Bene."

"So che non ti è mai piaciuta."

"Non le piacevo."

"A lei non piacevano i bambini."

"Mi piace Meg."

"Lo so. Anche tu piaci a lei."

"È corretta. Non dà tutto a Charlie."

"Giusto. È corretta."

"Se è la tua ragazza, perché dormi ancora sul divano?"

Rusty non sapeva come rispondere.

"Pensavo che i fidanzati dormissero nello stesso letto."

"Tu saresti d'accordo se dormissi nel letto di Meg?"

Lui annuì. "Sono stanco. Non voglio più parlare."

Rusty portò Tommy nella sua stanza. Così spense la luce e uscì in punta di piedi.

Meg era seduta sul portico, con una tazza di tè in mano. Lui la raggiunse.

"È stata una bellissima giornata." Lei sorrise.

"Puoi dirlo forte." Rusty le raccontò la sua conversazione con Tommy.

"Tommy è d'accordo se condividiamo il letto. Puoi parlare con Charlie?"

Lei sollevò le spalle. "Potrei forzarlo."

"Non condividevi il letto con John?"

"Eravamo sposati."

"Questo non vuol dire molto per un bambino." Rusty si sedette su una sedia accanto a Meg.

"Non lo so."

"Provaci. Qual è la cosa peggiore che possa accadere?" Rusty si appoggiò i gomiti sulle ginocchia.

Meg rimase seduta in silenzio, fissando il cielo.

"Non vuoi passare la notte con me?"

"Più di ogni altra cosa." Lei gli accarezzò la guancia.

"Ok. Quindi, oggi passerai la notte con me? E se i bambini ci scoprissero, pazienza."

"Devo indossare la camicia da notte."

"Va bene. Porto fuori il cane." Rusty mise il guinzaglio a Coco e scese gli scalini. Non stava esattamente morendo dalla voglia di portarla a fare la sua passeggiata serale, ma aveva bisogno di tempo per pensare. Che cosa aveva fatto? Aveva convinto suo figlio che Meg fosse la sua ragazza. Lei era d'accordo?

Quando aveva lasciato Maria, aveva giurato che avrebbe trascorso quell'estate solo con Tommy, senza nessuna donna. E che cosa aveva fatto? Si era trovato una nuova donna. Meg era completamente diversa da Maria o da Angela. Mentre all'inizio era pronto a odiarla, si era reso conto di rispettarla. All'inizio era stata presuntuosa, arrogante e decisamente invadente.

Con Tommy, aveva dimostrato il lato più morbido del suo carattere. Non era mai stato con una donna materna, una che voleva dei bambini o che addirittura amava i bambini. Lui credeva di non aver bisogno di bambini, quindi gli stava bene frequentare donne che non erano interessate. Finché Angela non era rimasta incinta. La nascita di Tommy aveva colpito Rusty come se gli fosse caduta una tegola sulla testa. Aveva fatto dietrofront in trenta secondi.

Quel bambino gli aveva cambiato la vita. Ma Rusty non aveva cambiato le sue abitudini e aveva continuato a frequentare donne a cui non piacevano i bambini. I conflitti tra suo figlio e qualunque donna che frequentava si ripresentavano di tanto in tanto. Sembrava che non riuscisse a farne una giusta. Non riusciva a trovare una donna a cui piacesse anche Tommy.

Fino a quando non era arrivato in quella casa. E adesso? Nel preciso istante in cui l'aveva vista con suo figlio, si era innamorato. Meg era la madre perfetta per Tommy. E la sua dolcezza e la sua intelligenza la rendevano la donna giusta per lui. Lo stimolava a pensare, a essere più intelligente e migliore di quanto non fosse mai stato prima. Con lei che lo stimolava, era cresciuto. Ora aveva bisogno di Meg, come gli esseri umani hanno bisogno di bere e di respirare.

La loro doveva diventare una relazione a lungo termine. Dove avrebbe mai potuto trovare un'altra donna fantastica come Meg Gunderson? Da nessuna parte. E non ne aveva bisogno, perché aveva lei, giusto? Non l'aveva? Aveva bisogno di suggellare il loro rapporto, facendo in modo che entrambi si impegnassero. Solo allora avrebbe potuto tirare un sospiro di sollievo e mantenere quella felicità che non aveva mai avuto prima.

Al suo ritorno, tolse il guinzaglio al cane, le diede uno snack e le fece qualche carezza prima di raggiungere Meg.

Lei si alzò in piedi, sbadigliò e si stiracchiò.

"Stai cercando di dirmi qualcosa?"

"Forse."

Lui guardò l'orologio. "Wow, sono già le dieci? È ora di andare a letto."

Lei scoppiò a ridere e lo seguì in casa. Lui si fermò sulla soglia.

"Tutta la notte?"

"Vedremo."

Capitolo Quattordici

La mattina dopo Meg e Rusty si svegliarono davanti ai bambini. Stringendosi a lui, Meg sussurrò qualcosa. "Solo altri dieci minuti?"

"Sì."

Lui le mise un braccio intorno, poi le appoggiò una mano sul seno. "Ahhh, sì." Lui chiuse gli occhi e strinse le dita.

"Se fai così, dieci minuti diventeranno un'ora."

"I bambini si alzeranno presto." borbottò Rusty. "Abbiamo bisogno di una serratura sulla porta."

Meg abbassò la coperta e spostò le gambe di lato. "Camicia da notte," mormorò, trascinandosi verso il cassettone. Prese la camicia da notte e indossò la vestaglia. Sbadigliando, si diresse verso la cucina, mentre Rusty tornava a dormire.

Canticchiando, *I Think I Love You*, Meg accese la macchinetta del caffè e prese le uova dal frigorifero. Coco la accolse. Meg diede da mangiare al cane, poi aprì la porta sul retro e uscì sul portico con la tazza in mano. I corvi mattinieri la salutarono gracchiando.

Prima che finisse di bere, Charlie e Tommy entrarono, discutendo.

"Sì."

"No."

"Sì."

"No."

Meg sospirò e tornò davanti ai fornelli. "Oggi uova. Sì o no cosa?"

"Tommy dice che i fidanzati dormono nello stesso letto. Io gli ho detto di no."

Meg si sentì arrossire sulle guance. "Beh, dipende..." tentennò lei.

"Mio padre dice di sì. Vuoi dire che è un bugiardo?"

"No."

"Perché non glielo chiedi?"

"Dov'è?" Non è sul divano." domandò Charlie.

Oh, merda. Adesso dovrò dire la verità.

"Lo so io! Scommetto che è in camera da letto!" Tommy corse sul retro della casa con Charlie al seguito.

"Non c'è!"

Voci giovani e meno giovani riecheggiavano per la casa. Meg sciolse il burro e contò le uova. *Lascia che se ne occupi Rusty.* Pochi istanti dopo, i tre entrarono nella stanza.

"Tommy aveva ragione. Rusty era nel tuo letto." Charlie le lanciò uno sguardo tradito.

"Non me l'hai mai chiesto. Sì, Rusty dorme con me. Sì, siamo fidanzati. E sì, è giusto così." Lei abbracciò suo figlio.

"Harold non ha mai dormito nel tuo letto." Charlie sollevò il mento con un'espressione ribelle.

"Non era un vero fidanzato. Solo una specie di amico."

Rusty e Tommy si unirono a loro per un abbraccio a quattro. Meg si staccò per prima.

"Mangiamo e andiamo. Pensavo che avessimo in programma una gita per oggi."

"Pesca nel Delaware!" Rusty alzò il braccio e strinse il pugno.

"Pesca nel Delaware," ripeterono i bambini.

"Perfetto, allora. Due uova ciascuno. Tommy, metti il pane nel tostapane. Charlie, prendi il burro e la confettura. Rusty, versa il succo d'arancia. Collaboriamo come una famiglia."

Lei si mise la mano davanti alla bocca. Che cosa aveva detto? Ignorando il suo lapsus, i bambini svolsero i loro compiti. Rusty si fermò mentre andava verso il frigorifero per abbracciarla e darle un bacio sulle labbra.

"Mi piace il suono di quella parola," sussurrò lui.

Si sedettero in macchina, insieme a Coco, e si diressero a Log Hill. Mentre Rusty guidava, Meg e i bambini si misero a cantare "Row, Row, Row Your Boat." Dopo quindici minuti, il cane iniziò ad abbaiare e cambiarono canzone.

I ricordi delle sporadiche gite del fine settimana con John e Charlie le tornarono in mente. Era giunto il momento di crearne di nuovi. Meg aveva resistito a lasciarsi andare per tanto tempo, ma quel giorno l'aveva fatto. Si prese un momento per ricordare i primi giorni con John e Charlie, poi li conservò nel suo cuore e voltò pagina.

Si fermarono al Java the Hut per prendere del caffè e dei dolcetti per il viaggio, poi andarono al Cozy Café per prendere un pranzo al sacco. Quando arrivarono sulla strada panoramica, Rusty iniziò a parlare. "Ti piace pescare?"

"Sì. Non ho mai pescato con la mosca."

"Aspetta di vedere le mie mosche."

"Papà, lascia che Charlie usi prima la nostra mosca portafortuna."

"Va bene, Tom."

Meg appoggiò la schiena e guardò fuori dal finestrino. I raggi del sole rivestivano tutto di una promessa dorata. Il clima perfetto alimentava il suo umore con l'aspettativa di risate e divertimento. Lei resistette alla tentazione di guardare al futuro, decidendo invece di godersi semplicemente il presente.

Entrarono nel parcheggio dell'area pubblica di accesso al fiume. Rusty tirò fuori una scatola con l'attrezzatura e quattro canne da pesca.

"Hai quattro canne da pesca?"

"Non credere di essere la prima donna che ho cercato di far interessare alla pesca con la mosca." Lui porse una canna da pesca a ciascuno.

"Forza. Dobbiamo indossare quest'attrezzatura."

Aveva gli stivaloni di gomma per sé, Meg, Tommy e un paio per Charlie.

"Ho cercato su Internet. I pesci mordono." disse indicando.

Il gruppo lo seguì lungo la riva del fiume. Essendo l'ultima della fila, Meg si dilettò a guardare i bambini che camminavano insieme. Forse quello era il suo sogno che si stava avverando? Avrebbe avuto una seconda possibilità?

RUSTY RIPULÌ I QUATTRO pesci che avevano preso. Li avvolse in un foglio di stagnola con limone e burro e li mise sulla griglia. Meg preparò l'insalata. Sul prato, i bambini giocarono a rincorrersi con Coco. La canzone *I Think I Love You* continuava a risuonare nella testa di Meg. Canticchiò la melodia, poi iniziò a cantare piano le parole. Rusty si voltò a guardarla.

"Davvero?"

"Che cosa?" Lei spalancò gli occhi.

Lui fece tre passi verso il tavolo, le prese il mento in mano e le sollevò la bocca per un breve bacio. "Sì."

"Che cosa?"

"Per la tua canzone."

"Oh?"

"Proprio così. Penso di amarti."

Lei arrossì sulle guance. "Davvero?"

Lui sollevò le spalle. "Sì." E tornò a occuparsi del pesce.

Meg deglutì e prese il condimento. Ne era sicuro? Poteva davvero amare quella stronza condiscendente che lo chiamava troglodita?

"Il pesce è pronto." Rusty prese i cartocci e li mise su un vassoio.

"Bambini! La cena è pronta!"

Charlie e Tommy salirono di corsa i gradini, seguiti da Coco.

"Andate a lavarvi. Io do da mangiare al cane." Meg si abbassò per accarezzare il cane. Dopo dieci minuti, erano seduti a un tavolo sul portico. Rusty versò del vino per Meg e per sé. Meg riempì i bicchieri di latte per i bambini.

"È stupendo mangiare il pesce che abbiamo appena pescato," disse Charlie.

"Non credo che mi piaccia il pesce." Tommy abbassò la bocca con un'espressione corrucciata, mentre fissava il cibo nel suo piatto.

"Provaci. È buonissimo. Davvero." Rusty ne prese una forchettata. "Con burro e limone. Ti piacerà molto."

Tommy sollevò lentamente la forchetta. "Ti piace, Charlie?"

L'altro bambino annuì e continuò a masticare.

Tommy prese la forchetta e assaggiò il pesce. "Non male."

Rusty scoppiò a ridere.

Dopo una giornata così impegnativa, i bambini si stancarono presto e non riuscirono a restare svegli per più di qualche pagina degli Hardy Boys. Rusty portò Tommy, già addormentato, nel suo letto e gli diede il bacio della buonanotte. Fece cenno a Meg di aspettarlo sul portico.

Quando lei arrivò, trovò cinque candele accese. Un bicchierino di brandy giaceva accanto alla sua sedia.

"Un drink serale." Lui bevve un sorso.

"Molto romantico." Lei si tolse i sandali e appoggiò i piedi su una sedia accanto a Rusty. Lui strinse le sue lunghe dita intorno al suo piede e glielo strinse.

"Sono famoso per i massaggi ai piedi," le disse.

"Oh? Vediamo."

"Dubiti di me?" Lui aggrottò la fronte. "O forse mi stai semplicemente sfidando per riceverne uno?"

"Sono colpevole."

"Bastava chiederlo." Lui spinse il pollice sulla sua pelle.

Lei si appoggiò allo schienale e chiuse gli occhi. "È bellissimo." Una risatina appena accennata accolse le sue parole.

Lui spostò la sedia e si appoggiò il suo piede sulle gambe. Ogni muscolo del corpo di Meg si calmò, mentre una sensazione di pace si faceva strada dentro di lei. Era così rilassata da non accorgersi che le sue mani avevano cominciato ad accarezzarle la gamba. Dopo pochi minuti, il massaggio ai piedi diventò un massaggio al polpaccio. Lei emetteva piccoli gemiti di piacere mentre lui continuava a salire.

Quando arrivò alle cosce, lei aprì le gambe e gli occhi. Sollevando la gonna del suo vestitino, lui si abbassò a baciarle l'interno coscia. Le sollevò la gonna fino alla vita.

"Ohh. Mutandine rosa. Le mie preferite. Ma adesso non servono." Le toccò il sedere con la mano sinistra e la sollevò leggermente, per toglierle le mutandine con la destra. "Molto meglio."

Lei lo guardò mentre le apriva le gambe e vi si tuffava in mezzo. Quando la sua lingua toccò il suo clitoride, lei ebbe un sussulto.

"Stia ferma, signorina," mormorò lui.

Lei gli passò le dita tra i capelli. Lei chiuse gli occhi. "Oddio, Rusty." La sua unica risposta fu una risatina profonda che le solleticò le parti intime. Fece roteare la lingua intorno al suo clitoride, poi fece scivolare un dito dentro di lei.

"Wow," sussurrò lui.

"Accidenti, Rusty. Tu, tu, tu..." balbettò lei, sentendo le braci ardenti che le infiammavano tutto il corpo.

"Io cosa? Ti piace?" Lui sollevò la testa.

"Cavolo, sì. Non fermarti."

Lui fece una risatina e tornò ad accarezzarla con la lingua mentre la stimolava con due dita, dentro e fuori.

"Sto per venire."

"Fallo. Fallo."

Sebbene l'aria della notte si fosse rinfrescata, il corpo di Meg era caldo. Lei gli appoggiò le dita sulla cintura dei pantaloncini.

"Se li tolga, signore."

"Pronta?"

"Cavolo, sì. Togliteli." Lei tirò più forte.

"Ai suoi ordini, mia signora." Rusty si alzò in piedi e si tolse rapidamente i vestiti, gettandoli su una sedia lì vicino. Meg ridacchiò.

"Anche tu hai fretta?"

"Se diventa più grosso, mi esploderà," le disse, guardandosi il cazzo. Lui recuperò il suo portafoglio e prese un preservativo. "Facciamolo qui." Lui si sedette su una sedia e lo srotolò per indossarlo. "Salta su," le disse, battendo con le mani sulle cosce.

"Non l'ho mai fatto su una sedia," mormorò lei, togliendosi il vestito da sopra la testa e lanciandolo perché andasse a tenere compagnia ai vestiti di Rusty.

"No? Fare sesso su una sedia è divertente." disse lui con un sorriso lascivo. "Cavalcami, cowgirl."

Lei cercò di montarlo, ma continuava a scivolare e non riusciva a trovare l'equilibrio. Lui si sporse, le strinse le sue grandi mani intorno alla vita e la sollevò. Cazzo! Lei piegò le ginocchia mentre lui la abbassava sul suo cazzo.

"Guidami." Lui annuì. Meg strinse le dita attorno al suo cazzo e lo posizionò all'ingresso della sua vagina. Lui la sollevò ed entrò dentro di lei.

"Oh, cazzo," disse lui, chiudendo gli occhi. "È bellissimo. Stupendo."

Lei gli appoggiò le mani sul petto per mantenere l'equilibrio, poi cominciò a muovere lentamente i fianchi finché non raggiunse un certo ritmo. Rusty aprì gli occhi e le guardò il seno.

"Lo voglio," disse, prendendole un capezzolo in bocca. Quando si attaccò al suo capezzolo, Meg gemette e iniziò a muoversi più rapidamente.

"Sei, sei, tremendamente caldo. Rusty," mormorò lei, con gli occhi socchiusi e la bocca aperta, leccandosi il labbro inferiore con la lingua.

"Non posso resistere più." Lui le afferrò i fianchi e aumentò il ritmo.

Meg fu travolta da un intenso desiderio. Poi perse il controllo. I suoi capezzoli si indurirono. Tutti i suoi muscoli si contrassero, poi ebbe un orgasmo. Una sensazione di puro piacere le attraversò il corpo.

"Cazzo," disse Rusty, aprendo gli occhi. Con una forte spinta, la tenne su di lui ed emise un gemito. Poi la abbracciò, schiacciandole il seno contro il suo petto nudo.

"Cazzo!" Le baciò il collo e le accarezzò la schiena con le mani. Lei gli appoggiò il viso sulla spalla e leccò la sua pelle salata. "Sai di buono," gli disse.

"Io? Sono sudato."

"Bene." Lei mise le braccia sotto le sue e gli afferrò il sedere. La felicità le scorreva nelle vene. "Possiamo prestare così per sempre?"

"Lo vorrei tanto."

Lui spostò una mano e gliela appoggiò sul serio. Sembrava che non ne avesse mai abbastanza di toccarglielo. Questo le scaldava il cuore.

L'aria della notte le dava i brividi.

"Fa freddo. Non dovrebbe essere estate?"

"Andiamo a letto."

"Di nuovo?" Lei gli lanciò un sorriso malizioso.

Lui scoppiò a ridere. "Andiamo." La sollevò e si diresse verso il bagno. Meg portò i bicchieri dentro casa, poi si precipitò in camera da letto per indossare la vestaglia. Dopo essersi lavata, aggiunse una coperta e si distese sotto le lenzuola. Rusty la raggiunse.

"Grazie di farmi trovare il letto caldo." Lui si distese accanto a lei.

"Il mio lato, almeno."

"Ci riscalderemo più velocemente se stiamo più vicini."

Lei si rannicchiò tra le sue braccia, respirando il suo profumo sensuale. "Mi piace il tuo nuovo dopobarba."

"Grazie. Hai un buon profumo."

"Quello di una donna molto amata."

"Deve essere così. Notte, tesoro."

"Notte, Russ." Meg sbadigliò, poi chiuse gli occhi. Udì un clic quando Rusty spense la luce, prima di addormentarsi profondamente.

MEG SI SVEGLIÒ PRESTO. Dopo aver acceso la macchinetta del caffè, cercò nel frigorifero gli ingredienti per le omelette. Il rumore di persone che si muovevano, della porta del bagno che si apriva e si chiudeva e dei passi sul pavimento nudo le scaldava il cuore. I bambini erano svegli e, come degli uccellini, presto sarebbero venuti a chiederle del cibo. Lei prese un peperone verde, una cipolla e del formaggio.

Cantando di nuovo *I Think I Love You*, sottovoce, sorrise a ogni maschio che varcava la soglia della cucina.

"Lo so, lo so. Pane tostato. Ci penso io." disse Charlie.

"Usiamo il pane all'uvetta," rispose Meg.

"Pane all'uvetta? Non l'ho mai mangiato," disse Tommy.

"È buonissimo." Meg porse una pagnotta fresca a suo figlio e ruppe le uova.

Qualcuno suonò il campanello, poi bussò alla porta. Rusty entrò nella stanza, grattandosi il petto prima di indossare la vestaglia. Il cane abbaiò. "Che diavolo succede? Che ore sono?"

"Sono le nove. Avete dormito fino a tardi."

Rusty le diede un bacio e la abbracciò da dietro. "Forse, se lo ignoriamo, andrà via," le sussurrò all'orecchio.

Continuavano a bussare. Meg si staccò da lui.

"Aspetta. Ci vado io. Potrebbe essere pericoloso," le disse, dirigendosi verso la porta.

I bambini lo seguirono.

"State indietro, ragazzi." Lui li protesse con la mano.

Coco continuò ad abbaiare mentre raggiungeva Rusty davanti alla porta. Lui le afferrò il collare. "Coco, non mordere nessuno finché non te lo diciamo. Potrebbe essere un amico."

Di certo, non sembra un amico. Meg spense il fuoco del fornello e rimase a guardare, appoggiandosi al muro del corridoio, da dove poteva vedere la porta.

"Allontanatevi, ragazzi," disse Rusty. "Ho sentito!"

"E allora perché non apri? Che cosa nascondi lì dentro?"

Lui aprì di scatto la porta. Stupito, fece un passo indietro.

"Maria! Che cosa ci fai qui?"

"Sono venuta a vedere come stai." Lei entrò in casa, oltrepassando la soglia prima di essere invitata. La bella donna con i capelli neri e un'espressione feroce attraverso il corridoio, spingendo da parte dei bambini.

"Ah, capisco. Quindi, è lei la troia, la sgualdrina per cui mi hai lasciato, eh?"

Meg spalancò gli occhi. "Che cosa? Che cosa ha detto?"

"Ha sentito bene."

"Come osa venire a casa mia a insultarmi? E anche davanti a mio figlio!" Meg strinse il pugno e si avvicinò alla donna. Rusty si mise tra le due.

"Non volevi dire questo, vero, Maria? Andiamo. Vieni con me. Parliamo." Lui le mise un braccio intorno alle spalle, ma lei lo respinse.

"Sì che volevo dirlo." Maria fissò Meg con uno sguardo omicida.

"Fuori! Esca subito da casa mia!" Meg indicò la porta.

"Prendi il telefono, Tommy," disse Charlie, dirigendosi verso la camera da letto.

"Chiamo la polizia." Tommy seguì Charlie.

"Hai visto che cosa hai fatto?" Rusty affrontò Maria. "Bambini! Non chiamate la polizia."

"Lascia che lo facciano. Non mi importa se mi arrestano. Smonterò quel manico di scopa."

"Chi sarebbe il manico di scopa?" Meg alzò di nuovo il pugno e si avvicinò a Maria.

"Meg, basta! Maria! Signore!" Rusty si mise in mezzo a loro. "Parliamone, con calma e tranquillità. Non c'è bisogno della polizia."

I bambini ritornarono. Tommy aveva in mano il telefono di Rusty. "L'agente Bolton non ne sarebbe contento."

"Basta! Tommy. Metti giù il telefono. Maria, laggiù," disse Rusty, alzando la voce e indicando una poltrona in un angolo del soggiorno. "Meg, tu laggiù." Le indicò l'angolo opposto, ma la sua voce si era ammorbidita.

Le due donne si sedettero. "Parliamone. Maria, ti sei presentata senza preavviso e senza essere stata invitata." Rusty camminava in diagonale tra le due donne.

"Pensi che ti permetterò di uscire dalla mia vita così in questo modo?"

"Pensavo che ne avessimo già parlato. L'assistente sociale della scuola di Tommy mi ha consigliato di partire per passare del tempo con mio figlio."

"Allora? E io?"

"Il tuo problema, Maria, è che proprio non ci arrivi. Tommy è mio figlio. La mia carne e il mio sangue. Sono tutto quello che ha. È più importante di tutto il resto."

"Non capisco perché."

"Visto? Ho provato a spiegartelo a New York. Non lo capisci. Per me, Tommy verrà sempre prima di tutto. E tu non lo accetti. Se non riesci a convivere con la mia scelta e a sostenerla, tra di noi non può esserci niente."

Lei sbuffò. "C'erano molte cose tra di noi."

Rusty diventò rosso in volto. "Lascia perdere. Maria, ci sono dei bambini qui. Ok?"

"Oh, oh. Scusami. Non si può parlare di cose intime?"

"Questa è un'altra cosa che non capisci. Ti ho detto che la nostra relazione era finita prima che io lasciassi New York."

"Forse per te. Ma non per me. Quindi, questa cosa dei bambini. Questa troia la capisce? Lei la capisce?"

"Ascolti, la smetta di chiamarmi così."

"Signora, se offenderà di nuovo mia madre, chiamerò la polizia." Charlie incrociò le braccia sul petto.

Amo mio figlio.

"Ok, ok. Mi scusi. Rispondi alla mia domanda." Lei riportò la sua attenzione su Rusty. "Questa, questa, qualsiasi cosa sia. Donna. Lei la capisce?"

La voce di Rusty si addolcì. "Sì. Lo fa. In effetti, per Tommy è stata una madre migliore della sua madre biologica."

"Ti sta manipolando!" Maria si sollevò leggermente dalla sedia.

"No. No. Non lo sta facendo. Tommy la adora. Vero, figliolo?"

Tommy annuì, con gli occhi lucidi. Charlie mise il braccio intorno alle spalle del suo amico.

"Quindi quello che vuoi è una madre per tuo figlio?"

"Non solo. Sì. Ma non è solo questo. C'è molto altro."

"E che cosa sarebbe?"

"Penso che questi non siano affari suoi," ribatté Meg.

"Non mi dispiace parlare di ciò che provo per te." Rusty le mise una mano sulla spalla.

"Allora, che altro? Sto aspettando." Maria cambiò posizione sulla sedia.

"Non ho mai incontrato una donna come lei. Intelligente. Bella. E amorevole. Si prende cura di tutti noi, senza lamentarsi. Senza piagnistei. E di certo non si tira indietro. Sa rispondere a tono. Ed è... beh, non è come le altre donne. Lei è la donna che voglio."

Meg si sentì le lacrime agli occhi. Stava succedendo davvero?

"Vai a letto con lei?"

"Non sono affari suoi!" Meg si alzò in piedi.

Rusty alzò la mano. "Non preoccuparti. Sì. Lo faccio."

"E i bambini lo sanno?"

"Lo sanno."

"E lo accettano?"

"Sì. È finita tra di noi, Maria. Sono stato uno stupido a pensare di poter separare i diversi aspetti della mia vita. Ho bisogno di una donna come Meg. Che possa amare me e Tommy. Che sappia cosa voglia dire avere una casa e una famiglia. E l'ho trovata."

Meg scoppiò in lacrime. Le lacrime le rigarono le guance. Charlie la abbracciò.

"Credo che dovresti andartene, Maria." Rusty le prese il braccio. Lei alzò, aggrottò la fronte e gli diede uno schiaffo.

"Chiamo la polizia. L'agente Bolton dice che dare uno schiaffo è aggressione." Tommy prese il telefono. Digitò il numero, poi iniziò a parlare. "Una donna ha aggredito mio padre."

"È meglio che tu te ne vada, Maria." Rusty si accarezzò la guancia.

Frugando nelle tasche della vestaglia, Meg trovò un fazzoletto e si asciugò il viso.

"Non sa nemmeno cosa lui prova per lei, eh? Bene, vedremo. Quando tornerà a New York, si stancherà di una donna così banale. Tornerà da Maria. Lo vedrà."

Il suono di una sirena attirò l'attenzione di Maria.

"Faresti meglio ad andartene," ripeté Rusty, accompagnandola alla porta. Ma ormai era troppo tardi. L'agente Bolton stava percorrendo il sentiero.

"Oh, no. Di nuovo voi due?

"Questa donna ha dato uno schiaffo a mio padre," disse Tommy, indicando Maria.

L'agente tirò fuori il suo taccuino. "Va bene. Mettetevi in fila. Sentiamo un po'. Uno alla volta."

Rusty lanciò un'occhiata a Tommy, ma il bambino sorrise e si limitò a sollevare le spalle.

"Ho solo una domanda," disse l'agente. "Ci sarebbero altre persone a cui siete legati che potrebbero presentarsi qui all'improvviso?"

Meg e Rusty scossero la testa.

"Bene. Perché la prossima volta che i vostri bambini chiameranno, dovrà essere per un buon motivo." Lui si rimise il berretto e salì in macchina. Poi abbassò il finestrino.

"Dico sul serio. Vi porterò in prigione e darò i vostri figli in affidamento!" Lui schiacciò l'acceleratore e uscì di corsa dal vialetto

Capitolo Quindici

L'incontro con Maria e l'agente Bolton aveva fermato la loro giornata. Rusty e Meg portarono i bambini al lago per nuotare e andare a cena da Homer. Mentre i bambini davano da mangiare alle anatre dal molo, Rusty ordinò del caffè freddo per sé e Meg. L'ombrello sopra il tavolo offriva poco sollievo dal caldo. O era per la tensione di quanto accaduto con Maria?

Il caffè freddo lo calmò un po'. Lui diede un'occhiata a Meg. Lei era rimasta in silenzio. Troppo in silenzio. Aveva bisogno di sapere cosa stava pensando. Le ultime parole di Maria, prima di dargli quello schiaffo, erano rivolte a Meg. Forse pensava che Maria avesse detto la verità? Quella era la cosa più lontana dalla verità, come se gli orsi polari si trasferissero ai Caraibi. Ma Meg le aveva creduto?

Lui si schiarì la gola, attirando la sua attenzione.

"Dobbiamo parlare." le disse.

"D'accordo."

"Magari non qui. I bambini torneranno tra dieci minuti."

"D'accordo."

"Stasera? Dopo cena? Potresti raccontare la storia della buonanotte ai bambini più presto del solito?"

"Sì."

"Perché mi rispondi a monosillabi?"

"Perché no?"

"Andiamo. Che cosa succede?"

"Ne parleremo stasera."

"Ok." Rusty le prese la mano. Anche darle una stretta non la fece sorridere. La preoccupazione gli faceva bruciare lo stomaco. Quello era un segno che non sarebbe stata aperta alla verità. Sperava che non avesse già preso una decisione su di lui. Non in senso negativo, almeno. Lei sottrasse la mano.

"Va tutto bene?" Lui non riuscì a evitare di farle quella domanda.

"Lo spero."

"Anch'io." Le prese di nuovo la mano e lei gli sorrise.

"Vi state tenendo per mano? Disgustoso!" Tommy fece una smorfia.

"Possiamo andare? Tommy e io vogliamo leggere il prossimo capitolo."

"Ok, Charlie. Chiedo il conto." Rusty fece un cenno con la mano e il cameriere gli portò il conto.

"Vorrei che mi lasciassi pagare."

"Neanche per sogno."

"John mi ha lasciato del denaro."

"Bene. Tienitelo."

Lei aggrottò la fronte. Lui mise alcune banconote sul tavolo e si alzò in piedi. Le prese la mano e, insieme ai bambini, si diressero verso l'auto. A casa, Meg si sedette sul divano con i bambini. Rusty si mise a lavorare al computer.

"Stasera c'è una partita. Ok?"

"Capito. Nessun problema."

"Come facevi a saperlo?"

"L'hai detto a colazione. Sono brava ad ascoltare."

"Bene."

"A che ora?"

"Alle cinque. Va sempre tutto bene?"

"Certo."

Lui scomparve dietro la porta della camera da letto. Prima di esaminare alcune statistiche per la partita, doveva prepararsi qualche domanda per il suo discorso con Meg. Frugò nella sua valigetta per prendere carta e penna. Trovando un vecchio taccuino, si sedette, pronto a scrivere. Forse quel tipo di programmazione non era nel suo stile, ma farfugliare davanti a lei, cercando le parole, nel tentativo di capire quali domande porre improvvisando non gli sarebbe servito a nulla.

Quella conversazione era troppo importante per lasciare tutto al caso, agli istinti del momento. Anche se era sempre stato orgoglioso di essere spontaneo. Le cose con Meg erano troppo serie per lasciare tutto al caso. Al solo pensiero, si sentiva le farfalle nello stomaco. Non si era mai impegnato con una donna prima d'ora, non per più di un mese o due. Anche Angela pensava solo alle feste e al divertimento, fino a quando non era rimasta incinta. Lui credeva che forse non avrebbe considerato di sposarsi prima dei cinquant'anni.

Meg gli aveva fatto cambiare idea. Non aveva mai conosciuto una donna come lei. I giocatori di baseball di solito avevano un'ampia scelta di donne con cui divertirsi senza impegno, per una settimana o per un mese. Poi c'erano quelle interessate solo ai soldi. Spesso, non ricordavano nemmeno il tuo nome, solo il tuo ruolo nella squadra e il tuo stipendio annuale. Quelle donne gli davano i brividi. Aveva sviluppato un radar per quel genere di donne, che gli permetteva di fiutare una signorina interessata solo ai soldi lontano un miglio.

In alcuni momenti, aveva inserito Maria in quella categoria. Ogni volta che era stato pronto ad andarsene a causa delle sue richieste costose, lei faceva qualcosa per riprenderselo, come regalargli un fine settimana in un resort.

Meg non era stupida, interessata al denaro o superficiale. Lei era molto diversa dall'80% delle donne che aveva frequentato. E wow! All'inizio, lei era una snob saputella e fastidiosa ma poi, all'improvviso, avevano iniziato ad andare d'accordo. Una donna come Meg, che poteva amare e prendersi cura di suo figlio, oltre che di lui, era una mosca bianca. Probabilmente, non avrebbe mai conosciuto nessun'altra come lei.

Quella sera, doveva andare tutto liscio. Dovevano essere sulla stessa lunghezza d'onda. Sebbene non fosse esattamente pronto a farle la proposta, l'idea gli era passata per la testa senza provocargli un'emicrania o una leggera crisi epilettica.

Aveva preparato del tè freddo alla menta, il preferito di Meg, e l'aveva nascosto dietro il latte. Sebbene non lo avesse programmato prima dell'arrivo di Maria, forse doveva ringraziare la sua ex ragazza per aver forzato la situazione. Rimase a scrivere in silenzio, pensieroso, fino all'inizio della partita.

Posando la penna, si concentrò sull'azione e chiamò dal suo telefono. Quella sera, avrebbe fatto il commentatore sportivo. E dopo? Il futuro di Rusty Reisse e di suo figlio Tommy era appeso a un filo. Doveva fare centro con Meg. E doveva farlo fin dal primo lancio.

"Qui Rusty Reisse, per supportare i New York Nighthawks nella loro terza partita contro i Boston Bluejays. Dan Alexander è al lancio. Jake Lawrence riuscirà a mantenere il suo record di vittoria dopo cinque partite? Solo il tempo potrà dirlo." E lo stesso valeva per Rusty.

MENTRE I BAMBINI SI misero a correre per salutare Coco, Meg e Rusty si incamminarono sul sentiero. Rusty le mise il braccio intorno alle spalle e lei gli mise il suo intorno alla vita. Lei temeva la discussione che li aspettava quella sera. E se Maria avesse avuto ragione e lui sarebbe tornato con lei non appena fossero tornati a New York? Meg si mordicchiò il labbro inferiore. Poteva ritirarsi adesso per proteggere il suo cuore o era già troppo tardi?

Se Roberta le avesse detto che si sarebbe innamorata di Rusty Reisse prima di arrivare in quel posto, lei sarebbe scoppiata a ridere. Impossibile. Rusty Reisse? Un ex giocatore di baseball professionista? Mai. Avrebbe potuto cedere per un intellettuale, come John. Un genio della matematica, qualcuno che capisse i mercati statunitensi ed esteri e che non avrebbe mai tradito sua moglie.

Ma Rusty non era così. Lui pensava che un mercato estero fosse il bazar di Casablanca. E riguardo al tradimento? Accidenti, aveva ammesso lui stesso di essere un playboy. Non avrebbe mai potuto essere l'uomo con cui avrebbe voluto trascorrere il resto della sua vita. No, mai, assolutamente no. Sì, certo. Era esattamente così e il suo cuore era coinvolto al cento per cento.

Che cosa le avrebbe detto quella sera? Se, una volta tornati in città, lui le avesse detto che era finita, che sarebbero stati liberi di frequentare altre persone, sarebbe riuscita a sopportarlo? Lei non voleva frequentare nessun altro. E lui? "Lei pensava di no. Sembrava molto preso da lei, dai bambini e dalla piccola famiglia che avevano temporaneamente creato. Era stato attento ai suoi bisogni, l'aveva aiutata, le aveva sempre offerto il pranzo e la cena e aveva trascorso del tempo con entrambi i bambini. E in camera da letto? Il paradiso. Accidenti. Doveva finire adesso?

Si sentiva le lacrime agli occhi, ma si trattenne. *Ricorda cosa diceva la nonna: 'Non cercarti i problemi. Prima o poi verranno a bussare alla tua porta.'*

Ne aveva già avuto una montagna e aveva il cuore spezzato. Non era arrivato il momento di avere un po' di sollievo e di felicità? Lei fece un profondo respiro tremante.

"Terrò occupati i bambini fino a quando andranno a letto. Stasera presto."

"Bene. Ci vediamo dopo la partita." Le diede un dolce bacio prima di dirigersi verso la camera da letto e chiudere la porta.

L'hamburger di Homer le si riproponeva nello stomaco. Doveva smettere di pensare al suo discorso con Rusty o ne avrebbe fatto una malattia. Doveva concentrarsi sui bambini.

"Leggiamo due capitoli. Forse anche tre, se avremo il tempo. Ok?"

I bambini annuirono e si rannicchiarono accanto a lei. Mise un braccio intorno a ciascuno.

"Stasera, Tommy girerà le pagine. Va bene?"

"Va bene. Io l'ho fatto ieri sera," disse Charlie.

Alla luce della "discussione" che lei e Rusty avevano programmato, Meg strinse i bambini a sé. Grata di averli, segnò quel momento nella sua memoria. Quando aveva perduto John, prendersi cura di Charlie le aveva dato il massimo conforto. Nessuna parola gentile, nessun fiore e nessuna pietanza riscaldava il suo cuore addolorato quanto abbracciare Charlie. Nessuna espressione di affetto la calmava come curare il cuore spezzato di suo figlio.

Tommy si era attaccato rapidamente a Meg. Lei aveva accolto il suo bisogno di avere una madre. L'aveva ascoltata e le aveva obbedito fino a quando non si era sentito abbastanza a suo agio da non farlo. Di tanto in tanto la metteva alla prova e lei lo stringeva a sé con una mano forte ma amorevole, dandogli la sicurezza che bramava.

Tutto questo sarebbe finito? Avrebbe perso Tommy quando sarebbero tornati in città? Ricordò a sé stessa che lui apparteneva a Rusty, non a lei. Non aveva alcun diritto su quel bambino. La rattristava pensare che, a settembre, lui se ne sarebbe andato, insieme a Rusty.

Costringersi a concentrarsi sulla lettura la calmò. Non aveva alcun motivo di temere il peggio prima che succedesse. E se il suo destino fosse cambiato, permettendole di tenersi Tommy e Rusty? Quel pensiero la fece sorridere.

"Cerchiamo di vedere il lato positivo," disse lei.

"Quale lato positivo? Joe Hardy è intrappolato in una grotta," disse Charlie.

"E l'acqua sta diventando alta," ribatté Tommy.

Meg rivolse di nuovo lo sguardo alla pagina stampata. "Avete ragione. Ha bisogno di aiuto."

Come me. Dopo averlo finalmente ammesso a sé stessa, Meg riprese a leggere ad alta voce. Roberta non le aveva detto una volta che ammettere di aver bisogno di aiuto fosse il primo passo per ottenerlo? Meg lo sperava. Si era stancata di lottare da sola da più di un anno. La discussione che l'aspettava quella sera le avrebbe dato un futuro?

Finito il capitolo, mise i bambini a letto e diede loro il bacio della buonanotte.

Meg spense la luce e si diresse verso il portico, con il cuore in gola. Era passato un sacco di tempo da quando aveva voluto qualcuno nel modo in cui voleva Rusty.

Aveva scelto l'uomo sbagliato? Beh, in realtà non l'aveva scelto. Si erano ritrovati nella stessa stanza al buio. Totalmente per caso, a meno che Fred e Roberta non l'avessero programmato. Improbabile. Il destino li aveva fatti incontrare. Una forza irresistibile era entrata in gioco e adesso regnava l'amore.

Lei aprì la porta ed ebbe un sussulto. C'erano cinque candele accese sul portico. Al suo posto, c'era un bicchiere alto e ghiacciato di qualcosa, insieme a un piatto di gelato alla menta con le gocce di cioccolato, il suo preferito. Rusty, con addosso un accappatoio, era seduto al suo posto.

"Perché ci hai messo tanto?" Lui sorrise.

Lei guardò l'orologio. "La partita è già finita?"

"Ha iniziato a piovere."

Lui si alzò e la aiutò a sedersi.

Lei sorrise e si sedette. "È bellissimo."

"Tè alla menta. Il tuo preferito."

Lei annuì. "Te lo ricordavi."

"Mi ricordo tutto di te, Meg."

"Davvero?" Lei iniziò a sorseggiare il tè, poi prese il cucchiaio.

"Mi ricordo il modo in cui hai subito accolto Tommy. Come lo tieni stretto mentre leggi per lui. Ricordo di essermi svegliato ogni mattina con l'aroma del caffè appena fatto da quando sei arrivata qui. Ricordo il tuo buon sapore, sopra e sotto i fianchi. Il suono delle tue risate, le tue domande sul baseball, il modo in cui hai gestito il serpente."

"Ti ricordi molte cose." Lei arrossì sulle guance.

"Ma soprattutto ricordo quanto mi fai stare bene. A letto. Fuori dal letto. Tutto il tempo."

Si sentì sopraffatta dalla voglia di piangere. Non riuscì a controllare le lacrime, che iniziarono a scivolarle sulle guance. Era passato tanto tempo da quando qualcuno le aveva detto quelle parole.

"Non piangere, tesoro." Rusty le asciugò le lacrime.

"Non ci riesco. È solo che..." Lei non riusciva a trovare le parole. Si sporse in avanti e lo baciò. Prendendo il tovagliolo, Meg si asciugò il viso, poi fece un respiro, profondo e tremante. "E quando torneremo in città? Non voglio essere esistente, ma dopo ciò che ha detto Maria..."

La sua voce si affievolì mentre i loro sguardi si incrociavano.

"Lascia perdere quello che ha detto. Lei non conta. Voglio vederti quando torneremo. Non voglio forzarti, se non ti senti pronta. Ma io non voglio perderti."

"Io mi sento pronta."

"Ne sei sicura? Perché io ne sono più che sicuro. Ho chiuso con Maria e con tutte le altre Maria, per sempre." Rusty strinse le dita intorno al bicchiere pieno che aveva davanti.

"Davvero?" disse Meg, con un tono di voce squillante.

"Finora, per me la parola famiglia non significava niente di buono. Significava assillo, controllo, lamentele e regole, come una camicia di forza."

"Che cosa ti ha fatto cambiare idea?"

"Abbiamo vissuto come una famiglia sin dall'inizio. Ok, non andavamo a letto insieme, ma c'era tutto il resto."

"A parte il fatto che non facevamo che litigare."

"Non tutto il tempo. Qualche volta." Rusty bevve un sorso.

"E?"

"E, dopo aver accettato di fare una tregua, mi è piaciuto quello che siamo diventati."

"Intendi una famiglia?"

"Già. Ho sbagliato tutto. Una famiglia non ti costringe, ti rende libero."

"È quello che ho sempre pensato."

"Non intendo impicciarmi, ma è questo che hai avuto con John?"

"Sì. Eravamo vicini, molto vicini. Quando non lavorava, stavamo sempre insieme."

"Un po 'come noi?"

"Quello che abbiamo noi due è diverso. Diverso in senso buono." Lei gli mise una mano sull'avambraccio.

"In che senso?" Lui appoggiò la mano sulla sua.

"Tu mi porti qualcosa di nuovo. Come il baseball. Pensavo fosse uno sport stupido perché non lo conoscevo. Pensavo che colpire una palla con un bastone di legno fosse noioso. E che chiunque potesse farlo. Mi sono resa conto che richiede grandi abilità atletiche. Mi piace quello sport. Riesco a vedere le sue difficoltà. E poi c'è Tommy."

"Oh, sì. Mio figlio. È una peste." Rusty scosse lentamente la testa.

"È delizioso. Curioso, originale, brillante, creativo e affettuoso. Charlie lo adora. E anch'io."

Rusty aveva gli occhi lucidi. "Avevo rinunciato a cercare una donna che volesse fargli da madre."

"È un bravo bambino."

"Non sono stato molto bravo come padre. Non era nei miei programmi. Non avevo idea di come crescere un figlio e di come fare il padre. Contavo su Angela, ma lei se n'è andata. Non ho avuto su un aiuto. Credo di aver commesso tutti gli errori possibili." Rusty si asciugò gli occhi.

"Ma tu lo ami e lui lo sa. Questo è ciò che conta. Il risultato."

"Nell'istante in cui è nato, mi sono sentito spacciato. Mi sono innamorato di lui. E lo amo da quel momento."

"È evidente."

"Bene. Ho imparato un sacco di cose da te su come essere un genitore. Sei una madre fantastica. Paziente, altruista, tutte ciò che io non sono."

Lei abbassò lo sguardo. "Ci provo. È più difficile senza John. Charlie ti ammira molto. Non avergli insegnato il baseball è stato un errore. Sembra che ami quello sport."

"Non sono sicuro di piacerti quanto Frank Todd." Rusty sorrise.

"Che si fotta Frank Todd."

"Penso che fotterti fosse proprio ciò che Todd aveva in mente."

Lei scoppiò a ridere. Rusty la baciò.

"Non sono molto bravo con le parole. Voglio stare con te. Allora? Che ne dici?"

"Dico di sì."

"Basta preoccupazioni riguardo a Maria?" Lui aggrottò la fronte.

"Certo." Lei scosse la testa.

"Facciamo un brindisi?" Lui alzò il bicchiere e lei fece lo stesso. "A Meg, Rusty, Charlie e Tommy. Che possano essere felici insieme per sempre."

Meg deglutì. Per sempre è un sacco di tempo. Era una proposta di matrimonio? Una proposta di andare a convivere? Di diventare trombamici? O un'infinita relazione di appuntamenti? Iniziò a sudare per il panico. Si asciugò il labbro superiore. Non fare domande. Di' di sì e lo capirai dopo, si disse.

"Felici insieme," ripeté lei. Brindarono e bevvero.

LE SERATE SI RINFRESCAVANO sempre di più con l'avvicinarsi di settembre. Mentre gli alberi erano ancora verdi, non ci sarebbe voluto molto prima che il loro colore diventasse dorato, arancione, persino rosso, come per magia. Il nuovo anno scolastico stava per cominciare. Rusty era riuscito a sistemare le cose con suo figlio abbastanza da soddisfare l'assistente sociale della scuola? Lei aveva mandato delle risposte incoraggianti alle sue e-mail settimanali. Avrebbe riportato un bambino diverso nella sua scuola e sperava che riconoscessero i progressi di Tommy.

Si sentiva felice. Dopo aver parlato del loro futuro insieme, lui si rilassò. Scuotendo la testa, non capiva che cosa lo avesse spaventato così tanto del matrimonio. La risposta? Non aveva incontrato Meg.

"Che ne dite di un'altra giornata al lago?" Lei spalmò il burro su una fetta di pane tostato.

"Oggi?" Rusty prese una forchettata di uova.

"Sì!" risposero i bambini all'unisono.

"Per me va bene." Rusty diede un'occhiata al calendario appeso al muro. "Questo è il fine settimana della Festa del Lavoro."

"Charlie e io dobbiamo tornare per la Festa del Lavoro. La scuola inizia due giorni dopo e io devo tornare in anticipo."

"Dobbiamo andarcene?" chiese Tommy.

Rusty annuì. Come poteva lasciar andare Meg? Certo, avevano deciso di vedersi in città, ma non era un grande impegno. Non come se fossero fidanzati. Si può fare la proposta a una donna che si conosce da solo due mesi? Quell'idea lo spaventava a morte. Ma, una volta tornata a New York, avrebbe potuto conoscere un altro uomo.

Mentre Meg preparava gli asciugamani e gli snack per la gita al lago, Rusty ripuliva la cucina. Con la fronte aggrottata, esaminò le sue opzioni. Non era il tipo d'uomo cui mancava la fiducia in sé stesso, ma con Meg si sentiva un adolescente alle prese con la prima cotta. Diversamente dalle altre donne che aveva frequentato, Meg aveva un carattere indipendente, che lui ammirava e temeva allo stesso tempo. Se avesse dubitato di lui, se ne sarebbe andata senza pensarci due volte. Giusto?

Lei non avrebbe mai accettato un fidanzamento così in fretta. E neanche lei si sarebbe impegnata troppo velocemente. Avrebbe dovuto pensare a come affrontare la situazione. Quando finì di lavare i piatti, si sentì tirare la maglietta.

"Andiamo, papà. Vestiti. Noi siamo pronti."

Rusty si asciugò le mani, poi indossò il costume da bagno e si diresse verso la macchina.

"Caffè al Java the Hut e pranzo al sacco al Cozy?" Lui si mise al volante.

"Ottima idea." Meg gli diede un bacio sulla guancia.

Rusty accese la macchina e si diresse verso la famosa caffetteria. Una volta arrivati a Cedar Lake, lui prese il cibo e Meg prese la borsa da spiaggia con gli asciugamani. I bambini si misero a correre.

"Il nostro ultimo giorno qui." Lui sospirò.

"Già. Lo so. Non sono pronto per tornare in città."

"Anche tu?"

Lei annuì.

"Nemmeno io." I loro sguardi si incrociarono. "Penso di essere innamorato di te," disse lui, prima di riuscire a fermarsi."

"Davvero?"

Lui arrossì sulle guance. L'aveva detto. Adesso non poteva rimangiarselo.

"Sì. Davvero. Sei fantastica."

"Anch'io."

"Anche tu pensi di essere fantastica?" Lui spalancò gli occhi.

Lei gli diede una pacca sulla spalla. "No, scemo. Anch'io mi sto innamorando di te."

Il cuore gli balzò in gola. "Dici sul serio?"

"Sì."

Rusty lasciò cadere la borsa e afferrò Meg. La strinse forte tra le braccia e la baciò profondamente. Gli strinse le braccia intorno al collo. Il suo corpo morbido si fuse con il suo, spingendolo a portare il loro bacio al livello successivo. Lui cercò di mantenere il controllo e fece un passo indietro. Gli occhi le brillavano e un sorriso le illuminava il viso.

"Allora sposami."

Lei spalancò la bocca. "Che cosa?"

Cazzo, la sua bocca aveva deciso di fare gli straordinari senza consultare il suo cervello, vero?

"Ti ho chiesto di sposarmi."

"Oh, mio Dio. È così, così..."

"Improvviso?"

"Sì."

"Viviamo come se fossimo sposati da un paio di settimane ormai. Mi piace. A te non piace?"

"Sì che mi piace."

"Ah, queste sono le parole che volevo sentire."

Lei scoppiò a ridere.

"Allora? Vuoi sposarmi?" Il cuore iniziò a battergli all'impazzata e il suo respiro si fermò per un secondo.

"Hai ragione. È così. Anche a me piace, quindi credo che la mia risposta sia, sì, voglio sposarti."

Una folla esultante, fischi e campane iniziarono a risuonargli nella testa! Non riusciva a crederci.

"Vuoi farlo? Davvero?"

"Sì. Non volevi che lo facessi?"

"Oh, certo. Proprio così. Piccola.

Tesoro. Meg. Lo voglio."

Rusty la abbracciò, facendola ruotare su sé stessa. I bambini si fermarono a guardare.

Quando lui la mise giù, lei li guardò. "Ci sposeremo!"

Charlie e Tommy copiarono a ridere e si diedero il cinque, correndo dai loro genitori per un abbraccio di gruppo.

Rusty alzò gli occhi al cielo.

"Il cielo si sta annuvolando. Andiamo a fare il bagno prima che si metta a piovere. L'ultimo che si tuffa è uno scemo." Lui iniziò a correre, sentendo le risate di Meg alle sue spalle.

Capitolo Sedici

Meg stava sistemando la biancheria.

"Penso che questa sia la maglietta di Tommy. È questa verde non è la tua?"

Rusty stava sparecchiando la tavola. "Odio tutto questo."

"Che cosa? Sistemare il bucato? Tutti odiano il bucato. È universale."

"Fare le valigie. Questo è tuo, questo è mio. Niente è nostro." Lui si asciugò le mani su un canovaccio.

"Un giorno avremo qualcosa di nostro."

"Non abbastanza presto per me."

"Hai fretta di sposarti?" Lei lo guardò.

Lui le mise le mani intorno alla vita. "Ho fretta di avere quello che mi spetta."

"Quello che ti spetta? E che cosa sono io, una miniera d'oro?"

"Perfetto. Lo sei. La mia miniera d'oro."

Lei lo spinse delicatamente. "Non appartengo a nessuno, tranne a Charlie."

"Quando saremo sposati, apparterrai a me."

"E tu apparterrai a me, Mister Playboy." Lei si mise le mani sui fianchi.

"Lo farò."

"È un problema per te?"

"Deve essere una strada a doppio senso, no?"

"Credo di sì. Ma non ero sicuro di come la pensassi."

"Però hai accettato di sposarmi."

Lei abbassò lo sguardo, nascondendo i suoi sentimenti. "Lo so. Sono stata stupida, eh?"

Lui la strinse a sé. Non stupida. Furba come una volpe. Noi siamo fatti per stare insieme, Meg. Lo sanno anche i nostri figli."

Le sue parole le riscaldarono il cuore. "Vero." Lei lo guardò negli occhi, felice di vedere il bagliore dell'amore che gli illuminava lo sguardo. Passandogli le mani sul petto, gli mise le braccia intorno al collo.

"Hai voglia di...?" Lui sollevò un sopracciglio.

"Non mentre i bambini sono ancora svegli. Che cosa stanno facendo?" Lei si allontanò.

Coco si avvicinò e si sedette, rivolgendo l'attenzione al suo barattolo degli snack. Meg lo aprì e gliene diede due.

"Stanno guardando un film."

Meg guardò fuori. "La pioggia sta aumentando."

"Secondo la radio, sta per arrivare un forte temporale." Rusty la raggiunse davanti alla finestra. Le mise il braccio intorno alle spalle.

Lei aggrottò la fronte mentre osservava le nuvole scurirsi e la pioggia cadere sul portico.

"Non è un buon segno."

"Stiamo bene, vero? Abbiamo cibo, batterie e altro nel caso in cui vada via la luce?"

"Controlliamo."

I due adulti si separarono. Rusty esaminò l'estintore e le torce. Meg aprì il frigorifero e gli armadi, facendo un inventario mentale.

"Abbiamo cibo. La stufa a gas dovrebbe funzionare anche se le luci si spegnessero."

"Candele?" Rusty alzò la mano prima di aprire tutti i cassetti della cucina finché non ne trovò una piccola scorta. "Trovate." Lui ne prese una manciata.

Charlie e Tommy si fermarono sulla soglia della cucina. "Il film è finito."

"Facciamo i popcorn e guardiamone uno insieme. Hai portato qualche film, Tommy?"

"Abbiamo In fuga a quattro zampe. L'hai mai visto?"

"Io no. Charlie?" Meg si rivolse a suo figlio. Lui scosse la testa.

"Tu prepara i popcorn, io vado a prendere il film," disse Rusty.

Meg prese anche un paio di coperte, perché la tempesta aveva rinfrescato l'aria.

Rusty e Meg si accoccolarono con i loro figli mentre il vento soffiava tra le foglie e tra i rami, facendoli sbattere sulla casa. La pioggia batteva forte sulle finestre, tanto che Meg pensò che fosse grandine. I bambini si addormentarono davanti alla televisione. Rusty li portò a letto e Meg li mise sotto le coperte.

"Abbiamo ancora un po' di legna secca. Accendiamo il caminetto, madame?" le chiese inchinandosi.

"Oh, sì. Fa davvero freddo." Lei coprì i bambini con le altre coperte.

Quando Rusty accese il caminetto, andò via la luce. Meg sobbalzò per il buio improvviso.

"Tempismo perfetto." Rusty si alzò in piedi. Provò gli interruttori della luce della stanza e quello sopra la porta d'ingresso. "Buio."

Meg avvicinò le mani al fuoco. "È confortevole."

"Non hai paura?" Lui la raggiunse sul divano.

"No. È solo un temporale." Le foglie di un ramo che svolazzavano vicino alla finestra panoramica accarezzarono il vetro. Rusty era in piedi sulla soglia.

"Sta volando un sacco di roba in giro. Il vento è molto forte."

Meg lo raggiunse, scivolando sotto il suo braccio e mettendogliene uno intorno alla vita. Lui la abbracciò.

"Amo i temporali." Meg sorrise.

"Davvero? Esistono dei bei temporali?"

"Se non devo uscire. E sono al sicuro e al caldo. Mi piace guardare la furia della natura qualche volta."

"Sei divertente. La maggior parte delle donne avrebbe paura."

"Dopo aver passato ciò che ho passato io, non ci sono più molte cose che possano spaventarti." Lei sospirò.

Lui annuì. "E i ragni?"

"I ragni? Mi terrorizzano. Odio quelle bestie. Accidenti. I ragni sono tutta un'altra storia." Lei rabbrividì, facendolo ridere.

Le strinse la spalla e le diede un bacio sulla testa. Il tetto spiovente li manteneva abbastanza asciutti. Ma la pioggia continuava a colpire i loro volti mentre il vento soffiava prima in una direzione, poi in un'altra. I pini erano quasi piegati a metà, mentre Madre Natura si dava da fare con loro.

A Meg sembrò appropriato che il loro tempo a Pine Grove finisse con tale impeto, con gli elementi che laceravano la terra e il lago con una ferocia che costringeva piante e animali a inchinarsi con riverenza.

"ANDIAMO. I RAGAZZI stanno dormendo. Andiamo a letto." Rusty le prese la mano e la portò sul divano.

"Qui?"

"Davanti al fuoco."

Lei annuì, ridacchiando, mentre gettava i cuscini del divano sul pavimento, non molto lontano dalle fiamme. Lui si tolse la felpa dalla testa e si sdraiò.

"Ora tocca a te." Lui la guardò con uno sguardo famelico.

Meg si prese il suo tempo. Ma, quando rimase solo in mutande, rabbrividì. Il fragore della tempesta aveva portato in casa un'atmosfera autunnale. Lei prese la coperta e raggiunse Rusty.

Lui le appoggiò la spalla sui cuscini e si sollevò. Mettendosi sopra di lei, la baciò. Cercando il calore del suo corpo, Meg si strinse a lui. Lei aprì le gambe e lui si sistemò tra di loro. Mettendogli le braccia intorno al collo, lei aprì le labbra. Le loro lingue iniziarono a danzare.

Lui esplorò la sua bocca mentre lei incollava i fianchi ai suoi. Meg gli mise una gamba intorno ai fianchi, affondando le dita dei piedi nel cuscino.

Il calore del fuoco aumentava il calore del suo corpo. Lui le appoggiò una mano sul seno e iniziò a stuzzicare il suo capezzolo. Lei inarcò la schiena. Lui si sedette a guardarla, appoggiandosi sulle anche.

"Sei bellissima quando sei eccitata." Le strinse e le accarezzò il seno, piegando la testa per iniziare a leccarlo.

"Accidenti. Quando fai così." disse lei dolcemente.

"Sì? "Ti piace?"

"Lo adoro."

Lei allungò la mano, cercando il suo cazzo. Lui si spostò e lei trovò il suo obiettivo.

"Duro come l'acciaio. Ti chiamerò l'Uomo d'acciaio." Lei lo guardò negli occhi.

Lui scoppiò a ridere. "Merito tuo."

"Davvero?"

"Certo. Anche pensare al tuo corpo nudo lo fa diventare così."

Lei gli sorrise. Era un uomo molto sincero. Era davvero stato il playboy che dicevano su Internet? Gli accarezzò i capelli con le dita e lo baciò.

"Sarebbe meglio se ti fermassi." Lui l'esposto delicatamente la mano.

"Ma a me piace."

"Sì, beh, anche a me. Ma non se vuoi che questo duri."

Lei fece un'espressione imbronciata. Lui fece scivolare le mani lungo il suo corpo, accarezzando le sue colline e le sue valli. Quando arrivò in cima alla coscia, la afferrò, stringendo le dita intorno alla sua carne. Con i pollici, attaccò il suo clitoride. Iniziò a baciarle l'addome e appoggiò le mani sulla sua vagina, poi cominciò a leccarla con la sua lingua impaziente. Lei sollevò i fianchi mentre si abbandonava alla sua magia, aumentando la tensione sessuale dentro di lei.

"Oh, mio Dio. Rusty."

Una piccola risatina gli sfuggì dalla gola.

"Sto per venire."

"Fallo." Lui la tenne stretta, facendo scivolare due dita dentro di lei mentre la sua lingua continuava a leccarla.

Meg cercò di trattenersi il più possibile, ma non ci riuscì. L'intensità raggiunse il culmine e lei ebbe un intenso orgasmo. Strinse i muscoli e iniziò a muovere i fianchi.

"Cazzo!"

"Shhh. Non svegliare i bambini."

"Ci ho provato."

"Volevo che lo facessi."

"Ma io volevo che succedesse con te dentro di me."

"Possiamo rifarlo anche così. Non c'è fretta."

Lei guardo fuori dalla finestra. La tempesta infuriava ancora e il fuoco bruciava mentre lei gli accarezzava il petto con le mani. La sua pelle, i suoi muscoli e i soffici peli che rivestivano il suo petto la fecero eccitare un'altra volta. Accidenti. Lei lo voleva.

"Anch'io potrei farlo a te, lo sai?"

"Oh?" Lui inarcò un sopracciglio. "Un'offerta?"

Lei si sollevò e lo spinse giù. Meg si sedette sopra di lui e lo prese in bocca.

"Che cosa vuoi fare?" Lui cercò di alzarsi, ma lei lo spinse giù.

"Zitto. So cosa sto facendo." Lei gli lanciò un'occhiata e lui chiuse la bocca.

"Se ne sei sicura..."

"Shhh. Lei si spostò e incrociò le gambe sotto di sé. Prendendosi il suo tempo, trovò l'equilibrio e iniziò a stimolarlo. Dopo aver roteato sulla punta con la lingua, se lo mise tutto in bocca. Lei sorrise al suo gemito. Come voleva, adesso Meg l'aveva in suo potere.

Lei si prese del tempo, scivolando su e giù lungo la sua asta, succhiando più o meno forte quando lo riteneva opportuno. Lui rimase immobile, tranne per i gemiti di piacere che gli uscivano dalla bocca. Con gli occhi chiusi, si passò le dita tra i capelli corti mentre lei lavorava su di lui. Lei lo sentì contrarsi, così aumentò la pressione. Lui cominciò a parlare.

"Non fermarti. Sto per venire. Ti avverto. Sto per venire."

Lei voleva farlo venire. Come previsto, dopo un minuto, lui venne, riempiendole la bocca con il suo sperma. Lei deglutì, lo leccò e si sedette sulle anche.

"Te l'avevo detto." Lui aprì gli occhi.

"Lo so. Volevo che lo facessi."

"Sei fantastica. Dove hai imparato a farlo? No!" esclamò lui, alzando la mano. "Non dirmelo."

"Lascia che resti per sempre un mistero," gli rispose.

"Guardandoti, nessuno lo sospetterebbe mai. Un'insegnante. Non l'avrei mai detto." Lui scosse la testa.

"Nessuno sospetterebbe cosa?" Lei inclinò la testa.

"Che tu sapessi così tanto riguardo al sesso."

Lei scoppiò a ridere. "Sono stata sposata per dieci anni."

Lui le prese la testa con entrambe le mani e le si avvicinò per darle un bacio. "È stato fantastico. Ti amo."

Mentre le lacrime le offuscavano la vista, lei sorrise. "Anch'io ti amo."

Che cosa stava dicendo? Come poteva amare un uomo diverso da John? Una sensazione di tradimento le rimbombò nella pancia. Ma lui era stato un uomo pratico. John non avrebbe voluto che lei restasse da sola per sempre. Avrebbe voluto qualcuno che si prendesse cura di lei e anche di Charlie. Aveva già accettato di sposare Rusty e ora gli aveva detto di amarlo, cosa che sapeva da secoli ma che non aveva mai ammesso prima. Quelle parole le erano uscite dalla bocca come se fosse abituata a dirgliele ogni giorno.

Lui le appoggiò la mano sulla guancia. "Dillo di nuovo."

"Ti amo."

"Ne sei convinta? Davvero?"

"Non dico mai quello che non penso."

Lui sospirò. "Sono l'uomo più fortunato del mondo."

Un rumore forte interruppe la loro intimità. Meg fece una smorfia. "Che diavolo è stato?"

"Qualcosa è caduto sul tetto. Vado a dare un'occhiata." Lui si infilò la felpa e si diresse verso la porta d'ingresso. Dopo qualche minuto, ritornò in casa.

"Un grosso ramo è caduto sul tetto. Non penso che lo abbia bucato, però."

"Bene. Un'inondazione in casa è l'ultima cosa di cui abbiamo bisogno."

Rusty si spogliò, le prese la mano e la strinse a sé. "Sembra che il temporale non abbia intenzione di calmarsi. Facciamoci un pisolino."

Lui si distese e la strinse a sé. Rusty sollevò le coperte mentre lei gli appoggiava il braccio intorno alla vita, poi si addormentarono.

MEG SI SVEGLIÒ PER prima. Il fuoco si era spento e la casa si era raffreddata. Rabbrividendo, lei mise una coperta intorno ai loro corpi e si precipitarono in camera da letto.

Lei indossò i pantaloni della tuta e una felpa. Uno strano suono ululante attirò la sua attenzione dalla porta principale. Coco cominciò ad abbaiare. All'esterno, la pioggia si era calmata. Un piccolo fiume d'acqua scorreva per la strada, travolgendo tutto sul suo cammino. L'acqua era salita fino all'ultimo gradino. Lei rimase a guardare mentre il vento infuriava. Guardando a sinistra, il cielo era quasi nero. Le nuvole vorticavano furiosamente. Lei vide un piccolo tornado.

"Un tornado? Qui?" Lei spalancò gli occhi e la bocca.

L'oscurità si avvicinava. Impotente, Meg si alzò in piedi e rimase a guardare mentre il tornado si avvicinava alle case. I detriti volavano in cerchio. Il vento lanciava piccoli rami e ramoscelli contro la casa. La sporcizia la travolse, costringendola a tornare dentro casa. Chiuse la porta e andò davanti alla finestra.

Un ramo più grande le venne contro, schiantandosi sul vetro e rompendolo. Meg fece un salto indietro appena in tempo per evitare di essere colpita dalle schegge. Alzò lo sguardo quando il tornado colpì un enorme albero.

Lei udì un rumore forte, poi uno scoppio intenso, che fece tremare tutta la casa. Cadendo per terra, Meg si rialzò in piedi. I bambini iniziarono a strillare. Rusty gridò. Meg corse nella stanza dei bambini, dove un ramo aveva colpito una delle finestre. Charlie e Tommy scesero dal letto.

"Papà!" Tommy corse da suo padre, ma si fermò bruscamente davanti alla porta. Rusty, avvolto nella sua vestaglia, si era appoggiato al muro.

Meg si mise una mano davanti alla bocca aperta. Uno dei tronchi del grande albero vicino alla casa si era schiantato sul tetto. Alcuni rami pendevano dal letto.

"State bene?" borbottò lei.

"Sì. Più o meno. Ma che cazzo è?"

"Era un tornado. L'ho visto."

"Gesù. Un tornado?" Rusty la guardò, allacciandosi la vestaglia.

Qualche minuto dopo, Meg superò lo shock. "Bambini! Tornate nella vostra stanza. Prendete le vostre cose. Non possiamo restare qui."

"Chiamo Fred."

"E i vigili del fuoco," aggiunse lei.

I bambini corsero in camera. Rusty le prese il braccio. "Stai bene?"

Lei non si era accorta che stava tremando. "Penso di sì."

Lui la abbracciò. "Devo vestirmi. Dobbiamo andarcene da qui prima che crolli la casa."

Rusty si vestì in due minuti e prese il telefono. Meg chiamò i vigili del fuoco. Dopo pochi minuti, sentirono avvicinarsi una sirena. Tommy e Charlie si vestirono a tempo di record e misero il resto delle loro cose nelle valigie.

Rusty caricò le loro cose in macchina.

"Mamma! E le salamandre?"

"È ora di lasciarle di nuovo libere. Andiamo. Mentre i vigili del fuoco controllano tutto, noi andremo sul retro. Non sta piovendo. Charlie, puoi prendere la teca?"

"La prendo io." Rusty li raggiunse. "I bagagli sono in macchina." Lui si rivolse ai pompieri. "Torneremo tra qualche minuto."

Aprirono la porta sul retro e si diressero verso il bosco. Meg teneva Coco al guinzaglio.

"Mi ricordo dove le abbiamo trovate." Charlie fece strada. Tommy lo seguì.

"Qui!" disse Charlie, indicando.

Con il diluvio degli ultimi giorni, il ruscello si era ingrossato. Adesso scorreva virtuosamente.

"Mamma. Staranno bene? Guarda l'acqua."

"Mettile accanto al ruscello. Possono decidere se entrare in acqua o restare a terra."

I bambini annuirono.

"Chi vuole andare per primo?"

Tommy alzò la mano.

Convinta che i bambini non riuscissero a distinguere le salamandre, lei rispettò i loro desideri. Rusty mise la teca per terra.

"Tommy, prendi Hardy e mettila giù. Con delicatezza. Ricorda, le salamandre sono fragili."

Tommy seguì le istruzioni. Nel momento in cui Hardy toccò terra, scappò via, allontanandosi velocemente, per quanto le sue zampette potessero permetterlo.

"Sei libero, Hardy," disse Tommy, asciugandosi una lacrima dalla guancia.

"Ora tocca a te, Charlie. Prendi Frank."

"Non Frank. Rusty," la corresse Charlie.

Meg lanciò un'occhiata a Rusty. Sentì un nodo in gola e le lacrime minacciavano di uscirle dagli occhi. "Ok. Frank. Rusty. È lo stesso. Delicatamente ora, Charlie."

Il bambino si avvicinò e mise l'altra salamandra accanto alla prima. "Sono amici. Devono restare uniti."

Meg annuì. Le parole le si bloccarono in gola. Come aveva potuto dubitare di Rusty e di cosa significasse per lei e Charlie?

I bambini dissero addio alle loro salamandre. Meg mise loro un braccio intorno alle spalle e si diressero verso casa.

Rusty prese la teca. "Te la porti a casa?"

"Certo."

Era quasi arrivato il momento di tornare in città comunque. Forse, invece di andare in un motel, avrebbero dovuto semplicemente tornare a casa? Meg sentì una fitta al cuore. Non voleva andarsene. E sicuramente non prima del previsto. Non c'era nulla che potessero fare. I vigili del fuoco avevano già dichiarato la casa inabitabile. Lei sospirò.

"Non vuoi andartene?" Rusty la guardò.

"Mi hai letto nel pensiero."

Lui le prese la mano. "Siamo in due."

"Penso che siamo in quattro."

MENTRE SI AVVICINAVANO alla casa, videro chiaramente l'albero che era caduto sul tetto. Rusty prese la teca e la mise nel bagagliaio dell'auto di Meg.

"Come l'ha presa Fred?"

"Non bene. Mi ha detto che lui e Roberta hanno fatto pace e vogliono tenersi la casa. Ma hanno speso così tanti soldi per gli avvocati divorzisti che non hanno i soldi per ripararla. Quindi, devono venderla. Chi comprerà una casa con un enorme buco nel tetto?"

"Niente assicurazione?"

Rusty sollevò le spalle. "Non lo so. Adesso dovrà pensarci Fred."

Finirono di mettere le valigie nei bagagliai.

"Un ultimo pranzo da Homer?" Rusty chiuse il suo bagagliaio.

"Certo."

"Voglio andare in macchina con Tommy e Rusty."

"D'accordo, Charlie."

Sola durante il breve tragitto verso il ristorante, Meg si chiese cosa sarebbe successo adesso. Sarebbero rimasti insieme? Lei non aveva ancora nessun anello, ma gli aveva detto di sì. Sarebbe riuscita a superare il suo senso di colpa? Doveva prendere in considerazione Charlie. Lui aveva bisogno di un padre e adorava Rusty.

Homer aveva acceso il fuoco. Rusty gli diede dieci dollari per avere il tavolo più vicino al fuoco. Ordinarono hamburger. Anche se fuori faceva freddo, i bambini avevano preso un po' di pane ed erano usciti per dare da mangiare alle anatre. Mentre aspettava che portassero il cibo, Meg affrontò Rusty.

"Che cosa faremo adesso?"

"Ritorniamo in città, no?"

"No, intendo noi due. Che cosa faremo adesso?"

"Ci frequenteremo. Andremo a comprare un anello. Sceglieremo la data?"

"Davvero?"

"Perché aspettare? Sappiamo quant'è bello ciò che abbiamo. È solido. Sposiamoci." Lui si spostò sulla sedia.

"Sei uno spasso. Sei il più grande playboy del mondo e ora hai fretta di sposarti?"

"Se siamo d'accordo che è la cosa giusta, non capisco perché dovremmo aspettare." Lui prese un panino dal cestino sul tavolo.

"Perché due mesi sono pochissimi. È una follia."

"Ma abbiamo vissuto insieme. Non abbiamo cominciato con un appuntamento al buio. Beh, in realtà abbiamo cominciato proprio così, no?"

"Ritorna nel mondo reale. Come possiamo farla funzionare?"

"Ci sposiamo. Ti sbarazzi di casa tua e vi trasferite da me e Tommy."

Meg spalancò gli occhi. "Io? Trasferirmi?"

"Certo. Scommetto che casa mia è più grande."

"Forse."

"Oh?" Lui alzò lo sguardo.

"Pensavi che fossi una povera insegnante? John era un mago di Wall Street. Stiamo bene."

"Grandioso. Ma noi viviamo in un trilocale in un grattacielo. Siamo al trentacinquesimo piano con vista sul parco."

"Bello."

"Andiamo, Meg. Fa' il grande passo. Trasferitevi da me."

I bambini li raggiunsero.

"Ehi, Tommy. Ti piacerebbe se Charlie e Meg si trasferissero da noi?"

"Sarebbe stupendo!" Tommy sorrise.

"Ma la mia scuola? I miei amici?" Charlie aggrottò la fronte.

"Non corriamo troppo." Meg si mordicchiò il labbro.

Il cibo arrivò al loro tavolo. Mangiarono in silenzio per un po'. Charlie si mise in bocca una patatina, poi guardò ò sua madre.

"Non voglio lasciare Pine Grove."

"Che cosa?"

"Non voglio lasciare Pine Grove."

"Non possiamo restare, Charlie. La casa sta per crollare." Lei si pulì la bocca con il tovagliolo.

"Non mi importa. Trova un'altra casa. Voglio restare!" urlò lui.

Dopo ogni risposta di sua madre, il tono di voce di Charlie aumentava. Aveva gli occhi pieni di lacrime continuava a ripetere: "Ma io voglio restare."

La rabbia aumentò nel petto di Meg. "Abbiamo un'altra vita. Dobbiamo tornare a casa."

"Perché? Mi piace stare qui. Voglio che Rusty sia mio padre. E che Tommy sia mio fratello."

Rimasero in silenzio.

"È quello che abbiamo in programma, tesoro." disse Rusty, addolcendo il suo tono di voce. "Ma tua madre ha ragione. Dobbiamo tornare a casa. La stanno aspettando a scuola. E aspettano anche te. Tommy deve tornare a scuola e io devo tornare al mio lavoro."

"Non voglio," disse Charlie, singhiozzando. Rusty abbracciò il bambino. Le lacrime bagnarono gli occhi di Meg. Senza trovare un motivo per tornare a casa, diede a Charlie un bacio sulla testa.

"È così che vanno le cose."

"Lei ha ragione. Ci vedremo in città. Presto vivremo di nuovo insieme." Rusty liberò il bambino.

Lui si asciugò la faccia con un tovagliolo. Rusty pagò il conto e i quattro si diressero in silenzio verso le loro auto. Rusty le aprì lo sportello della macchina.

"Ti chiamo stasera, ok?" Lui la abbracciò.

Lei annuì. Mentre lei entrava, lui le prese il braccio.

"Aspetta. Fissiamo un appuntamento. Il ballo delle World Series. C'è una grande festa al Waldorf ogni anno dopo le Series. Una serata di gala. Vuoi venirci con me?"

"Mi piacerebbe molto. Ma, aspetta!"

Lui si fermò.

"Solo se verrai alla festa del raccolto nella mia scuola."

"Non me la perderei mai. Mandami un messaggio con la data. Io ti dirò quella della festa."

Lei sorrise. Due appuntamenti. Qualunque cosa succedesse, avevano già programmato quei due appuntamenti.

"Perfetto."

"Ti amo," le disse, baciandola.

"Io di più."

"Bleah!" Charlie e Tommy fecero una smorfia. I bambini si strinsero la mano. Rusty abbracciò Charlie e Meg abbracciò Tommy.

"Diventerai la mia mamma?" sussurrò lui.

"Certo."

Lui le diede un bacio sulla guancia e fece un passo indietro.

Meg chiuse lo sportello e accese il motore. Charlie appoggiò la mano sul finestrino. Trattenendo le lacrime, lei uscì dal parcheggio e si diresse verso l'autostrada.

Lei e Rusty erano fidanzati, vero? Allora perché andarsene era così difficile? Perché si sentiva un turbinio di emozioni nel petto? Perché faceva così male?

"Mamma, Rusty ha detto che ci avrebbe procurato i biglietti per i Nighthawks. Possiamo andare a una partita?"

"Certo." Meg sospirò. Sarebbe tornata nella sua casa vuota. Doveva sperare che riuscissero a ottenere la fiamma accesa tra di loro, no? Accidenti, speranza era il suo secondo nome.

Capitolo Diciassette

Rusty entrò con sicurezza nell'ufficio dell'assistente sociale. Si strinsero la mano e lui si sedette di fronte a lei.

"Sig. Reisse, vedo che Tommy è migliorato molto. Certo, sono solo le prime tre settimane, ma è molto migliorato." Sylvia Kaplan abbassò lo sguardo su un documento sulla sua scrivania.

Rusty sorrise. "Ho seguito il suo consiglio."

"Qui c'è scritto che Tommy si aspetta di avere presto una nuova madre."

"È corretto. Mi sono fidanzato."

"Ha fatto presto, eh?"

"Quando si conosce la donna giusta, perché aspettare?"

"Suppongo che dovrei congratularmi con lei, ma mi sembra affrettato."

"Senta, signora Kaplan. Ho trentanove anni, non ventidue. Non sono un novellino. So qualcosa sulle donne. Meg Gunderson è perfetta per me e per mio figlio. Non ho bisogno che lei, o chiunque altro, giudichi la mia scelta."

"Mi dispiace. Ha ragione, signor Reisse. Congratulazioni. Sono contenta per lei. Spero che lei e Tommy sarete molto felici."

"Siamo stati benissimo insieme quest'estate."

"Sono contenta di sentirglielo dire. Sono sicura che Tommy avrà il suo anno migliore in assoluto a scuola."

"Grazie." Rusty si alzò. "Apprezzo la sua preoccupazione per lui."

"È il mio lavoro. Inoltre. Tommy è molto brillante." Lei sorrise.

"Ha preso dal suo vecchio." Rusty sorrise.

Lasciò il suo ufficio così orgoglioso che praticamente si mise a camminare impettito lungo il corridoio. Controllando il telefono, vide diversi messaggi. Due dal direttore della pubblicità dei Nighthawks, Nathan Rocking. E uno dall'ingegnere dello studio. Rusty aggrottò la fronte. La sua vita frenetica si era rimessa in moto.

Doveva organizzare la sua agenda e chiamare Meg. Avrebbero dovuto inserire le cene e le attività familiari in tutta quella frenesia. In viaggio per tre giorni, a casa per due, poi di nuovo in viaggio per nove giorni, a casa per una settimana.

Non si era mai preoccupato di questo prima. Ora i suoi viaggi non riguardavano più solo Tommy. Aveva una famiglia. Beh, una quasi moglie e un quasi secondo figlio da tenere in considerazione. Lui fece un respiro profondo. Non essendo mai stato bravo a pianificare, Rusty doveva imparare a farlo. Suddividere la sua vita in settori era stata la sua priorità per anni. L'aggiunta di Meg e Charlie rendeva solo più complicato un programma che era già quasi impossibile.

Rusty tornò nel suo appartamento. Preparò la valigia e chiamò Meg.

"Ceniamo insieme stasera? Andiamo al Le Mignon."

"Francese? Con i bambini?"

"Lo adoreranno."

"Pensavo che fosse meglio andare da Angelo."

"Pizza?"

"Italiano. È meglio per i bambini."

Rusty si mise la punta della penna in bocca. "Ok. Prenoto subito."

"Alle sei?"

"Così presto?"

"I bambini?"

"Ok. Alle sei. Ti amo, piccola."

"Anch'io ti amo."

Rusty si sedette davanti al computer. Dopo aver prenotato, si spostò sul divano. Stiracchiandosi, guardò il parco. Le foglie stavano appena iniziando a cambiare. I primi playoff dei Nighthawks sarebbero iniziati il giorno dopo, sabato. Il contratto di Rusty gli imponeva di commentare tutti i playoff. Sperava che i Nighthawk vincessero rapidamente, per poter riprendere in mano la sua vita e godersi la bassa stagione. Forse avrebbero potuto organizzare il matrimonio per il Ringraziamento?

Finì di fare i bagagli e si fece una doccia. Aveva in programma di lasciar perdere l'aereo della squadra e di prendere un aereo da solo il sabato mattina invece del venerdì sera. Avrebbe trascorso la notte con Meg, invece che con un mucchio di giocatori sudati e nervosi. Quindi avrebbe dovuto pagare il suo biglietto aereo e partire presto per arrivare in tempo. Trascorrere una notte facendo l'amore con Meg valeva ogni centesimo.

Vestendosi per la cena, si allacciò la cravatta, si pettinò i capelli e mise alcuni oggetti dell'ultimo minuto nella sua valigia. Mise il guinzaglio a Coco, che avrebbe trascorso il fine settimana con Meg e Charlie, e si diresse verso la a scuola per andare a prendere Tommy.

"Ricorda, sii educato. Fa' tutto ciò che Meg ti chiede di fare. Va bene?"

"Va bene." Tommy prese il guinzaglio da suo padre.

"Va' a letto in orario. Niente capricci."

"Va bene."

"Comportati bene con Charlie."

"Va bene."

"Aiutali a portare Coco a passeggio."

"Va bene."

Continuarono a camminare in silenzio.

"Quando tornerai a casa?"

"Martedì o mercoledì. Il prima possibile."

"Alla fine della stagione, non andrai più via?"

"Va bene. Meg e io ci sposeremo alla fine della stagione. Inizieremo la nostra nuova vita."

"Non vedo l'ora."

"Anch'io. Mi mancano Meg e Charlie."

"Mangerò i suoi pancake mentre tu non ci sarai."

"Non ricordarmelo."

Tommy sorrise. Nessun taxi avrebbe accettato un cane grosso come Coco, quindi camminarono fino a casa di Meg e Charlie. Fu una lunga passeggiata, ma chiacchierarono mentre si dirigevano verso il West Side. Rusty non vedeva l'ora di procedere con i preparativi per il matrimonio.

QUELLA SAREBBE STATA la terza volta che Tommy dormiva fuori casa. Meg aveva assunto una tata per lavare i piatti, aiutarla a cucinare e portare a spasso il cane. Meg aveva del lavoro da fare a scuola durante il fine settimana per preparare dei progetti e c'era anche la partita di calcio di Charlie.

Cercò di organizzare più attività possibili nel fine settimana. Essere troppo stanca per sentire la mancanza di Rusty l'avrebbe aiutata. Di notte, si girava e si rigirava, rotolando nel letto vuoto. Avrebbe voluto averlo accanto. Rinunciare a fare sesso con lui la faceva impazzire. Dov'era il corpo caldo al quale si era abituata?

Per diversi mesi dopo la morte di John, non era riuscita a dormire nel loro letto. Avvolta in una coperta, Meg andò a dormire sul divano. Era così stanca che sarebbe caduta rapidamente in un sonno profondo e senza sogni, svegliandosi ancora esausta. Una volta abituata a dividere il letto con Rusty, dormiva come un sasso.

Sedendosi nella poltrona reclinabile accanto alla finestra, Meg controllò l'elenco delle cose da fare nel weekend. Aveva scritto le attività in programma, i pasti e la lista della spesa. Controllò tutto un'altra volta. Si aspettava che Debbie, la ragazza che abitava alla porta accanto, arrivasse alle nove di sabato mattina per portare Coco a passeggiare, mentre Meg e i bambini andavano alla partita di calcio di Charlie.

Meg si alzò in piedi. Era ora di cambiarsi per la cena. Si fece una breve doccia, poi indossò un paio di jeans aderenti, una camicetta bianca e un blazer arancione. Mentre si truccava, i bambini guardavano la televisione. Meg non aveva fretta. Rusty incontrava molte donne famose con il suo lavoro. Donne affascinanti che gli stavano accanto ogni giorno. Consapevole del suo aspetto, Meg si truccò gli occhi più del solito, sfumando l'ombretto per farlo sembrare naturale.

Un sorriso consapevole le accarezzò ò le labbra. Rusty avrebbe trascorso la notte con lei. Accidenti, aveva bisogno di lui. Fare l'amore con lui era diventata una dipendenza.

Presto la stagione sarebbe finita. Lui aveva parlato di sposarsi per il Ringraziamento, ma lei non ne era sicura. La sua vita si sarebbe calmata, anche solo per qualche giorno, per permetterle di riflettere?

Alle sei meno un quarto, Meg diede da mangiare a Coco e uscì insieme ai bambini. Camminarono lungo Amsterdam Avenue fino al loro ristorante preferito. Quando entrarono, Meg vide Rusty al bar. Indugiò un attimo per ammirare il bell'atleta, tutto dritto e alto, con un bicchiere di birra in mano.

Le sue spalle larghe tiravano un po' il tessuto della sua giacca sportiva. Indossava una camicia azzurra, un colore che si abbinava perfettamente ai suoi occhi. Aveva i capelli perfettamente pettinati. Aveva cambiato gamba d'appoggio, sporgendo leggermente l'anca. E il suo sedere? Accidenti, era magnifico, perfettamente sottolineato dai pantaloni cachi su misura che indossava. Era evidentemente l'uomo più bello che avesse mai frequentato e lei aveva notato la sua bellezza anche durante le prime settimane di rabbia nella casa in affitto. Anche se non l'aveva ammesso a sé stessa, era stata profondamente attratta da lui fin dal primo momento in cui l'aveva visto. Ignorarlo non era servito a niente. Nel momento in cui lui si era giocato la carta del fascino, lei si era innamorata. E quando aveva dato un pugno ad Harold, ormai era spacciata.

Come se potesse sentire il suo sguardo, lui si voltò e le lanciò un sorriso amorevole. Tutto il suo volto si illuminò, scaldandole il cuore. Come poteva dubitare della loro relazione?

"Ciao." Lui la guardò dalla testa ai piedi, riscaldandole il corpo. Ciò che Rusty riusciva a farle provare con un semplice sguardo la faceva rabbrividire.

Charlie corse da lui, gettandoglisi al collo, e lui lo prese tra le braccia per abbracciarlo. Poi si avvicinò a lei, abbracciandola.

"È la tua fidanzata?" Uno degli uomini al bar, in piedi accanto a Rusty, la guardò.

"Sì. Toglile gli occhi di dosso."

L'uomo si mise a ridacchiare. "Uomo fortunato."

"Signor Reisse? Il suo tavolo è pronto."

Rusty le prese la mano e seguì il maître. Meg sospirò. Accidenti. Rusty aveva ragione. Sembravano davvero una famiglia.

"ANDIAMO A FARE SHOPPING insieme," disse Roberta chiamando Meg.

"Per cosa?"

"Vestiti per il ballo delle World Series al Walldorf, sciocchina."

"Tu e Fred ci andrete?"

"Certo. Ho bisogno di un vestito nuovo. È una festa elegante e odio tutti i miei abiti lunghi. Andiamo. Andiamo a fare shopping. Porta Charlie."

"Charlie? Lui lo odierebbe."

"Ma verrebbe per stare con te, no?"

"In realtà, ha in programma di giocare con Tommy domani dopo la scuola."

"Ci va senza di te?"

"Ah ah. Charlie ha fatto molti progressi."

"Stupendo! Allora andiamo, ok?"

"Ok. Nemmeno io ho un vestito lungo."

"Bene. Ci vediamo a scuola."

Meg aspettò nell'atrio della scuola. Nemmeno il sole riusciva a riscaldare quella fredda giornata di fine ottobre. Aveva un milione di domande da farle sulla casetta di Pine Grove. Se l'avessero riparata, Meg e Rusty avrebbero potuto affittarla per il Ringraziamento?

Un soffio di aria fredda distolse Meg dai suoi pensieri.

"Sei bellissima. Merito dell'amore. Andiamo."

"Dove andiamo?"

"Da Bloomies, ragazza. Cominciamo da lì.

Poi, se non troveremo nulla, andremo da Bergdorf."

Roberta prese il braccio di Meg e le due donne si diressero verso la metropolitana.

"Avete già riparato la casa di Pine Grove?" La speranza ardeva nel petto di Meg.

"La casa? Oh, no. Costa troppo. Ce ne siamo liberati. L'abbiamo venduta a un tipo. Fred ha detto che la sta sistemando per andare a viverci da solo."

Il cuore di Meg ebbe un sussulto. La delusione le invase il cuore. Sembrava che non avrebbe potuto rivivere i giorni felici che aveva trascorso lì con Rusty. Lei sospirò.

"Ti piaceva, vero?"

Meg annuì. "Era perfetta."

"Buffo il modo in cui sono riuscita a farvi incontrare."

"Non allora. Avrei voluto ucciderti."

"Fred mi ha rimproverata quando l'ha scoperto. Diceva che non avremmo dovuto farlo. Ma io non l'ho ascoltato. Sapere che voi due eravate lì ci ha anche fatto recuperare il nostro rapporto."

"Quelle prime settimane sono state difficili. L'hai fatto apposta?"

"Sì. Idea mia, ma Fred si prende il merito."

"Come facevi a saperlo?"

"Non lo sapevamo. Ma ho colto l'occasione. Cavolo, se non avesse funzionato, uno di voi se ne sarebbe andato e l'avremmo rimborsato."

"All'inizio, la situazione era folle."

"Forse. Ma guarda cosa avete adesso. Innamorati e felici."

Meg provava un misto di felicità e preoccupazione. Quando stavano insieme, non aveva alcun dubbio sulla loro relazione. Ma le notti in cui era sola, Meg si chiedeva se il loro amore sarebbe durato. Che cosa sapeva davvero di Rusty? Riusciva davvero a impegnarsi e a rimanere fedele a una donna?

Guardò la sua amica, che sembrava non accorgersi del disagio di Meg, vedendola solo innamorata e felice. Certo, era innamorata, ma felice? Era felice solo nei giorni in cui poteva stare con Rusty.

Meg non aveva comprato nemmeno un vestito nuovo da quando era morto John, in particolare nessun abito elegante. Felice di avere un motivo per fare shopping, l'entusiasmo di Roberta era molto più vivace del solito. Meg esaminò diversi vestiti, incerta su quale scegliere.

"Ti ci vuole qualcosa di sexy. Ci saranno molte star del cinema. Dovrai reggere il confronto, Meg. Niente collo alto e maniche lunghe. Troviamo qualcosa senza bretelle."

"Non credo proprio. Non voglio passare la serata a tirarmi su il vestito ogni cinque secondi."

"Ok, ok. Mmm. Che colore? Argento? Oro?"

"Blu notte? Rosa?"

"Il rosa è un colore da bambina."

"Io amo il rosa." Meg sollevò il mento.

"Ok, ok. Scegli quello che vuoi."

Con le braccia appesantite da un mucchio di abiti, le due donne si trascinarono fino al camerino. Quando ebbero le idee chiare,

Roberta acquistò un abito rosso brillante con le maniche corte. Meg scelse un abito di chiffon rosa senza maniche. Pur avendo una scollatura piuttosto profonda, non era un abito audace. Era perfetto per la sua zona di comfort, elegante e femminile.

"Adesso tocca a scarpe e borse," le disse Roberta a pranzo.

Meg tornò a casa alle sei e mezza. Rusty arrivò alle sette con i bambini.

"Sembri stanca. Ordiniamo la pizza," le disse.

Lei sorrise. "Ok."

"Chi la vuole con le polpette e chi con il salame?"

"Aggiungi anche dei peperoni verdi. Abbiamo bisogno di verdure." Meg sprofondò su una sedia e guardò Rusty i bambini mentre ordinavano la cena.

Quando arrivò il cibo, i bambini apparecchiarono la tavola. Meg li raggiunse e si mise una fetta di pizza nel piatto. "Roberta e io abbiamo comprato i vestiti per la festa delle World Series."

"Intendi la festa?"

"Sì."

"Posso venire anch'io?" Charlie li guardò, con gli occhi pieni di speranza.

"È un ballo, Charlie. Di sera. Serviranno alcolici. Niente bambini. Mi dispiace." Rusty prese un'altra fetta di pizza.

"Mi dispiace, ragazzi. Di tanto in tanto, dobbiamo fare alcune cose da adulti." Meg diede un morso a una polpetta.

"Tommy può restare a dormire?"

"Sì. Debbie ha detto di poter stare con voi due. Che ne pensate?"

"Possiamo mangiare la pizza?" chiese Tommy.

"Certo. Perché no? Potete festeggiare anche voi le World Series qui." Meg arruffò i capelli di Charlie.

"Odio quando lo fai."

"Mi dispiace. Immagino che tu sia troppo grande adesso."

"Sì."

Meg sospirò. Sembrava che suo figlio crescesse durante la notte.

Rusty la guardò sollevando le sopracciglia e sorrise. "Non dirmi com'è il vestito che hai scelto. Voglio essere sorpreso."

Lei si mise in bocca l'ultimo pezzo di crosta. "Sabato c'è la festa del raccolto a mezzogiorno e poi la festa delle World Series. Verrai alla festa del raccolto, vero?"

"Certamente."

"Verrai alla festa del raccolto?" Charlie spalancò gli occhi.

"Non me la perderei mai."

Meg sperava che a Rusty piacesse quanto piaceva a lei. Avere una tavola rumorosa le riscaldava il cuore. Mangiarono rapidamente due pizze, lasciandone solo una fetta. Coco cominciò ad abbaiare.

"La porto a fare una passeggiata." Rusty si alzò da tavola.

Il cane leccò la mano di Meg. "Se sparecchi, ce la porto io."

"D'accordo!"

Mise il guinzaglio al cane e indossò la giacca. La vita era bella.

SABATO MATTINA, MEG dormì fino a tardi, alzandosi alle nove. Il panico ebbe il sopravvento su di lei. Tirò giù le coperte e prese la vestaglia.

"Svegliati. Dobbiamo essere lì tra un'ora!" Meg si diresse verso il bagno.

Lavandosi i denti con vigore, si ricordò la loro notte d'amore. Rusty era particolarmente in forma e l'avevano fatto due volte. Pensandoci, il suo motore si riaccese. Non avrebbero avuto tempo di rifarlo. Lei aprì l'acqua della doccia e vi entrò dentro. L'acqua calda diede un leggero sollievo ai suoi muscoli doloranti. Prima che finisse di sciacquarsi, la porta si aprì. Rusty entrò, grattandosi la faccia, poi la pancia.

"Sbrigati, tesoro."

"Oh, fa' pure . Non ti guardo."

"Se lo dici tu." Lui diede una sbirciatina.

Lei chiuse l'acqua pochi secondi prima che lui tirasse lo sciacquone. "Tempismo perfetto," sussurrò lei, prendendo un asciugamano. "Tocca a te. Ma fa' in fretta."

"Perché non vai avanti con Charlie? Preparo Tommy e vi raggiungeremo il prima possibile."

"Davvero?"

"Non voglio che arriviate in ritardo."

"Non vuoi che ti urli."

"Esattamente."

"Ok." Lei andò nella camera di suo figlio. "Charlie! È ora di alzarsi."

Charlie si nascose sotto le coperte. "Devo proprio?"

"Siete stati svegli a giocare fino a tardi?"

Charlie tirò giù le coperte imbarazzato, rivelando il suo viso. "Tommy stava finendo la partita."

Meg sbuffò, con le mani sui fianchi. "Ti avevo detto di non farlo, vero?"

Lui accennò un sorriso.

"C'è la festa del raccolto. Dobbiamo arrivare presto, Charlie. Andiamo. È ora di alzarsi." Meg gli tirò giù le coperte sul letto.

"Anch'io?" chiese Tommy.

"Anche tu. Tuo padre è già sveglio. Andiamo, ragazzi. Sarà una magnifica giornata. Visto? Il sole splende." Aprendo il cassetto del comò di Charlie, prese la biancheria. Poi si avvicinò all'armadio e tirò fuori un paio di jeans e una felpa. "Ecco. Vestiti. Colazione tra cinque minuti."

Tornando di corsa nella sua stanza, lei indossò le mutande, una tuta e un paio di calzini. Fresco dalla doccia, Rusty si mise da parte e la lasciò correre per la stanza.

"Sei fantastica. È come guardarti dopo aver premuto il tasto fast forward."

"Sono in ritardo. Vado a mettere le uova in padella. Ok?"

"Preparo io la colazione per Tommy e me."

"No. Ci vorrà troppo tempo. Io voglio che tu ci sia. Questa festa è il mio evento più importante di tutto l'anno. Sono il presidente del comitato."

"Ok, ok. Capisco quanto sia importante per te. Non preoccuparti, tesoro. Andrà tutto bene." Le diede un bacio sulla guancia mentre passava. Lei andò in cucina in un batter d'occhio. Dopo aver acceso il fornello, tirò fuori un cartone di uova e due litri di succo. Raggiungendo l'armadietto, prese quattro piatti di carta dalla sua scorta.

Dopo cinque minuti, le uova stavano friggendo. I bambini la raggiunsero. I capelli di Charlie dovevano essere pettinati, ma almeno era vestito. Anche Tommy. Rusty si infilò la felpa sopra dalla testa mentre lui entrava. Lo sguardo di Meg indugiò sul suo petto, ben evidenziato dalla sua maglietta. Non si sarebbe mai stancata di guardare il suo corpo.

"Mangiate. Possiamo essere lì per le dieci meno un quarto."

Camminando così veloce che sembrava quasi che stesse correndo, Meg arrivò nel cortile della scuola prima dei ragazzi. Come previsto, Harold era lì. Era necessario che un membro dell'amministrazione partecipasse a ogni grande evento. Un gelido cenno della testa fu il suo unico saluto. *Accidenti. Quel coglione di Harold è qui. Lascialo perdere e fa' quello che devi fare.* Lei si avvicinò a Mary Partlin, una madre single e presidente dell'associazione insegnanti-genitori, al centro del cortile.

"Scusa per il ritardo, Mary. Che cosa hai bisogno che faccia?"

"Nessun problema. Ecco un elenco. Ok?"

"Perfetto."

"Oh, mio Dio. Chi è quel bell'uomo?"

"Dove?" Meg si guardò intorno ma vide solo i bambini, Harold e Rusty.

"Quello." Mary indicò proprio Rusty.

"Oh. Lui è con me. Rusty Reisse."

"*Quel* Rusty Reisse?"

Meg annuì. "Gli troverò qualcosa da fare."

"Io avrei in mente qualcosa da fargli fare, ma non qui," ridacchiò Mary.

"Niente da fare. Lui appartiene a me."

"Davvero? Pensavo che tu e Harold foste una coppia."

Meg scosse la testa. "Quella è acqua passata."

"Accidenti, se dovessi scegliere tra Rusty Reisse e Harold, sarebbe una passeggiata per me. Va' pure, ragazza," disse Mary sorridendo.

"Charlie, Tommy, Rusty! Quaggiù." Quando raggiunsero il centro del cortile, Meg affidò loro degli incarichi. Charlie portò Tommy nell'area dei giochi.

"Una casa stregata? Io?" disse Rusty, indicando se stesso.

"Hanno sempre bisogno di aiuto per l'installazione."

"Come vuoi, piccola."

Lei gli diede un rapido bacio e raggiunse le griglie.

Capitolo Diciotto

Rusty si grattò la testa. Perché le donne pensavano che tutti gli uomini fossero bravi con i lavori meccanici? Rusty non sapeva un tubo sull'argomento. Si riteneva fortunato a distinguere le due estremità di un martello.

"Ehi, tu!"

Rusty si voltò.

"Sì. Tu. Amico. Ho bisogno di una mano qui, per allestire la casa stregata. Hai un minuto?"

"Certo."

"Sono Ralph," disse l'uomo, porgendogli la mano.

"Rusty." Si strinsero la mano, poi si diressero verso la sezione riservata alla casa stregata.

"La costruiamo nella tromba delle scale ogni anno. È il posto più semplice. Andiamo. Abbiamo bisogno di uomini alti."

Rusty lo seguì, fingendo di non essere infastidito che Ralph non l'avesse riconosciuto. Ralph gli diede un po' di attrezzi. "Sai come fare, vero?"

"Direi di no. Non l'ho mai fatto prima."

"Sei un padre di questa scuola?"

"No. La mia fidanzata è un'insegnante."

"Oh. Niente figli?"

"Ho un figlio."

"Allora dovresti saper fare queste cose. Nella sua scuola o in questa. Ce la farai. Sembri piuttosto sveglio." Ralph si allontanò.

Rusty esaminò il legno e guardò le scale. C'erano delle cose dipinte sul legno. Volti spettrali, streghe a cavallo di una scopa. Non aveva idea di dove mettere cosa e di come farlo. Fermò un altro uomo che passava.

"Ehi, amico. Che cosa devo fare con questo?"

"Ti faccio vedere."

Con l'aiuto dell'uomo, rimise a posto i pezzi e lasciò rapidamente la zona. Mentre cercava Meg, una bambina lo fermò.

"Ascolti, signore. Non riesco ad allacciarmi la scarpa."

Quella bambina doveva avere cinque anni. "Mi dispiace, piccola. Ma sto cercando qualcuno."

"Guarda!" urlò lei.

Rusty si bloccò. Le persone si fermarono a guardarlo. Lui sollevò le spalle e alzò le mani. "Ok, ok. Sto guardando." Lui rimase in piedi, cambiando piede d'appoggio, mentre lei eseguiva il suo compito a passo di lumaca.

"Molto bene. Molto bene." Lui distolse lo sguardo.

Meg lo raggiunse. "Che cosa sta succedendo?"

"Niente. Cosa vuoi che faccia adesso?" Lui strinse i denti per mantenere un tono di voce civile.

"Scatole. Puoi aiutare a scaricare scatole di libri? Abbiamo ricevuto una donazione a sorpresa da un editore."

"Certo. Dove?"

"Lì." Meg indicò un furgone parcheggiato sul marciapiede. Rusty annuì, lo raggiunse e ricevette ulteriori istruzioni. Controllando l'orologio, si accorse che erano le undici. Alcune cabine erano già aperte. La gente stava sistemando dei libri di seconda mano sui tavoli e le famiglie stavano arrivando. Rusty trasportava scatole e scatole di libri pesanti fino ai tavoli allestiti vicino alla strada.

Sentì puzza di bruciato. Alzando gli occhi, vide il fumo che saliva dall'area della griglia. Grandioso, hamburger bruciati per pranzo. Il sole era caldo per essere ottobre. Lui si asciugò il sudore dalla fronte e dal collo. Un genitore volontario gli indicò dove mettere ogni scatola. Nessuno lo riconobbe. Nessuno gli chiese un autografo. Era diventato invisibile e questa era una nuova esperienza per l'ex campione della Major League, Rusty Reisse.

Quando finì, si lasciò cadere su una panchina. Tommy e Charlie si precipitarono da lui.

"Papà, posso fare qualche gioco?"

"Certo."

"Ti servono soldi?"

"E cibo. Hot dog e brownies," disse Charlie.

Rusty prese due banconote da venti dollari e ne diede una a ciascun bambino. "Ecco. Per i giochi e per il cibo. Fateveli bastare."

"Wow! Grazie, papà."

"Grazie, Rusty."

In un attimo, i bambini decollarono verso la zona piena di fumo. Rusty scosse la testa. Qual era meglio? Un hamburger bruciato o un hot dog troppo cotto? Lui fece una smorfia.

"Sei libero per un po'. Ti va di dare un'occhiata alle cabine?" Meg lo raggiunse.

"Che cos'è quella?" Le indicò quella che sembrava una panchina sopra un grande serbatoio d'acqua.

"È la vasca dell'inzuppamento."

"Davvero?" Rusty spalancò gli occhi.

"Sì. Vuoi proporti come volontario per farla?"

"Neanche per sogno!"

"Oh, mio Dio." Meg si coprì la bocca con la mano.

"Che cosa?"

"Guarda." gli disse, indicando col dito. "Harold sta entrando nella vasca dell'inzuppamento."

Un sorriso si formò lentamente sul viso di Rusty. "Bene, bene."

"Oh, no. Non puoi. Sei un professionista."

"Non c'è scritto da nessuna parte che i professionisti non possano dare una lezione a un cogliiione."

"Non farlo, Rusty. Per favore."

"Oh. Andiamo. Ho fatto tutto quello che volevi. Questo voglio farlo per me." Lui si alzò e si avvicinò allo stand. Meg lo seguì. All'inizio, Harold non lo riconobbe.

"Oh, no. I giocatori di baseball non sono ammessi."

"Non vedo nessun cartello. Questa è discriminazione. Non vuoi insegnare la discriminazione ai bambini, vero, Harold?"

"No. No. Me ne vado."

Rusty mise una banconota da dieci dollari sulla scrivania di fronte al bambino che gestiva la cabina.

"Wow, signore. Dieci palline per dieci dollari." Il bambino mise i soldi in una scatola di sigari.

"Non mi serviranno dieci palline."

Il bambino porse a Rusty tre palline da tennis.

"No, non puoi!" Harold si mise una mano sul viso.

"Oh, sì che posso." Rusty si rigirò la pallina in mano finché non fu pronto. Disegnò un mirino sul cerchio che doveva colpire per attivare il meccanismo che teneva la panca sopra l'acqua. Tirando indietro il braccio, lanciò la pallina contro il bersaglio. Boom! Colpo diretto con la prima pallina. Si sentì un suono forte e—*splash*—*Harold* cadde in acqua. Rusty sorrise.

"Ottimo lancio, signore. Vuole il resto?" Il bambino porse sette banconote a Rusty.

"Tienilo pure, ragazzo. È per una buona causa."

Harold sputacchiava e sbatteva le braccia come se fossero ali. Una donna lo aiutò a uscire dal serbatoio.

"Fai' il bravo, Harold, o lo rifarò."

MEG ACCOMPAGNÒ I BAMBINI a prendere hot dog e hamburger. Il fumo risaliva dalla griglia mentre i padri degli alunni sudavano e cucinavano. Rusty la raggiunse.

"Devo mangiare uno di quelli?"

"Quelli cosa?"

"Un hamburger bruciato?"

"Non fare il bambino. È per una buona causa." Lei gli accarezzò la guancia.

"Lo so, ma accidenti. Un uomo ha i suoi limiti."

"So cosa pensi riguardo al cibo, ma rassegnati, tesoro. Perché non raggiungi i bambini? Sono sicura che ti lascerebbero inserirti in fila."

Rusty fece una smorfia e si affrettò a raggiungere Tommy e Charlie.

Meg si mordicchiò il labbro. Sebbene fosse stata impegnata a dirigere le persone e ad assicurarsi che la festa si svolgesse senza intoppi, riuscì a tenere d'occhio il suo uomo. Le cose non erano andate bene per lui. Aveva lavorato, trasportato scatoloni, aiutato e esultato per tutta la mattina, aggrottando la fronte. Lei aveva sperato che entrasse nello spirito della festa, che entrasse in contatto con il suo bambino interiore e trovasse qualcosa di divertente. O almeno che si divertisse ad aiutare i genitori.

Aveva sorriso guardandolo mentre colpiva Harold. Ma questo non cancellò la fastidiosa sensazione che il suo uomo non si stesse divertendo. Lei sospirò. Forse si doveva far parte della scuola o conoscere un po' di persone per divertirsi. Sorpresa che nessuno l'avesse riconosciuto, fu altrettanto sorpresa dal fatto che lui non andasse in giro a dirlo a tutti. Se se ne fosse vantato, l'avrebbe messa in imbarazzo. Grata che si fosse dimostrato umile, capì che la festa del raccolto non era nelle sue corde.

Lo ringraziò in silenzio per averlo sopportato e per aver partecipato. Rusty e i bambini si sedettero a uno dei lunghi tavoli e iniziarono a mangiare. Sì, poteva essere dannatamente difficile ingoiare uno di quegli hamburger troppo cotti, a meno che non si avesse a disposizione una gigantesca bottiglia d'acqua o di tè freddo. Credeva che l'avesse fatto per amore nei suoi confronti. Lei sospirò. Era un brav'uomo, anche se non gli era piaciuta la festa del raccolto.

Alle tre, l'evento iniziò a rallentare. Alle quattro, le attrazioni iniziarono a chiudere. Rusty le si avvicinò.

"Adesso devo andare. Vuoi che accompagni i bambini a casa?"

"Ci penso io. A che ora devo essere pronta per stasera?"

"Vengo a prenderti alle otto meno un quarto, d'accordo?"

"Vieni a prendermi?"

"Devo andare a casa a cambiarmi. Fa' uno spuntino, perché ci sarà un cocktail prima di cena."

"Ok. Grazie per averlo fatto."

"È davvero complicato da gestire."

"Sì. So che non fa per te. E apprezzo che tu l'abbia fatto comunque."

"Non fa per me. Mi dispiace."

"Lo capisco."

"A stasera." Lui si chinò a baciarla rapidamente prima di dirigersi verso l'uscita. Lei vide Harold con un asciugamano intorno alla testa. Lui gridò qualcosa a Rusty, che lo ignorò. Lei scoppiò a ridere. Che idiota! Come aveva fatto a uscire con lui?

"Possiamo fare altri due giochi prima di andarcene?" le chiese Charlie.

"Certo." Meg tirò fuori due banconote da cinque dollari e le porse ai ragazzi. "Poi dobbiamo andare."

"Ok." Tommy sorrise. "Andiamo. Facciamo il gioco del cartone del latte."

I bambini corsero in camera. Meg fece il giro, aiutando il presidente dell'associazione genitori-insegnanti a raccogliere e a contare i soldi. Un altro gruppo aiutò a ripulire il cortile e a sistemare le cabine per l'anno successivo. Con un furgone, portarono via i libri rimasti.

Meg e i bambini arrivarono a casa verso le cinque. Debbie suonò il campanello un quarto d'ora dopo. Charlie e Tommy erano spaparanzati di sul divano, intenti a guardare un film. Meg diede a Debbie il guinzaglio di Coco, poi si distese sul letto per fare un pisolino.

L'entusiasmo le scorreva nelle vene. Quella sera avrebbe partecipato a una grande festa. I giornalisti sarebbero stati lì, per intervistare gli ospiti. Pensava che avrebbe incontrato un sacco di celebrità. Pur chiudendo gli occhi, non riusciva a smettere di sorridere. Come una scolaretta, l'entusiasmo per essere stata invitata a un evento così importante le mandò un brivido lungo schiena.

Lei e Roberta ne avevano parlato ridacchiando, prendendosi in giro a vicenda su quali celebrità avrebbero preferito incontrare. Ovviamente, ci sarebbero stati anche dei giocatori di baseball. Purtroppo, Frank Todd non era sufficientemente famoso per essere invitato. Ma Rusty le aveva nominato i suoi giocatori preferiti, che sarebbero stati presenti. Aveva in programma di presentarla a tutti. Meg non vedeva l'ora.

Dopo una giornata estenuante, si abbandonò al sonno, sognando quel ballo come Cenerentola.

"SIGNORA GUNDERSON, signora Gunderson."

Una voce la risvegliò dal suo sonno profondo. Meg aprì un occhio. Debbie era in piedi accanto al suo letto e le toccava il braccio. "È ora di vestirsi, signora Gunderson."

Meg sbadigliò e guardò l'orologio. Accidenti! Erano le sei e mezza! Lei tirò giù le coperte e si sedette sul bordo del letto.

"Posso aiutarla?"

"Posso farcela. Prima devo fare una doccia."

"Ok. Ma, se dovesse cambiare idea, sono in cucina a preparare la cena per i bambini."

Meg annuì. Aprì l'acqua della doccia. L'acqua calda la calmò. Un sorriso le comparve sul viso. Sua madre si sarebbe messa a ridere se avesse visto sua figlia, a trentaquattro anni, prepararsi come un'adolescente entusiasta per il ballo della scuola.

Si strofinò dappertutto, preparandosi per una notte di passione con Rusty dopo la festa. Dopo essersi asciugata, aprì l'armadio e guardò il vestito. Quanto avrebbe dovuto truccarsi? Quale colore di ombretto avrebbe dovuto scegliere? All'improvviso, fu sopraffatta dall'insicurezza. Meg non aveva più indossato un vestito elegante dalla morte di John. Niente lingerie sexy e make-up completo.

Prese un completino di reggiseno e mutandine di pizzo che aveva comprato per stuzzicare John, ma che non era mai riuscita a indossare. Il reggiseno push-up metteva in evidenza la sua scollatura. Si mise a ballare per un attimo davanti allo specchio, prima di sedersi alla sua toeletta. Avrebbe giurato che le ragnatele ne ricoprissero la superficie. Prendendo un fazzoletto di carta da una scatola, spolverò i tubetti, le fialette, le bottigliette e i rossetti.

Sentì bussare alla porta e, subito dopo, la voce di Debbie.

"Avanti."

"Ha bisogno d'aiuto?"

"Che ne pensi?" Battendo le palpebre rapidamente, Meg si voltò verso la ragazza.

"Davvero?"

"No, sì. Ok. Starò calma." Lei si fermò.

"Non male. Che cosa ha lì?" Debbie si avvicinò. Diede un'occhiata alla misera schiera di rossetti, creme e ombretti.

"Proviamo con un po' di questo."

Meg rimase seduta in silenzio, lasciando che Debbie le sistemasse il trucco. Quando si guardò allo specchio, spalancò gli occhi. "Wow. Di certo sai il fatto tuo."

"Mi faccia vedere il vestito."

Lei indossò l'abito rosa. Debbie le alzò la cerniera. Meg indossò le scarpette di raso e fece un giro su sé stessa. "Allora? Che cosa ne pensi?"

"Credo che Cenerentola farebbe meglio a mettersi da parte."

"Davvero?"

"Lei è bellissima."

I bambini entrarono di corsa dalla porta parzialmente aperta, poi si fermarono bruscamente.

"Wow! Mamma. Sei bellissima." Charlie spalancò gli occhi.

"Sono d'accordo," balbettò Tommy.

"Grazie, ragazzi." Meg si mise al collo una collana di perle, poi indossò gli orecchini coordinati. Mentre si spruzzava un po' di profumo di lillà, suonò il campanello.

Lei guardò l'orologio. "Non può essere Rusty. Dovrebbe arrivare tra circa mezz'ora."

"Vado io," disse Charlie, volando verso la porta, seguito da Tommy.

"È bellissima, signora Gunderson." Debbie si strinse le mani sul cuore. "Sembra una principessa delle fate."

"Come una ragazza che va al ballo della scuola?"

Debbie annuì.

"Sono arrivato," disse una voce profonda. Rusty entrò nella camera da letto. Meg spalancò la bocca.

Con il suo smoking su misura, Rusty sembrava un bel principe.

"Guardati." La voce di Meg si affievolì. I bambini rimasero davanti alla porta. Debbie fece un passo indietro.

"Qualcosa non va?" Lui si guardò davanti e dietro.

"È tutto perfetto. Sei... uno schianto."

"Io? Sei tu la regina qui. Sarai la donna più bella della festa."

"Grazie."

"Ma c'è una cosa che manca."

"Che cosa? Cosa manca?" Lei aggrottò la fronte.

"Questo." Rusty si mise in ginocchio e infilò una mano nella tasca dei pantaloni.

Meg si coprì il viso con le mani. "Oh, no. Non è vero."

"Certo che è vero. Non posso dire a tutti che siamo fidanzati senza questo."

Lui aprì la scatola di velluto nero per rivelare un anello di diamanti taglio smeraldo di tre carati.

"Meg, vuoi sposarmi?"

"Gliel'hai già chiesto, papà."

"E glielo sto chiedendo di nuovo."

Lei abbassò le mani. Gli occhi le si riempirono di lacrime. "Sei così... così..."

"Romantico? Sì. Sono colpevole. Allora? Vuoi sposarmi?"

"Sì." Lei annuì.

Lui si alzò in piedi e le mise l'anello al dito.

"Ora siamo fidanzati ufficialmente."

Una lacrima le scivolò lungo la guancia. Rusty gliela asciugò, poi la baciò.

"Bleah!" Charlie fece una smorfia.

"Forza, bambini, penso che ci sia un film di Gianni e Pinotto. Andiamo."

Debbie portò i bambini fuori dalla stanza. "È l'anello più bello che abbia mai visto." Lei sorrise alla coppia e chiuse la porta alle sue spalle.

"Rusty, è troppo. Troppo grande." Meg allargò le dita e si guardò la mano.

"È più piccolo di quanto volessi, ma sapevo che non ti sarebbe piaciuto niente di più grande. Che cosa ne pensi?"

"Penso che sia l'anello più bello del mondo." Lei gli gettò le braccia intorno al collo e lo baciò appassionatamente.

"Se continui così, non usciremo mai da questa stanza," sussurrò lui, stringendola forte. "Sei pronta?"

"Devo solo prendere la mia borsetta."

Quando la lasciò andare, lei si affrettò a mettere il rossetto, un pettine, uno specchietto e dei fazzolettini in una borsetta di perline. Si passò una spazzola tra i capelli, si ritoccò il rossetto e lo guardò. "Pronta."

"Sei stupenda."

"Mi sento come se stessi andando al ballo della scuola."

"Aspetta che la stampa si accorga di te. Wow." Rusty scosse la testa e ridacchiò.

"Andiamo, mio principe. Sto morendo di fame."

Diedero ai bambini il bacio della buonanotte. Meg prese una stola e uscì dall'appartamento.

Una limousine li aspettava fuori. L'autista le aprì lo sportello e Meg salì in auto. Ogni nervo del suo corpo fremeva. Non aveva mai partecipato a un evento del genere.

"Ti piacerà moltissimo. Ci sarà anche il mio vecchio amico Cal Crawley. Io ero all'inizio della mia carriera, mentre per lui era il suo ultimo anno. È stato il mio mentore. E Nelson Hingus. Il proprietario della squadra. È un uomo eccezionale. Ti piaceranno. E perderanno la testa per te."

"Non sono la prima donna che porti a quest'evento, vero?"

Rusty cambiò posizione e distolse lo sguardo. "Certo che no. Ma tu sei diversa."

"Nel senso che non sono una modella o una star del cinema?"

"Nel senso che tu sei vera. E io ti amo. È questa la grande differenza."

Lei sorrise e appoggiò la schiena sul lussuoso sedile di pelle. Era tutto suo. Nessuna preoccupazione.

Capitolo Diciannove

La loro limousine si fermò dietro ad altre cinque. Aspettarono mentre ogni coppia scendeva dall'auto e posavano per i giornalisti. Meg vide un uomo con un microfono, in piedi accanto alle telecamere e alle luci accecanti. Diede un'occhiata a tutte le donne scendevano dal loro veicolo e si mettevano sotto i riflettori. Che abiti, wow, che abiti! La maggior parte erano così scollati che sarebbero stati censurati in televisione.

"Tette dappertutto," borbottò lei.

"Che cosa hai detto sulle tette?" Rusty la guardò.

"Le donne. I loro abiti."

"Oh, questo? Solo star del cinema che si mettono in mostra. Fingendo che le loro siano vere."

Meg gli diede un colpetto sul braccio. Lui scoppiò a ridere. "Sono contento che tu non metta in mostra così tanta pelle. Loro devono farsi pubblicità. Tu no."

Meg deglutì. All'improvviso, si trasformò da Cenerentola a Cappuccetto Rosso. Poi toccò a loro. L'usciere dell'albergo aprì il loro sportello e Rusty scese dall'auto. Poi le porse la mano.

"Rusty! Ecco Rusty Reisse, gente! Rusty Reisse, il re dei fuori campo dei New York Nighthawks! Ehi, Rusty!" disse una strana voce maschile.

Stringendogli la mano, Meg riuscì a scendere dalla limousine senza cadere. Ma non la si poteva definire esattamente un'uscita aggraziata. Le luci brillanti la accecarono. Lei sollevò la mano per ripararsi gli occhi.

"Abbassa la mano, Meg. Lascia che le persone ti vedano," sussurrò Rusty.

"E chi è questa graziosa signorina?" chiese la voce.

Meg non riusciva nemmeno a vedere quell'uomo, in controluce nell'ombra. Rusty raddrizzò la schiena e rispose, sicuro di sé. "Questa è la mia fidanzata, Meg Gunderson."

"Fidanzata? Hai deciso di fare il grande passo?"

"Sì." Rusty fece un sorriso raggiante, guardando dritto nella telecamera. Meg si strinse a lui.

"Dopo esserti ritirato dal baseball, hai smesso anche di fare il playboy? Stupendo."

Quando si vide un microfono davanti agli occhi, Meg strinse con tutta la sua forza la mano di Rusty.

"E tu che cosa fai, Meg? Sei un'attrice? Una cantante? Una modella?"

"Sono un'insegnante alle scuole elementari."

"Ok. Grandioso. Gli insegnanti sono importanti." L'uomo allontanò il microfono dalla sua faccia altrettanto velocemente. "Allora, Rusty, che cosa stai facendo in questi giorni?"

"Lavoro ancora come commentatore sportivo, Bart. E lo adoro."

"E la data del matrimonio?"

"Potrebbe essere da un giorno all'altro."

"Oh, aspetta. Guardate chi c'è! È Mariana Capelli. Questa regina del cinema italiano è un vero schianto. E chi c'è con lei? Scuddy Figueroa, il famoso lanciatore dei Boston Bluejays!"

L'uomo spinse leggermente Meg verso la porta. Lei e Rusty entrarono. Il cuore le batteva così forte che era sicura che lui riuscisse a sentirlo.

"Felice che sia finita?"

Lei annuì. Lui le accarezzò la guancia. "Sei stata perfetta."

"Non ho fatto niente."

"Almeno non ti ha sbirciato sotto il vestito. A Bart piace farlo. Guarda tutto quello che può, finché ne ha la possibilità."

"Disgustoso."

"Sì. È un uomo cattivo con una mente malvagia."

"E allora perché eri così gentile con lui? Come se foste vecchi amici?"

"Politica. Spettacolo. Comunque tu voglia chiamarlo. Sono un personaggio pubblico. Non posso permettermi di farmi dei nemici."

Era come se Meg fosse salita sulle più alte montagne russe del paese e avesse a malapena resistito alla prima discesa ripida. Quella sarebbe stata la corsa più difficile della sua vita?

"Andiamo a prendere qualcosa da mangiare. Ne avrai bisogno per gestire i lupi che si avvicineranno a noi." Tenendola ancora per mano, la condusse nella sala da ballo. "Se allentassi un po 'la presa, forse sentirei di nuovo le dita."

"Oh! Mi dispiace." Lei gli lasciò la mano.

"Non così. Non voglio che qualche rubacuori ti porti via. Il buffet è laggiù. E anche il bar. Accidenti. Ho bisogno di un drink."

"Anch'io." Un drink? *Che ne dici di iniziare con tre e di continuare?* Meg si guardò intorno. Tutte le donne erano modelle o star del cinema. I loro abiti erano praticamente topless, o trasparenti, o molto corti e senza mutandine. *Sono troppo vestita?* Quando abbassò lo sguardo sul suo abito modesto, si sentì sciatta in confronto a loro. Molti abiti erano scintillanti, argentati o dorati. Il suo chiffon rosa pastello impallidiva vicino agli abiti sgargianti che quelle donne indossavano per attirare l'attenzione.

"Bene, bene, bene. Hai portato il piccolo scricciolo." Una voce femminile alle sue spalle sorprese Meg.

"Maria," disse Rusty, mettendo un braccio intorno alle spalle di Meg.

"Preferisco essere uno scricciolo che un pappagallo rumoroso, odioso e delirante che non sa quando tacere," sbottò Meg.

Maria fece un passo indietro. "Quindi sa parlare."

Meg giocherellò con i suoi capelli, sfoggiando il suo anello.

"Un diamante? Oh, no. Per favore, non ditemi che vi siete fidanzati. Rusty, andiamo. Puoi fare molto meglio." Il veleno le sgocciolava dalla lingua.

"Maria, penso che farai meglio a sparire prima che Meg ti distrugga. Non che non mi piacerebbe essere io a farlo, ma un gentiluomo non picchierebbe mai una donna. Indipendentemente da quanto sia sgradevole il suo comportamento. Meg è mille volte meglio di quanto tu potresti mai essere. Quindi vattene, d'accordo?" Lui le fece il gesto di andarsene con la mano.

"Te ne pentirai."

"Di sposare Meg? Mai."

"Di parlarmi in questo modo."

"L'unica cosa di cui mi pento è di non averlo fatto prima."

"Sei solo un maiale idiota."

Un uomo alto, che indossava uno smoking, prese il braccio di Maria. "Smettila. È ora di andare, Maria."

Rusty accompagnò Meg davanti al buffet. Con lo stomaco in subbuglio, il suo appetito era totalmente sparito.

"Non penso di riuscire a mangiare."

"Non permetterle di influenzare il tuo umore. È solo gelosa. E fa bene a esserlo. È lontana anni luce da te."

Meg gli strinse la mano.

Alcuni estranei per Meg salutarono Rusty con una stretta di mano o un breve abbraccio. Lui la presentò. Gli uomini che incontrò diedero una rapida occhiata al suo vestito casto. Alcuni fissarono la sua scollatura per un nanosecondo. Perché provare a immaginare cosa era nascosto lì sotto quando c'erano così tanti seni sfacciati in bella mostra? Per quelli, non avevano bisogno di fare attenzione alle loro maniere, ma solo di tenere sotto controllo la loro libido.

Fecero a Meg un cenno educato. Alcuni si preoccuparono di chiederle se fosse un'attrice. Quando lei li correggeva, i loro occhi si offuscavano e loro si allontanavano.

Le donne erano peggiori. Meg pensò che molte di loro fossero vecchie ragazze di Rusty. Bellissime, truccate alla perfezione, sicure di sé, sorridenti, si avvicinavano, baciandolo e abbracciandolo. Lui la presentò, ma loro la ignoravano o si limitavano a fare un cenno con la testa, prima di tornare a parlare con Rusty. Si sedettero a un tavolo con altre otto persone, nessuna delle quali parlò con lei. Si sentiva un groppo in gola. Mangiò quel poco che riuscì a ingerire. Quindi, questo voleva dire essere invisibile?

Rusty stringeva loro la mano, baciava quelle donne, rideva, scherzava e interagiva con tutti quelli che gli venivano incontro. Meg rimase a guardarlo, affascinata e disgustata allo stesso tempo. Quello era il mondo di Rusty. Lui aveva una reputazione, era uno che contava. Era una star ed era ancora sotto i riflettori come commentatore sportivo. Meg non era nessuno. Nonostante la tenesse vicino, lei si allontanava sempre più, emotivamente, man mano che la serata andava avanti.

Chi era quell'uomo che riteneva quelle persone degne della sua attenzione? Era sicura di conoscerlo? Sembrava totalmente diverso dall'uomo che aveva imparato ad amare a Pine Grove. Certo, all'inizio era stato arrogante, fino a quando lei non aveva cominciato a tenergli testa.

Roberta e Fred si avvicinarono al loro tavolo. Lei cominciò a commentare gli abiti dicendo: "Hai visto quella? E quell'altra? Non sembra che abbia subito qualche intervento di chirurgia plastica? Quella è totalmente ubriaca." Non amando i pettegolezzi, Meg rimase a guardare la sua amica. Anche Roberta apparteneva a quel mondo.

Rusty finì di mangiare. Meg si limitò ad assaggiare qualcosa. Mangiò un paio di gamberetti, poi allontanò il piatto.

"Dessert? Hai visto il buffet dei dolci? I bambini impazzirebbero." Rusty si alzò e le porse la mano.

"Penso di non riuscire a mangiare nulla."

"Non devi prendere niente, ma vieni con me. Non voglio che resti qui, per diventare un'esca per gli squali."

I loro sguardi si incrociarono. Lui aveva capito. Aveva capito cosa stava succedendo. Lei fece un sospiro di sollievo. Grazie a Dio non avrebbe dovuto spiegarglielo più tardi. Aveva immaginato una brutta discussione in cui lei cercava di esprimere il proprio punto di vista e lui negava tutto. Lei si alzò e lo accompagnò al tavolo dei dessert. Era stato corretto. Sul tavolo, c'erano i dessert più divini e decadenti, dalla torta col cioccolato fuso al tiramisù, dall'elegante cheesecake ai lamponi ai vassoi di macaron dai colori vivaci: una tentazione per i golosi.

Rusty prese tre dessert e due forchette e la ricondusse al loro tavolo. Un signore più anziano si avvicinò. Rusty si alzò dalla sedia.

"Signor Hingus. È un piacere vederla." Si strinsero le mani.

"E chi è questa bella ragazza?"

"Lei è la mia fidanzata, Meg Gunderson. Meg, Nelson Hingus, il proprietario dei New York Nighthawks."

Nelson strinse la manina di Meg tra le sue. "Lieto di conoscerla, signorina. Quindi è riuscita a conquistarlo, eh? È un uomo fortunato. Auguro a entrambi tanta felicità."

"La ringrazio, signore."

"Dirai qualche parola stasera?" gli chiese Nelson.

"Come immaginavo. Forse solo un'introduzione di un paio di minuti."

"Bene. Mi piacciono sempre i suoi discorsi, signorina Gunderson, anche se a volte sono un po' coloriti. Non esagerare, Rusty. A proposito, ho approvato il tuo nuovo contratto."

"La ringrazio, signore."

"Piacere di averla conosciuta." Nelson le lasciò la mano.

Meg riuscì a dire qualcosa. "Grazie. Lo stesso vale per me.
Nelson Hingus si allontanò.

"Non mi hai detto che avresti fatto un discorso."

"Davvero? Faccio sempre una stupida introduzione di qualche minuto. Non è niente."

Ma a Meg non sembrava niente. Non c'era da stupirsi che tutti si inchinassero ai piedi di Rusty. Lui aveva ancora un ruolo nel mondo del baseball professionista e del glamour.

Le luci si abbassarono. L'uomo che li aveva intervistati si avvicinò al microfono e presentò Rusty.

"Augurami buona fortuna," le disse alzandosi.

"In bocca al lupo," gli rispose lei, cercando di sorridere.

Meg prese due forchettata della cheesecake di Rusty: un grosso errore. La torta non fece bene al suo stomaco teso. Lei riuscì ad assistere alla divertente introduzione di Rusty a Nelson Hingus, che avrebbe assegnato i premi. Rusty tornò al tavolo, seguito dai riflettori.

"Torno subito." Meg si alzò in piedi. Aveva lo stomaco in subbuglio mentre si dirigeva verso la toilette delle donne. Per fortuna, era vuota. Si inginocchiò davanti alla tazza e svuotò il contenuto del suo stomaco. Quando ebbe finito, appoggiò la testa sulla porcellana. Debole e sconvolta, indugiò ancora qualche istante davanti all'elegante lavandino, prima di sciacquarsi il viso. Una donna anziana accanto a lei si stava ritoccando il rossetto.

"Incinta?"

Meg la guardò. Che domanda scortese e impudente!

"Almeno hai un anello al dito, tesoro. Bella pietra. Quel tipo deve essere pieno di soldi."

"Anche se non sono affari suoi, non sono incinta."

"Oh, bulimica. Capisco. Il suo segreto è al sicuro con me." La donna uscì dal bagno prima che Meg potesse pensare a una risposta.

"Le persone come lei mi fanno vomitare," mormorò Meg tra sé e sé. Si sciacquò la bocca, prese una ventina e si rimise il rossetto. Tornando al suo tavolo, toccò la spalla di Rusty.

"Non mi sento bene. Torno a casa."

"Davvero? Mi dispiace. Andiamo via."

Lei gli appoggiò la mano sul braccio. "Tu resta qui. È la tua serata. Non abbiamo ancora incontrato il tuo manager. Non voglio rovinarti la festa."

"Non posso lasciarti andare via da sola."

"Non sono una bambina. Starò bene."

"Ne sei sicura? Quanto stai male? Hai bisogno di un'ambulanza?"

"Ho solo bisogno del mio accappatoio e di una tazza di tè. Davvero. Va tutto bene."

"Potrei tornare a casa tardi."

"Va bene. Io dormirò."

"Cercherò di non disturbarti."

"Shhh!" disse qualcuno da un tavolo vicino.

Rusty la baciò. Quando Meg andò a recuperare il suo cappotto, Nelson Hingus le si avvicinò.

"Si sente bene? Sembra un po' pallida."

"Ha finito di assegnare i premi?"

"Ne riservano solo uno o due per il vecchietto qui presente. Ho finito. Sta andando via?"

"Sì. Non mi sento bene."

"Come torna a casa?"

"Rusty voleva accompagnarmi, ma questa è la sua serata. Prenderò un taxi."

"Sciocchezze. Venga con me, signorina." Il signor Hingus le prese il braccio e la accompagnò fuori. Disse qualcosa all'usciere. "La mia limousine, Jerry."

Un minuto dopo, arrivò la più grande limousine che lei avesse mai visto. Mentre l'autista scendeva dall'auto, Nelson Hingus iniziò a parlare.

"Harry, accompagni a casa questa signorina. Poi torni qui."

"No, davvero, non è necessario." protestò Meg.

"Come potrei lasciare che la futura moglie di Rusty prenda un taxi per tornare a casa quando ho una macchina ferma qui? Per favore, me lo permetta."

Harry le aprì lo sportello. Meg diede un bacio a Nelson sulla guancia, poi salì sul retro del lussuoso veicolo. L'uomo chiuse lo sportello e si mise al volante.

Sulla via del ritorno, Meg si girò l'anello intorno al dito e guardò fuori dal finestrino. Le lacrime le rigarono il viso.

RUSTY APRÌ LA PORTA dell'appartamento di Meg il più silenziosamente possibile. Un'ora dopo che lei era andata via, lui aveva tagliato la corda. Senza di lei al suo fianco, l'evento aveva perso il suo fascino. Si slacciò la cravatta e sbottonò la sua camicia elegante.

"Stupido abito da pinguino," mormorò, togliendosi la giacca e appoggiandola su una sedia. Piano piano, si spogliò e restò in boxer. Ripercorse mentalmente la serata appena finita. Aveva assistito a ogni sguardo diretto a Meg. Si sarebbe preso a calci per non averlo previsto. Lui pensava che fosse fantastica, bellissima, così elegante e sofisticata, non banale e sfacciata come le altre donne.

Perché aveva pensato che portarla con sé fosse una buona idea? Perché non ci aveva pensato prima? Si aspettava che i suoi vecchi conoscenti fossero gentili con Meg, che fossero felici per lui. Invece, la loro disapprovazione era palpabile. Così, il resto del mondo dello spettacolo si aspettava che sposasse una donna banale e glamour? Non Rusty Reisse. Non era così stupido. Riconosceva la classe quando la vedeva e Meg Gunderson trasudava classe da ogni poro, persino con il suo amore per i serpenti.

Certo, era andato a letto con quelle donne. Chi rifiuterebbe ciò che gli viene offerto? Ma questo era tutto. Dopo Angela, non avrebbe mai portato in casa sua una donna che non poteva essere una buona madre per Tommy. Non voleva solo una donna con cui andare a letto, voleva — no, aveva bisogno — di molto di più.

Era stata una serata difficile per lei. Era riuscita a sopportarlo? Avrebbe sopportato i lati negativi della sua vita? Gli era sembrata sconvolta quando era andata via. Si sarebbe preso a calci anche per non essersene andato insieme a lei. Cazzo, come aveva fatto a non accorgersi che stava soffrendo? Era davvero così bastardo, insensibile ed egoista da permetterle di tornare a casa da sola?

Quando finì di spogliarsi, andò in cucina per bere un bicchiere d'acqua. Disidratato per tutto l'alcool che aveva bevuto, la sua bocca era secca come il vento a gennaio.

"Perché ci hai messo tanto?" lo sorprese una voce femminile.

"Sei sveglia?"

"Sì." Meg era seduta al tavolo della cucina, avvolta in una vestaglia, intenta a bere il tè. Aveva gli occhi gonfi e il naso leggermente arrossato. Era evidente che avesse pianto. Rusty deglutì. Aveva la sensazione che non sarebbe andata bene.

"Mi dispiace. Avrei dovuto portarti a casa."

"Avevo intenzione di venire qui dentro."

"Oh. Ho deciso di spogliarmi in salotto per non svegliarti."

"Molto premuroso."

"Ci provo." Lui si avvicinò allo stipendio, prese un bicchiere e lo riempì d'acqua. Poi la raggiunse a tavola. "Tutto bene tra di noi?"

Lui abbassò lo sguardo. Cazzo! Lei non indossava il suo anello.

"Dov'è il tuo anello?" Lui bevve un sorso d'acqua. Pregò in silenzio che l'avesse perso.

"Eccolo." Lei tirò fuori la scatoletta nera dalla tasca e la posò sul tavolo.

"Perché non lo indossi?" Il cuore di balzò in gola, ma si attaccò all'ultimo briciolo di speranza.

Lei si guardò le mani, mentre giocherellava con la scatola. "Pensavo che l'avresti capito."

"So che non è stata la serata ideale..."

"Ideale? È stata un vero disastro!"

"Non lo definirei esattamente..."

"Ma io sì. Questo è il tuo mondo. Ci sei abituato. Io no. E non voglio farne parte."

"Non dovrai più partecipare a questi eventi con me, se non vuoi."

Meg si alzò in piedi. "Nemmeno tu eri felice alla festa del raccolto, vero?"

"Sai, quel genere di cose, con miriadi di bambini che corrono in giro e roba del genere."

"Ammettilo. Nessun problema. Ho visto quanto eri a disagio."

"Non era colpa mia."

Lei gli mise una mano sul braccio. "Non sto dicendo che lo fosse. Mi sono solo resa conto che il mio mondo non è il tuo mondo, così come il tuo non è il mio."

"Che cosa stai dicendo?" Lui si alzò in piedi.

"Sto dicendo che non stiamo bene insieme. Non qui. Non così."

"Stai rompendo il nostro fidanzamento? Stai dicendo che non vuoi sposarmi?"

Lei scosse la testa. "Non funzionerebbe."

Con la mente ancora annebbiata dall'alcol, Rusty giurò di aver sentito che non volesse più sposarlo. Sicuramente stava sognando. "Non vuoi più sposarmi?" Lui ripeté i suoi pensieri ad alta voce.

"Ti amo. Davvero. Ma i nostri mondi si scontrano. Litigheremmo continuamente, cercando di convincerci l'un l'altro ad accettare ciò che non vogliamo accettare. O faremmo tutto da soli, andando lentamente alla deriva. Quindi, forse, mi tradiresti. O io troverei qualcuno che è più alla mia portata. E tra noi due finirebbe. Con tanto dolore, accuse, rabbia e il cuore spezzato."

"Dipingi un quadro desolante. Wow, come fai a sapere tutte queste cose?"

"Sono diventate cristalline stasera."

Lui si lasciò cadere sulla sedia, totalmente sconvolto.

IL BATTITO DEL CUORE di Meg accelerò. Lei non aveva intenzione di lasciarlo, ma più restava seduta al tavolo della cucina, più le sembrava inevitabile. Esisteva un modo per vivere insieme, pur facendo parte di due mondi diversi? Non restare insieme. E lei credeva che alla fine sarebbe stato tremendo.

Non riuscendo a dormire, si era preparata una tazza di tè per sistemarsi lo stomaco e aspettare che lui tornasse. Il dolore le ardeva nel cuore. Aveva messo insieme i pezzi durante il tragitto verso casa. Anche se si era presa in giro da sola quel pomeriggio, aveva capito chiaramente che Rusty non si era divertito alla festa del raccolto. Si sentiva un pesce fuor d'acqua. Anche se aveva apprezzato il suo tentativo di provarci e di non ammettere quanto odiasse stare lì, doveva essere onesta con sé stessa. Non era adatto a lui, così come il suo mondo sfarzoso non faceva per lei.

L'aveva sentito entrare dalla porta. Aveva iniziato a sudare. Sentiva il cuore che le batteva nelle orecchie e il sudore le imperlava la fronte. Restituirgli l'anello era la scelta giusta? Solo perché non erano fidanzati non voleva dire che non dovessero più vedersi, giusto? Avrebbero potuto frequentarsi. Vedere se potevano riuscire a trovare un punto di incontro.

Meg si mordicchiò il labbro. Un punto d'incontro. Era quello che avevano a Pine Grove? Lei aveva la passione per la natura e lui aveva quella per il baseball. Qualunque cosa fosse, in quella casa era avvenuto qualcosa di magico. Avevano cominciato come estranei e si erano innamorati, sapendo poco del mondo dell'altro. E aveva funzionato.

Accidenti, un incidente mancato, come avrebbe detto sua madre. Se non era giusto, perché era così delusa? Non avrebbe dovuto sentirsi sollevata, come si l'era sentita quando aveva scaricato Harold? Liberarsi di lui non le aveva provocato nessuna reazione. Era stata semplicemente la cosa giusta. Ma non con Rusty. Non lo stava scaricando, stava solo facendo un passo indietro. O almeno voleva crederci. Come l'avrebbe presa? Si sarebbe arrabbiato? Confuso? Sarebbe stato comprensivo? Sperava che non sarebbe stato comprensivo.

Il silenzio tra di loro si fece più forte. Perché non diceva niente?

"Non vuoi più vedermi?" Rusty la guardò negli occhi. Lei notò il suo sguardo ferito.

Meg gli appoggiò una mano sul braccio prima di parlare. "Non ho detto questo."

"No, restituirmi l'anello dice già tutto." Lui fece roteare la scatoletta tra le dita.

"Ti amo. Questo non è cambiato."

"Non l'avrei mai detto."

"Non puoi dirmi di non accorgertene."

"Ok, sì. Capisco. Hai ragione. I nostri mondi sono troppo diversi. Almeno per ora. Ma le cose potrebbero cambiare. In futuro. Non voglio smettere di vederti."

"Nemmeno io." La sua voce si addolcì.

"Quindi, non vuoi che me ne vada stasera? Sono confuso."

"Per favore no. Ti prego, resta."

"Che cosa diremo ai bambini?"

"Niente. Posso prendermi una settimana o due di respiro? Tommy e Charlie possono continuare a dormire insieme."

"Se ne accorgerebbero se non passassi la notte qui."

"Troveremo delle scuse. Ho solo bisogno di un po' di tempo."

Rusty le prese entrambe le mani. "So che stasera ti hanno trattata male. Non vorrei mai che ti trattassero così."

"Non sono una celebrità. Lo capisco."

"Questo non dovrebbe importare. Non ti hanno rispettata."

Lei abbassò la testa. Lui l'aveva capito. Lei si alzò in piedi. "Sono stanca."

"Anch'io. Vuoi che dorma sul divano?"

Lei scosse la testa. Dio, come avrebbe mai potuto volerlo fuori dal suo letto? Mai. "Per favore, vieni a letto." Lei gli porse la mano.

Rusty tirò giù le coperte e Meg si mise a letto per prima. Lui si distese a pochi centimetri da lei.

"Abbracciami. Per favore?" La sua voce era solo un sussurro.

"Certo."

Lui si avvicinò e la prese tra le braccia. Le lacrime le scivolarono lungo le guance e impegnarono il petto.

"Stai piangendo."

"Lo so." Lei si asciugò gli occhi con le dita.

"Se sei così turbata, perché ci stiamo lasciando?"

"Non ci stiamo lasciando." Lei gli passò le dita tra i capelli.

"A me sembra così. Ti amo, Meg. Per favore, non lasciamoci."

"Possiamo frequentarci?" Lei gli mise un braccio intorno alla vita.

"Sembra un po' ridicolo."

"Per favore?"

"Ok." le rispose, con voce bassa e profonda. "Finché potrò vederti."

"Ci proveremo nel modo classico. Come fanno le altre persone. Frequentandoci prima."

"Invece di andare subito a vivere insieme?"

Lei ridacchiò. "Mi fai sempre ridere."

La baciò e la riprese tra le braccia. Lei gli appoggiò la mano sul petto. Il suo profumo, mescolato a quello del suo sudore, le raggiunse le narici. Costringendo la sua mente ad allontanare i pensieri, lei permise ai suoi sensi di prendere il controllo. Calore e amore le attraversavano il corpo mentre lui la stringeva a sé.

Rusty era un brav'uomo. Avrebbero trovato una soluzione. Lo voleva, ma voleva l'uomo che aveva conosciuto a Pine Grove. Perché desiderava qualcosa che non poteva avere? Meg sospirò e si abbandonò al sonno.

IL GIORNO DEL RINGRAZIAMENTO

Meg chiuse la valigia e la portò davanti alla porta principale.

"Dove andiamo?" urlò Charlie dalla cucina.

"Non lo so."

"Perché no?"

"Rusty non me l'ha detto."

Lei smise di urlare e si appoggiò all'arco che conduceva alla cucina.

"Gliel'hai chiesto?"

"Diverse volte. Ha detto che avevamo accettato di passare il Ringraziamento insieme e voleva farlo fuori città. Andare da qualche parte per tutti e quattro i giorni."

"Perché non lo sposi?" Charlie prese un altro cucchiaio di Cheerios.

"È complicato. Vedremo come andranno le cose questo fine settimana."

"Non vedo l'ora. È come un mistero degli Hardy Boys. Andremo in un posto segreto."

Lei scoppiò a ridere. "Adoro la tua immaginazione. Hai finito di fare la valigia?"

"Tommy ha accettato di portare il Rummikub. Io dovrei portare il Monopoli, ma non riesco a trovarlo."

"Tu finisci di fare colazione, lo cerco io." Lei andò nella stanza di Charlie e guardò sotto il letto. Era lì. Mise il gioco nella sua valigia e la chiuse. La trascinò fino alla porta principale. Guardando fuori dalla finestra, in quella grigia e fredda giornata di novembre, un brivido le attraversò la schiena.

Quella sarebbe stata la sua prima volta con Rusty dalla loro separazione di tre settimane prima. Aveva bisogno di toccarlo, delle sue risate e del modo in cui riempiva la casa. Il suo umore rispecchiava il clima: triste, grigio e freddo. Gironzolando avvilita nei fine settimana, si lamentava della vita a scuola con Roberta e Charlie. Harold le metteva i bastoni tra le ruote ogni volta che poteva: disapprovando i suoi piani e tagliando il suo budget. Lui rendeva il suo lavoro a scuola il più difficile possibile. Ogni giorno, lei si trascinava fuori dal letto, più stanca della sera prima.

Avrebbe potuto giurare che le richieste di Charlie aumentavano, rendendo estenuante la vita in casa. Non fosse brutto fargli da madre e da padre, ma la cucina, i compiti e il suo lavoro prosciugavano le sue già scarse energie.

"Sei depressa perché hai rotto con Rusty," le aveva detto Roberta al telefono.

"Non abbiamo rotto."

"Non lo vedi da tre settimane."

"Allora? A volte le persone fanno altre cose o si prendono un po' di tempo per sé stesse."

"Stronzate. Affronta i fatti, Meg. Hai mandato via l'uomo migliore del mondo e ora ti dispiace."

Meg aveva trovato una scusa e aveva terminato la conversazione. Roberta aveva ragione? Un dubbio assillante le era entrato in testa quando l'aveva chiamata per invitarli al Ringraziamento.

"Avevamo deciso di trascorrerlo insieme." le aveva ricordato lui.

"È stato settimane fa."

"Non vuoi?" La sua voce sembrava triste.

Lei sentì un tuffo al cuore. "Sì che voglio. Sì. Lo voglio."

"Bene. Ti mando una macchina giovedì mattina. Fate le valigie. Non portare cibo. Ok?"

"Tutto qui?"

"È una sorpresa. Partiamo per le vacanze. Ho già programmato tutto. Ok?"

"Sembra stupendo. Non vedo l'ora di partire."

"Anch'io. Ci vediamo giovedì."

"Ti amo," aveva detto, ma lui aveva già riattaccato, senza dirlo per primo. Lei sospirò. Roberta aveva ragione. Meg aveva lasciato l'uomo migliore che avesse mai conosciuto. Era stata stupida, molto stupida.

"Mamma. C'è un'auto fuori e sta suonando il clacson." Charlie interruppe il suo sogno a occhi aperti.

Meg scattò sull'attenti. "Ok, ok. Prendi la tua valigia. Io prendo la mia."

Charlie uscì. L'autista mise i bagagli nel bagagliaio. Meg chiuse a chiave la porta. Mentre Meg e Charlie salivano in auto, l'autista tenne aperto lo sportello.

"Vuole che accenda il riscaldamento, signorina?"

"Volentieri. Dove andiamo?"

"Mi dispiace. Non ho il permesso di dirglielo."

"Quanto ci vorrà per arrivarci?" Meg aveva un milione di domande.

"Mi dispiace, signorina. Il signore ha detto che, con le sue conoscenze matematiche, sarebbe in grado di capire la nostra destinazione se le dicessi il tempo previsto per il viaggio."

Meg ridacchiò. Rusty aveva pensato a tutto.

"Si metta comoda, signorina, e si goda il viaggio."

"Dai, mamma, rilassati."

"Ok. Sei tu il capo, Charlie."

Lei appoggiò la schiena e chiuse gli occhi. Le immagini di Rusty le danzavano nella mente.

Charlie le parlò dei suoi piani con Tommy. Meg lo ascoltava con mezzo orecchio. I ricordi di Rusty che passeggiava nel bosco, che si lamentava, così bello con la sua maglietta e i suoi jeans, che nuotava nel lago, indossando i pantaloncini, o che ballava alla sagra nella pannocchia le tornarono in mente.

Scoppiò a ridere ricordando la sua battuta sul farla sudare dietro il granaio. Accidenti, avrebbe dovuto assecondarlo. I ricordi più belli di tutti riguardavano lei e Rusty che condividevano il loro sudore e la loro passione tra le lenzuola.

RUSTY CONTROLLÒ IL tacchino per la milionesima volta.

"Papà! Se continui ad aprire il forno, il tacchino non si cuocerà mai!"

"Lo so, lo so. Deve essere tutto perfetto."

Tommy appoggiò una mano sul braccio di suo padre. "È tutto perfetto. Andrà tutto bene. Vedrai. Meg lo adorerà."

"Spero che tu abbia ragione." Rusty camminava nel soggiorno, poi andò davanti alla finestra. Alcune nuvole oscure minacciavano il cielo. Avrebbe piovuto o nevicato durante la loro vacanza? Louis rimise a posto la tenda e si diresse in cucina. Prendendo una manciata di ghiaccio, si versò uno scotch on the rocks e cercò di non pensare a ciò che aveva fatto.

"Guarderò dal soggiorno e ti dirò quando arrivano." Tommy sorrise e Coco iniziò ad abbaiare.

"Ok."

Doveva fare qualcosa. "Forse dovrei passare l'aspirapolvere?"

"Papà!"

"Va bene. Lo so, porterò fuori Coco."

Quando sentì il suo nome, l'enorme cane entrò nel soggiorno.

Tommy porse il guinzaglio a suo padre. Rusty indossò una giacca pesante e aprì la porta della cucina. Coco gli passò davanti. Mentre camminavano, lui parlava con lei.

"Non so nemmeno se a Meg piacciono le sorprese. Non sono sicuro che le piacciano. Le piace avere il controllo e sapere quello che succederà, sai? Voglio dire, come la morte di suo marito. Quella è stata una pessima sorpresa."

Coco si fermò per fare pipì, poi guardò Rusty e proseguì verso il bosco. Un raggio di luce gli riscaldò la schiena. Alzò gli occhi al cielo. "Guarda, ragazza. Le nuvole si stanno allontanando. Il cielo si sta aprendo. Vedo un po' di azzurro e i raggi del sole."

Coco si fermò per leccargli la mano. Lui accarezzò il cane. "Lei ha detto che avremmo dovuto stare separati. Beh, lo siamo stati. Per tre settimane. È stato un inferno. Adesso dovrebbe essere abbastanza, vero? Sto impazzendo. Non manca anche a te?"

Coco lo guardò e abbaiò in segno di accordo.

"Esattamente!" Rusty si passò le dita tra i capelli. "Deve funzionare, Coco. Deve farlo. Abbiamo bisogno di lei."

Ancora una volta, il cane rispose. Quando raggiunsero l'inizio del bosco, Rusty sentì Tommy che lo *chiamava*. Lui e il cane si voltarono per guardare la casa. Tommy era davanti alla porta sul retro e urlava, coprendosi la bocca con le mani.

"Sono arrivati!"

Rusty lasciò cadere il guinzaglio e si mise a correre. Corse come Will Grant quando lanciava una palla del centrocampo mentre scivolava in casa base. Coco lo seguì. Mentre entrava in cucina, sentì il rumore degli sportelli di un'auto. Tommy corse fuori. Rusty attraversò la casa, fermandosi sulla soglia.

Meg, con le mani sui fianchi, si fermò di colpo. "Che cos'è questa?"

"Casa nostra."

"Ma il tetto. Era bucato. Roberta mi ha detto che l'avevano venduta." Lei sollevò leggermente la testa mentre i loro sguardi si incrociavano.

"È così infatti. L'ho comprata io. L'ho fatto riparare e rinforzare. Ci sono voluti un paio di mesi."

"Mesi?" Lei spalancò gli occhi.

"Entrate. Fa freddo, disse Rusty, prendendole la valigia. Con l'altra mano, diede all'autista due biglietti da venti.

"La mia stanza è rimasta uguale?"

"Puoi scommetterci, Charlie." Rusty sorrise mentre il ragazzo correva sul retro della casa.

"Perché? Che cosa...? Sono confusa."

"Ho comprato la casa e l'ho fatta riparare. Pensavo che potremmo usarla nel fine settimana."

"Davvero?"

Lui annuì. "Ma poi, tre settimane fa, è successo. Abbiamo avuto *quella discussione*. Io avevo un'altra idea."

"Un'altra idea?"

"Entra. Bevi qualcosa."

Entrarono nel soggiorno. "C'è un buon profumino," disse Meg.

"La signora MacDougal ha fatto tutto. Mi ha detto come cucinare il tacchino. Lei ha fatto tutto il resto." Lui guardò l'orologio. "La cena dovrebbe essere pronta tra due ore."

Meg si guardò intorno. Il soggiorno era lo stesso, ma le pareti erano state dipinte di fresco. Lei si mise a correre da una stanza all'altra. Tutti i soffitti erano intatti e le pareti delle stanze erano state ridipinte.

"È questa casa tua?" Meg spalancò gli occhi.

"Casa nostra. Vino?"

Lei annuì. Rusty le porse un bicchiere di cabernet.

"Vieni. Siediti."

Lei lo raggiunse sul divano.

"Ti ho ascoltata tre settimane fa. Quando ho superato lo shock, ho capito che avevi ragione. Dove stavamo bene? Proprio qui. A Pine Grove. Non a New York. Così ho deciso di fare un cambiamento. Il mio contratto con Hingus e la stazione televisiva termina il primo giugno, quando finirà la scuola di Tommy."

"Il primo giugno?"

"Aspetta." Lui alzò la mano. "Ascolta. Sì. Il primo giugno. Comincerò a lavorare come consulente e commenterò le partite da casa per i Jefferson Jaguars partire dal 15 giugno."

"Che cosa? I Jaguars?"

Lui annuì.

"Tommy e io ci trasferiremo qui alla fine dell'anno scolastico. Probabilmente verremo qui nei fine settimana fino ad allora. Ho deciso di vendere il mio appartamento. Questa sarà la mia nuova casa."

Meg spalancò la bocca.

"E voglio che tu lasci la tua scuola e trovi un lavoro qui. E che mi sposi. E che venga a vivere con noi a Pine Grove." Le parole gli uscirono velocemente dalla bocca. Lui fece un respiro profondo.

"Lasciare New York?"

"Quello non è il nostro posto. Quelle persone alla festa delle World Series? Non me ne frega un cazzo di loro. E neanche a loro importa di me. È tutto finto. Non voglio più far parte di quel mondo. Voglio quello che abbiamo avuto qui. Questo è reale. Tu sei reale. Non loro."

"Sono d'accordo."

"E la tua scuola? Ti ruba un sacco di energie."

"Lo so. Harold ha reso quest'anno davvero orribile. Odio quel posto."

"Venite a vivere qui, con me e Tommy."

"Quando, perché è successo?"

"Dopo la nostra discussione, mi sono reso conto di essere un uomo e un padre migliore quando sto con te. Mi piacciono di più quando stiamo insieme, qui a Pine Grove. Così ho pensato: perché non vivere qui a tempo pieno? Ci vorranno alcuni mesi per sistemarci e perché i bambini finiscano la scuola. Ma abbiamo tempo. Che ne dici?"

"Non dipende solo da me. Charlie!" Meg chiamò suo figlio. "Che ne pensi se lasciassimo New York, alla fine della scuola, e ci trasferissimo qui con Rusty e Tommy?"

"Vivere qui tutto il tempo?"

"Sì. E andare a scuola qui."

"Va bene! Quando?"

"Il più presto possibile," intervenne Rusty.

"Devo dirlo a Tommy." Charlie si allontanò di corsa.

"Lo farai?" le domandò Rusty.

Lei annuì.

Rusty tirò fuori una scatoletta nera dalla tasca dei pantaloni. "Quindi siamo di nuovo fidanzati?"

"Penso che tu debba chiedermelo."

"Davvero?" Lui sollevò un sopracciglio.

"Davvero." Meg sorrise, coprendosi la bocca con la mano.

Lui si mise in ginocchio. "Meg Gunderson, vuoi sposarmi qui a Pine Grove e vivere qui con me per sempre?"

"Lo farò."

Rusty le rimise l'anello al dito. "Ne sei sicura?"

"Non sono mai stata così sicura in vita mia."

Lui la prese tra le braccia e la baciò. Il suo battito cardiaco accelerò. Lui tornò a sedersi. "Sono molto felice adesso."

"Non dobbiamo apparecchiare la tavola? Posso dare una sbirciatina al cibo? C'è un profumino delizioso."

"Andiamo."

Meg chiamò i bambini e disse loro cosa fare. Presto, la tavola apparecchiata e la bottiglia di vino aperta. Rusty la prese da parte.

"Ho apportato alcune modifiche alla casa."

"Modifiche?"

"Era un po' piccola. Dato che dovevamo cambiare il tetto, ho creato un attico e l'ho trasformato in una sala giochi per i bambini. E c'è di più. Andiamo." Le prese la mano e la condusse attraverso la casa. Si fermarono davanti una stanza vuota.

"Stavo per chiedertelo," disse Meg. "Uno studio?"

Rusty la strinse a sé, mettendole un braccio intorno alle spalle. Lui si chinò e le sussurrò qualcosa.

"Non dirlo ai bambini. Ma ho pensato che, dato che siamo dei bravi genitori, potremmo decidere di averne un altro. Uno tutto nostro. E potrebbe anche essere una bambina. Quindi avremmo bisogno di un'altra camera da letto."

Meg si coprì il viso con le mani e iniziò a singhiozzare. Rusty aggrottò la fronte. Fece un passo indietro e la strinse tra le braccia. "Qualcosa non va? Non dobbiamo avere un altro bambino, se non vuoi."

"Oh, ma lo voglio. Lo voglio tantissimo." Lui le porse il suo fazzoletto. Lei si asciugò il viso. È così dolce."

"E allora perché le lacrime?"

"Perché sono davvero felice. Sogno tutte le notti di avere un figlio con te."

"Oh, Meg." Gli occhi gli si riempirono e la abbracciò forte.

Il timer del forno suonò. Si separarono.

"Il tacchino è pronto." Lui si strofinò gli occhi.

"Oh, accipicchia! Tacchino del Ringraziamento!" esclamarono i bambini dalla loro stanza.

"Il nostro primo Ringraziamento." Lei sospirò.

"Il primo di almeno cinquanta." Rusty sorrise, le prese la mano e si diresse verso la cucina.

Epilogo

T*re settimane dopo*

Meg indossò il suo maglione di cashmere rosa a maniche corte.

"Lascia che ti trucchi." Roberta era seduta sul bordo del nuovo letto king-size nella camera da letto padronale a Pine Grove.

"Ok." Meg si passò un pettine tra i capelli corti.

"Mettiti questa addosso," disse Roberta, porgendo alla sua amica un asciugamano.

Meg rimase seduta mentre Roberta faceva la sua magia con eyeliner, mascara e illuminante.

"Non troppo. Mi piace avere un look naturale."

"Va bene. Ma può volerci un sacco di trucco per ottenerlo."

Meg ridacchiò. La porta si spalancò e Charlie si precipitò nella stanza.

"Mamma, sbrigati!"

"Charlie, la sposa ha bisogno di tempo." Roberta prese un pennellino.

"Di' a Rusty che arrivo tra quindici minuti."

"Quindici minuti!" Charlie spalancò gli occhi.

"Sì."

"Donne. Ci stanno un sacco di tempo a mettersi quella cacca addosso."

"Dove hai sentito quella parola?" Meg lo fissò intensamente.

"Rusty ha detto che non avresti problemi se dico cacca, ma non ti piacerebbe se dicessi merda."

Meg si allontanò da Roberta. "Ha ragione."

"Digli che la mamma arriverà presto, Charlie." Roberta lo cacciò via.

Meg si sistemò i capelli, poi prese la giacca bianca. Lo indossò e si raddrizzò la gonna.

"Dove sono i fiori?" chiese Meg.

Roberta sollevò le spalle.

"Erano in una scatola."

Roberta guardò dall'altra parte del letto e la trovò sul pavimento. La aprì e porse a Meg un mazzo di rose sweetheart di colore rosa.

"Ce n'è uno anche per te." Meg posò i fiori sul letto. "E il velo?"

"Sul letto. Ci penso io." Roberta mise il suo piccolo bouquet di fiori bianchi sul letto e prese il nastro di raso bianco con il tulle attaccato. Lo fissò sulla testa di Meg.

"Pronta?" Roberta spalancò gli occhi.

Meg sorrise. "Pronta."

Raggiunsero Charlie e percorsero il sentiero ghiacciato fino al vialetto. Fred le aspettava in un SUV. Aveva acceso il motore per riscaldare l'interno. Meg si sedette sul sedile accanto a suo figlio.

"Sei bellissimo con questo vestito." Lei sorrise.

"Rusty indossa un abito da pinguino."

"Si chiama smoking," lo corresse Meg.

"Preferisco abito da pinguino. Posso chiamarlo abito da pinguino?"

"Perché no?"

Meg guardò fuori dalla finestra le decorazioni natalizie appese alle finestre delle case. Le luci esterne che decoravano gli alberi sempreverdi dei loro giardini erano tutte di colori diversi, o solo bianche. Alcune lampeggiavano, altre restavano costantemente accese. La piccola Pine Grove aveva tirato fuori tutta la sua raffinatezza per le vacanze di Natale.

Un albero spoglio giaceva nella casa che Meg e Rusty avrebbero condiviso. Accanto al grande abete c'erano scatole di luci e decorazioni. Non vedeva l'ora di decorarlo con Tommy, Rusty e Charlie dopo la cena di nozze.

Fred guidò attentamente fino al locale di Homer, dove era prevista la cerimonia.

Meg aveva voluto una piccola cerimonia a casa, ma Rusty l'aveva convinta a farla da Homer e a invitare tutta la città. Quando arrivarono, il parcheggio era pieno, fatta eccezione per un posto auto riservato alla sposa.

"Pronta?" le chiese Fred, parcheggiando l'auto e spegnendo il motore.

"Più che mai."

"Vado a dire che sei arrivata e di cominciare con la musica." Fred prese Roberta per mano.

"Ricordatelo, scendo prima io. Fred mi accompagnerà. Poi arriverete tu e Charlie."

"L'ho già fatto una volta, ricordatelo. So come funziona." Meg entrò.

Dopo cinque minuti, Meg sentì la musica. Lei e Charlie erano nell'atrio del ristorante di Homer. Lei gli sistemò la cravatta e poi si sistemò la giacca.

"Sei sicuro di volerlo fare, Charlie?"

"Accompagnarti all'altare?" Lui annuì.

"Perché?"

"Papà l'avrebbe voluto."

Gli occhi di Meg si riempirono di lacrime. Lei prese dalla tasca il fazzoletto di Rusty e fece un respiro profondo. "Hai ragione. Probabilmente l'avrebbe voluto."

Lei gli sistemò i capelli e lo guardò negli occhi. "Ti sta bene che io sposi Rusty?"

"Sì."

"Sicuro?"

"Sì."

"Perfetto, allora. Questo non significa che ci dimenticheremo di tuo padre."

"No. Lo capisco."

"A volte mi sembri così adulto." Lei sospirò. "Ti voglio bene, Charlie."

"Anch'io ti voglio bene, mamma. Pronta?" Charlie porse il braccio a sua madre, poi aprì la porta. Tutti si alzarono in piedi.

Le sedie erano state sistemate per creare una navata. Rusty e Tommy, in quanto testimone dello sposo, indossavano entrambi lo smoking. Tommy stava in piedi accanto al camino. Un officiante vestito di nero aspettava accanto allo sposo.

Meg e Charlie avanzarono lentamente, a tempo di musica. Meg fece un cenno a Laura Dailey, che si stava asciugando gli occhi, e a suo marito Barney. C'erano molti volti familiari: la signora del caffè del Java the Hut; Jess e Stryker dell'hotel; Giselle e Cal, i loro vicini; Jory, che avrebbe scritto del matrimonio per il Pine Grove Press, e suo marito Trent.

Quando raggiunsero Rusty, Charlie fece un passo indietro, mettendo la mano di sua madre in quella di Rusty.

"Grazie, Charlie."

Il bambino sorrise.

Meg si avvicinò a Rusty e il giudice si schiarì la gola.

"Siamo riuniti qui per assistere all'unione di quest'uomo e di questa donna nel sacro vincolo del matrimonio."

Meg non sentì il resto del suo discorso. La sua mente era tornata indietro al giorno in cui aveva sposato John Gunderson. Aveva solo ventidue anni ed era estremamente nervosa. Ripensandoci, avrebbe dovuto ridere. Per tutti quei nervi, la loro unione era stata felice, ma breve. Per un attimo, sentì una fitta al cuore.

Per quanto amasse Rusty, amava anche John. Il ricordo dell'incredibile tensione del suo grande matrimonio, rispetto alla piccola quantità di stress che provava in quel momento, le piaceva. Guardò Rusty negli occhi. Lui sembrava molto sicuro. Nessun segno di nervosismo, niente sudore sulla fronte, niente agitazione, niente movimenti continui. Rimase con la schiena dritta, calmo e impassibile, ad ascoltare l'officiante.

Accidenti, era proprio bello. Una sensazione di fiducia si fece strada dentro di lei. Mentre si guardavano negli occhi, lui le strinse la mano e spalancò gli occhi.

"Tutto bene?" si interruppe l'officiante.

"Mai stata meglio." Lei sorrise.

"Posso continuare, signor Reisse?"

"Scusi. Certo. Sì. Proceda pure."

Finalmente, arrivò alla parte più importante.

"Russell Reisse, vuole prendere Margaret Gunderson legalmente come sua moglie?"

Lei non sentì il resto, solo il deciso sì di Rusty e le risate degli invitati. Poi toccò a lei. Alla pausa, accettò. Poi avvenne lo scambio degli anelli. Alla fine, l'officiante rimase senza parole e pronunciò le paroline magiche.

"Può baciare la sposa."

Rusty la prese tra le braccia per darle un lungo bacio. Alcune urla di Barney e di un paio di altri uomini le raggiunsero le orecchie. Ma, oh, era così dannatamente bello stare di nuovo tra le sue braccia. Dopo aver bevuto il loro primo bicchiere di champagne e lanciato il bouquet, Barney Dailey si avvicinò a loro.

"Dimmi, Rusty. Cosa ti ha convinto a sistemarti finalmente con Meg?" Barney bevve un sorso di birra.

"Le tue parole, Barney."

"Le mie parole?" Lui spalancò gli occhi, indicandosi il petto.

"Sì. Quando mi hai consigliato di baciarla. Non volevo che ci fosse solo un bacio con Meg. Dopo il primo, volevo averne altri."

Barney ridacchiò. "Potrete chiamare il vostro primo figlio come me."

Meg intervenne. "Rusty ha ragione. Solo un bacio e sono stata sua." Lei sollevò il mento mentre lui abbassava la bocca sulla sua.

FINE

Se vi è piaciuto questo libro, per favore, lasciate una breve recensione. Grazie.

Libri di Jean C. Joachim

<u>ECHOES OF THE HEART</u>
HEATHER & MIKE: THE ONE THAT GOT AWAY
SANDY & RAFE: SECOND PLACE HEART
LIZ & NICK: NO REGRETS
PAIGE & BILL: ONE FINE DAY
ANTHOLOGY
<u>HOCKEY</u>
L'ULTIMO SLAPSHOT
<u>BOTTOM OF THE NINTH</u>
DAN ALEXANDER, PITCHER
MATT JACKSON, CATCHER
JAKE LAWRENCE, THIRD BASEMAN
NAT OWEN, FIRST BASE
BOBBY HERNANDEZ, SECOND BASE
SKIP QUINCY, SHORT STOP
EXTRA INNINGS
<u>FIRST & TEN SERIES</u>
GRIFF MONTGOMERY, QUARTERBACK
BUDDY CARRUTHERS, WIDE RECEIVER
PETE SEBASTIAN, COACH
DEVON DRAKE, CORNERBACK
SLY "BULLHORN" BRODSKY, OFFENSIVE LINE
AL "TRUNK" MAHONEY, DEFENSIVE LINE

HARLEY BRENNAN, RUNNING BACK
OVERTIME, THE FINAL TOUCHDOWN
A KING'S CHRISTMAS
THE MANHATTAN DINNER CLUB
RESCUE MY HEART
SEDUCING HIS HEART
SHINE YOUR LOVE ON ME
TO LOVE OR NOT TO LOVE
HOLLYWOOD HEARTS SERIES
SE TI AMASSI
UN AMORE DA RED CARPET
RICORDI D'AMORE
UN AMORE DA FILM
L'ULTIMA CHANCE PER L'AMORE
AMORI E BUGIE
His Leading Lady (Series Starter)
NOW AND FOREVER SERIES
NOW AND FOREVER 1, A LOVE STORY
NOW AND FOREVER 2, THE BOOK OF DANNY
NOW AND FOREVER 3, BLIND LOVE
NOW AND FOREVER 4, THE RENOVATED HEART
NOW AND FOREVER 5, LOVE'S JOURNEY
NOW AND FOREVER, CALLIE'S STORY (prequel)
MOONLIGHT SERIES
SUNNY DAYS, MOONLIT NIGHTS
APRIL'S KISS IN THE MOONLIGHT
UNDER THE MIDNIGHT MOON
MOONLIGHT & ROSES (prequel)
LOST & FOUND SERIES
LOVE, LOST AND FOUND
DANGEROUS LOVE, LOST AND FOUND
NEW YORK NIGHTS NOVELS

THE MARRIAGE LIST
THE LOVE LIST
THE DATING LIST
<u>PINE GROVE SERIES</u>
UN AMORE IMPREVEDIBILE
CUORI INFRANTI
UN MILIARDARIO TUTTO NUOVO
TU MI APPARTIENI
<u>SHORT STORIES</u>
SWEET LOVE REMEMBERED
TUFFER'S CHRISTMAS WISH
UN'HOUSE-SITTER PER NATALE

Notizie sull'autrice

Jean Joachim è un'autrice di romance di successo e i suoi libri sono in cima alla classifica Amazon Top 100 fin dal 2012. Scrive romance contemporanei, tra cui gli sport romance e la romantic suspense. *Dangerous Love Lost & Found* ha vinto il primo premio International Digital Award dell'Oklahoma Romance Writers of America nel 2015. *The Renovated Heart* ha vinto il premio Miglior Romanzo dell'Anno del Love Romances Café, *Lovers & Liars* è arrivato tra i finalisti del RomCon del 2013 e *The Marriage List* ha conquistato il terzo posto nella classifica Miglior Romance Contemporaneo del Gulf Cost RWA. To Love or Not to Love si è classificato al secondo posto del Reader's Choice contest del 2014 della sezione del New England dell'associazione Romance Writers of America. È stata nominata Miglior Autore dell'Anno nel 2012 dalla sezione di New York dell'associazione Romance Writers of America. Moglie e madre di due figli, Jean vive a New York City. Solitamente, di mattina presto la si può trovare al computer a scrivere mentre beve una tazza di tè, con al suo fianco Homer, il carlino che ha salvato, e la sua scorta segreta di liquirizia nera.

Jean ha scritto 48 romanzi, novelle e racconti. Potete trovarli qui: http://www.jeanjoachimbooks.com. Chattate con Jean nel suo gruppo Facebook, JJ's Book Buddie, cliccando su questo link https://www.facebook.com/groups/489790604419710/